Fun! Fun! Korean

高麗大學
韓國語
2

高麗大學韓國語文化教育中心　編著

朴炳善博士 陳慶智博士　翻譯、審訂

한국어는 사용 인구면에서 세계 10대 언어에 속하는 주요 언어로, 지금도 많은 사람들이 세계 곳곳에서 한국어를 배우고 있습니다. 이러한 한국어 학습 열기는 국제 사회에서 한국의 위상이 높아짐에 따라 앞으로 더욱 뜨거워질 것으로 전망합니다.

고려대학교 한국어문화교육센터는 설립 이래 30여 년간 다양한 학습자를 대상으로 한국어와 한국 문화를 교육해 왔으며, 체계적이고 효율적인 교수 방법으로 세계적으로 정평이 나 있습니다. 그리고 그동안 학습자에 따른 맞춤형 교육을 실시해 오면서 다양한 한국어 교재를 개발해 왔습니다.

이 교재는 한국어문화교육센터가 그동안 쌓아 온 연구와 교육의 성과를 바탕으로 개발한 것입니다. 이 교재의 가장 큰 특징은 한국어 구조에 대한 이해와 다양한 말하기 연습을 바탕으로 학습자 스스로 의사소통 활동을 할 수 있도록 구성했다는 점입니다. 이 교재를 통해 학습자는 다양한 의사소통 상황에서 성공적인 한국어 의사소통을 할 수 있는 능력을 기르게 될 것입니다.

이 교재가 나오기까지 참으로 많은 분들의 정성과 노력이 있었습니다. 무엇보다도 밤낮으로 고민하고 연구하면서 최고의 교재를 개발하느라 고생하신 저자들께 감사를 드립니다. 또한 고려대학교의 모든 한국어 선생님들께도 깊은 감사를 드립니다. 이분들의 교육과 연구에 대한 열정과 헌신적인 노력이 없었다면 이 교재의 개발은 불가능했을 것입니다. 이 선생님들의 교육 방법론과 강의안 하나하나가 이 교재를 개발하는 데 훌륭한 기초 자료가 되었습니다. 이 외에도 이 책이 보다 좋은 모습을 갖출 수 있도록 도와 주신 번역자를 비롯해 편집자, 삽화가, 사진 작가들께 감사를 드립니다. 또한 한국어 교육에 관심과 애정을 가지고 이렇듯 훌륭한 교재를 출간해 주신 교보문고에도 큰 감사를 드립니다.

부디 이 책이 여러분의 한국어 학습에 큰 도움이 되기를 바라며, 한국어 교육의 발전에 새로운 이정표가 될 수 있기를 바랍니다.

국제어학원장 김기호

韓語就使用人口層面而言屬世界十大主要語言，現在也有很多人在世界各地學習韓語。這股韓語學習風潮隨著韓國國際地位的提升，放眼未來將會更加發光發熱。

自高麗大學韓國語文化教育中心設立30多年來，以來自不同背景的學習者為對象，教授韓語與韓國文化，並以有系統、有效率的教學方法廣受國際一致好評。同時這段期間為因應不同學習者而施行的個別教學法，也開發了各式各樣的韓語教材。

本教材是以韓國語文化教育中心這段期間累積下來的研究與教育成果為基礎所開發的。它最大的特色在於為了讓學習者達到溝通無礙的目標，透過了解韓語結構及豐富多元的口頭練習作為本教材的基礎結構。藉由這套教材培養溝通能力，讓學習者能因應各種情況隨心所欲地以韓語表達自己的想法。

多虧諸位人士的熱誠與努力，這套教材才得以問世。首先得感謝終日苦思、研究，為了開發最佳教材而勞心勞力的作者們，以及向高麗大學的所有韓語老師致上深深的謝意。如果沒有這群人對教育與研究投注的熱誠與奉獻精神，就不可能開發出這套教材。這群老師的教育方法論與授課中的一切成了開發這套教材時最佳的第一手資料。此外，也謝謝譯者、編輯、插畫家及攝影師們的協助，為本書更增添了不少可看性。同時也對關注、關愛韓語教育，為我們出版如此優秀教材的教保文庫表達無限感激。（註：原書在韓國為教保文庫出版。）

由衷希望本書能對各位在韓語學習上有所幫助，也期盼本書能成為韓語教育發展上新的里程碑。

國際語學院長 **金基浩**

凡例 일러두기

概要

　　《高麗大學韓國語2》是為了讓具備初級水準的學習者能夠更加簡單且有趣地學習韓文所編著的。本文的組成是以日常生活的相關資料為主，這讓學習者能夠更加熟悉在日常生活中必需且有用的主題與表現，特別是在日常生活中可以有效地傳達自己的想法。此外，本文並非只是以文法概念、結構，以及單純的語彙解釋所構成，而是以有趣且多樣的口說活動組成。透過這些活動，韓語學習者在實際生活中便能在不知不覺間，自然地表達出自己的想法。

目標

・培養自我介紹、購物等基本的日常會話能力。
・理解並表現介紹自己、家人、日常活動等日常生活中的基礎內容。
・藉由熟悉基本語彙、表現、發音等，以便在日常生活中能夠提問及回答。
・理解並熟悉以個人主題所構成的對話。
・瞭解韓語及其基礎構造，並能以文章表現自己的想法；讀完簡單的文章內容後，能夠充分理解。

單元結構

　　《高麗大學韓國語2》是以15個單元所組成。這15個單元將焦點放在韓國生活中學生可能會遇到的各種實際情況。各單元的結構如下：

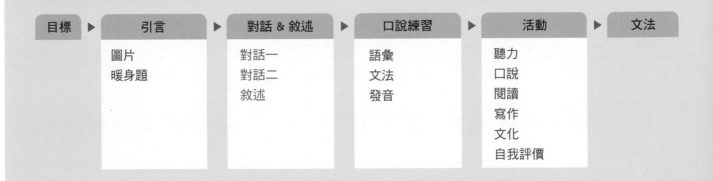

目標 ▶	引言 ▶	對話 & 敘述 ▶	口說練習 ▶	活動 ▶	文法
	圖片 暖身題	對話一 對話二 敘述	語彙 文法 發音	聽力 口說 閱讀 寫作 文化 自我評價	

目標

藉由詳細説明整體的單元目標及內容（主題、功能、活動、語彙、文法、發音、文化），讓學生在學習前就可以了解各單元的目標及內容。

引言
提示與單元主題相關的照片，在下方包含若干提問。透過這些提問及照片，學生可以事先思考單元的主題，以做好學習的準備。

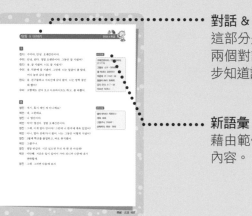

對話 & 敘述
這部分是為了讓學生們能在單元學習結束後正式運用的對話範例，包含了兩個對話和一個敘述。學生們不僅能夠透過範例瞭解單元目標，更可進一步知道詳細的事項。

新語彙
藉由範例旁生字與表現的意義說明，讓學生們可以更加理解對話及敘述的內容。

口說練習
這部分為練習以及文法、語彙的複習，以便讓學生們學習單元主題所列舉的口說技巧，並且實際使用。練習題並非平凡的練習題型，而是以實際會使用到的形態讓學生們能親自熟悉語彙與文法。

語言提點
這一部分是在需要特別說明時，針對特定的表現以及其意義做深度地解釋。

語彙
為了讓學生們能夠更輕易地學習生字，因此附上即時的說明，並且在語彙的練習旁，將必須學習的生字依照意義做出項目的分類。（舉例來說，如與飲食／職業相關的語彙）

發音
提示出必須區別清楚的發音。為了讓學生可以更加準確地發音，簡單地說明發音的方法，並舉出一些可練習的單字或句子。

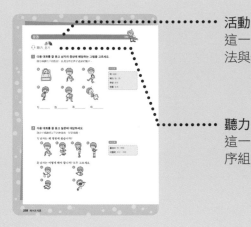

活動

這一部分著重於實際對話的狀況。因此將使用在口說練習階段中學到的文法與表現，完成聽力、口說、閱讀、寫作等實用的項目。

聽力

這一部分是用來提升學生的聽力。以語彙聽力、句子聽力、本文聽力的順序組成。因此學生可以很自然地理解長篇的本文。

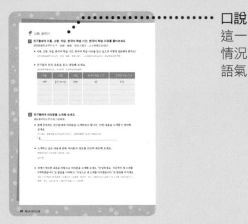

口說

這一部分是用來提升學生的口說能力。主要是以現實生活中可能會遇到的情況或相關的內容所組成。除了對話之外，也會讓學生練習口頭報告時的語氣。

閱讀

這一部分是用來提升學生的閱讀能力。因為挑選的本文都是學習者實際生活當中會遇到的情況，所以在本文的種類以及內容的理解上，將能更有效地進行閱讀練習。

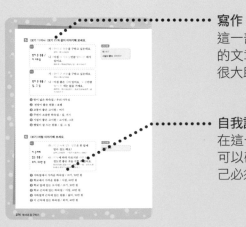

寫作

這一部分是用來提升學生的寫作能力，能讓學生們書寫實際生活中會用到的文章。根據本文的主題以及種類，對於學生們培養有效的寫作能力將有很大助益。

自我評價

在這一部分提示出讓學生們可以檢測學習成果的自我評價表。學生們不僅可以確認自己的學習量以及缺點，也可以檢視各單元必須學習的內容和自己必須專注學習的部分。

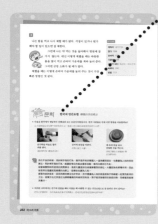

文化
這一部分將介紹與各課主題相關的韓國文化。以韓國文化的理解為基礎，學生們將會更加理解韓語，也可以更自然地使用韓語。在介紹韓國文化的單元，並不只是單純地傳達韓國文化，而是藉由與其他學生互動的過程來學習對方的文化。

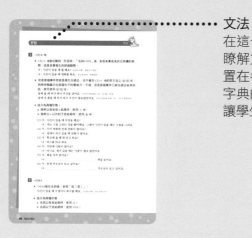

文法
在這一部分，因為具備了各單元的文法說明與例句，所以將能使學生更加瞭解文法。此外，因為這部分是以課堂時所學習的項目所組成的，所以放置在各單元的最後，讓學生獨自學習時可以很輕易地找到，也可作為文法字典的功用。作為文法練習中的一環，例句中的最後兩個句子設有空格，讓學生能將學過的文法填上。

聽力腳本
這一部分提示聽力活動的所有腳本。

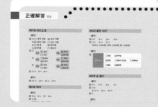

正確解答
這一部分提示聽力活動以及閱讀活動的解答。

索引
按照韓國文字「가나다」的順序整理出教科書中出現的所有單字及其意義，並且標示所在的頁數。

目次 차례

教材結構 교재 구성

單元	主題	功能	語彙	文法
1 자기소개	自我介紹	・在正式與非正式的場合介紹自己	・主修 ・職業	・-네요 ・-고 있다 ・-이/가 아니다 ・-이/가 되다
2 취미	興趣	・談論興趣 ・介紹自己的興趣	・興趣 ・彈奏樂器 ・頻率 ・數字	・-(으)ㄹ 때 ・-(이)나 ・-(으)ㄹ 수 있다/없다 ・-기 때문에
3 날씨	天氣	・預測天氣 ・比較天氣 ・理解氣象預報 ・說明天氣的符號	・天氣 ・天氣與生活 ・與天氣相關的表現	・-는/(으)ㄴ（現在式冠形詞形語尾） ・-(으)ㄹ까요? ・-(으)ㄹ 것 같다 ・-아/어/여지다
4 물건 사기	購物	・在商店裡買水果 ・在商店裡買想要的衣服 ・說明某人衣著的喜好	・水果 ・衣服 ・顏色 ・顏色的深淺 ・衣服的尺寸	・-짜리 ・-어치 ・-는/(으)ㄴ 것 같다 ・-(으)니까
5 길 묻기	方向	・問路 ・說明如何前往目的地	・移動 ・交通號誌	・-(으)면 되다 ・-아/어/여서 ・-(으)면 ・-지만
6 안부 · 근황	詢問近況	・問候並回答 ・談論某人近況	・問候與近況 ・個人狀況的變化 ・寒暑假及假日活動	・半語 (-아/어/여, -았/었/였어, -(이)야, -자, -지, -(으)ㄹ래, -(으)ㄹ까, -(으)ㄹ게, -아/야)
7 외모 · 복장	外貌與服裝	・描述外貌與服裝 ・描述某人的穿著	・外貌 ・與穿脫相關的表現	・-는/(으)ㄴ 편이다 ・-(으)ㄴ（過去式冠形詞形語尾） ・-처럼 ・-ㄹ的不規則活用

活動	發音	文化
・聆聽有關個人資訊交換的對話 ・聆聽自我介紹 ・交換個人資訊、自我介紹 ・理解尋找外國朋友的廣告 ・寫一篇廣告來尋找外國朋友	濁音化	韓國人的稱謂
・聆聽有關興趣的對話 ・詢問朋友們的興趣 ・介紹自己的興趣 ・閱讀有關興趣的文章 ・書寫自己的興趣	ㄹ-ㄹ	網路同好會
・聆聽有關天氣的對話 ・聆聽氣象預報 ・針對朋友國家的天氣提問並回答 ・針對喜歡的天氣提問並回答 ・閱讀報紙上的氣象預報 ・書寫一篇文章來介紹自己國家的天氣	ㅗ與ㅜ	天氣與生活
・聆聽買水果或衣服時的對話 ・聆聽超市裡折扣商品的介紹 ・談論某人喜愛的衣服 ・在商店裡買衣服 ・閱讀有關某人衣著喜好的採訪 ・書寫某人衣著喜好的文章	句子的語調1	韓國的市場
・聆聽問路與回答的對話 ・聆聽廣播 ・詢問與回答場所的位置 ・介紹好的餐廳並說明如何前往 ・閱讀在網路留言板上介紹好餐廳的文章 ・書寫一封電子郵件說明如何前往聚會的場所	在音節中的第一個ㄹ	和陌生人搭話
・聆聽有關問候的對話 ・聆聽語音訊息 ・詢問放假期間是如何度過的 ・介紹自己的近況 ・閱讀問候的電子郵件 ・書寫問候的電子郵件	句子的語調2	「下次一起吃個飯吧！」的意義
・聆聽與外貌和服裝相關的對話 ・聆聽尋找走失兒童的廣播 ・尋找朋友們的理想型 ・談談今天自己的外貌與服裝 ・閱讀尋人啟示 ・書寫一篇文章來說說自己的外貌與喜歡的衣服	在音節最後出現的ㅁ與ㅂ	重視外貌的韓國人

單元	主題	功能	語彙	文法
8 교통	交通	・詢問交通工具、說明交通工具	・與交通相關的表現	・-기는 하다 ・-는 게 좋겠다 ・-는/(은)ㄴ데 ・-마다
9 기분·감정	心情、感情	・談論心情與感情 ・對他人的心情與感情給予祝福或鼓勵	・心情與感情 ・表現某人的感情	・一的不規則活用 ・-(으)면서 ・-겠- ・-지 않다 ・-(으)ㄹ까 봐
10 여행	旅行	・詢問旅遊資訊 ・分享旅遊經驗	・目的地 ・旅遊景點 ・與說明狀態相關的語彙	・-거나 ・-(으)ㄴ 적이 있다/없다 ・-아/어/여 있다 ・-밖에 안/못/없다
11 부탁	拜託	・拜託別人 ・答應請託 ・拒絕請託	・拜託與拒絕 ・請託的內容	・-는/(으)데 ・-아/어/여 주다 ・-기는요 ・-(이)든지
12 한국생활	韓國生活	・談論韓國的生活 ・談論計畫與決心	・時間經過的表現 ・住所	・-(으)ㄴ 지 ・-(으)려고 ・-게 되다 ・-기로 하다
13 도시	都市	・談論都市相關話題 ・說明都市的特徵	・方向 ・都市 ・都市的特徵	・「-다」體 （書面體終結語尾）
14 치료	治療	・說明症狀和原因 ・買藥 ・推薦朋友好的治療方法	・外傷 ・治療 ・與消化相關的疾病	・-(으)ㄹ（未來式冠形詞形語尾） ・-때문에 ・-(으)ㄹ 테니까 ・-아무 -도
15 집 구하기	找房子	・談論搬家以及房屋仲介商租借房子的條件 ・去找房子	・房屋的構造 ・搬家 ・房屋的特徵 ・房屋周邊的環境	・-(으)ㄹ까 하다 ・-았/었/였으면 좋겠다 ・-만큼 ・-에 비해서

活動	發音	文化
・聆聽一段説明交通工具的對話 ・聆聽地鐵廣播 ・談論常去場所的交通工具 ・找出如何去目的地的方法 ・閱讀一段説明交通工具的文章 ・書寫一篇文章來説明搭錯地鐵或公車的經驗	在英文的外來語中，第一個子音的硬音化	博愛座
・聆聽有關心情與感情的對話 ・談論心情與感情 ・閱讀有關心情與感情的文章 ・書寫自己的心情與感情	wh-問句中出現的兩種語調	韓國人與義大利人
・聆聽詢問旅遊資訊的對話 ・聆聽有關旅遊經驗的對話 ・獲得旅遊資訊 ・説明旅遊情況 ・理解旅遊導覽 ・書寫旅遊的經驗	ㅃ 與 ㅍ	韓國的旅遊景點
・聆聽有關請託的對話 ・拜託別人、談論有關請託的話題 ・閱讀請託的電子郵件 ・書寫請託的電子郵件	-기는요的語調	家族稱謂的其他用法
・聆聽有關韓國生活的對話 ・針對韓國生活做個採訪、介紹自己的韓國生活 ・閱讀一段有關韓國生活的文章 ・書寫一段文章來介紹自己的韓國生活	ㅚ, ㅙ, ㅞ	對外國人有益的資訊
・聆聽描述都市的對話 ・談論都市 ・説明某人的故鄉 ・閱讀一段有關都市的文章 ・書寫一段有關某人故鄉的文章	音節最後的 [ㅂ、ㄷ、ㄱ]	首爾
・聆聽醫院內的對話 ・聆聽症狀與應付的方式 ・扮演藥師與病患的角色 ・談論自己的特殊治療方法 ・閱讀外傷時如何緊急治療的文章 ・書寫一封信問候生病的朋友，並給予治療的建議	母音之間的硬音與緊音	韓國的民俗療法
・聆聽在房屋仲介商的對話 ・聆聽某人在找房子時的對話 ・談論房子 ・扮演找房子時的角色 ・閱讀出租寄宿房和套房的廣告 ・書寫尋找室友的廣告	ㄺ	韓國的居住文化

제1과 자기소개
自我介紹

目標

各位將能向第一次見面的人介紹自己。

主題	自我介紹
功能	在正式與非正式的場合介紹自己
活動	聽力：聆聽有關交換個人資訊的對話、聆聽自我介紹
	口說：交換個人資訊、自我介紹
	閱讀：理解尋找外國朋友的廣告
	寫作：寫一篇廣告來尋找外國朋友
語彙	主修、職業
文法	−네요、−고 있다、−이/가 아니다、−이/가 되다
發音	濁音化
文化	韓國人的稱謂

제1과 자기소개 自我介紹

1. 여자는 남자에게 무슨 말을 하고 있을까요?

   這個女生正在和男生說些什麼呢？

2. 처음 만난 사람에게 보통 어떤 내용을 말해요? 여러분이라면 어떻게 자신을 소개하겠어요?

   和初次見面的人通常會說些什麼內容呢？各位會如何介紹自己呢？

1

현중 : 처음 뵙겠습니다. 저는 김현중이라고 합니다.

린다 : 안녕하세요. 저는 린다예요. 미국에서 왔어요.

현중 : 미국 어디에서 왔어요?

린다 : 애틀란타에서 왔어요.

현중 : 언제 한국에 왔어요?

린다 : 3개월 전에 왔어요

현중 : 그런데 한국어를 잘하시네요.

린다 : 미국에서 조금 배우고 왔어요.

　　　지금은 고려대학교에서 한국어를 공부하고 있어요.

> **◆新語彙**
>
> | | |
> |---|---|
> | 처음 뵙겠습니다 | 初次見面 |
> | 애틀란타 | 亞特蘭大 |

2

수　미 : 안녕하세요, 선배님. 이쪽은 제가 지난번에 말씀드린
　　　　니콜라 씨입니다.

호　철 : 아, 그래요? 만나서 반갑습니다. 저는 최호철입니다.

니콜라 : 안녕하십니까? 저는 니콜라라고 합니다.

호　철 : 지금 대학원에서 공부하고 있지요?

니콜라 : 네, 나중에 한국어과 교수가 되고 싶어서
　　　　한국어교육학을 전공하고 있습니다.

호　철 : 대학에서도 한국어를 전공했습니까?

니콜라 : 아니요, 대학 때 전공은 한국어가 아니라
　　　　이탈리아어였습니다. 앞으로 잘 부탁드립니다.

> **◆新語彙**
>
> | | |
> |---|---|
> | 선배 | 前輩、學長、學姊 |
> | 이쪽 | 這邊 |
> | 지난번 | 上次 |
> | 말씀드리다 | 稟告、敬告 |
> | 나중에 | 之後 |
> | 한국어과 | 韓國語系 |
> | 되다 | 成為 |
> | 한국어교육학 | 韓國語教育學 |
> | 전공하다 | 主修 |
> | 전공 | 主修、專業 |
> | 이탈리아어 | 義大利語 |
> | 부탁드리다 | 拜託、懇託（年紀較大的人） |

3

안녕하십니까. 저는 베트남에서 온 투안이라고 합니다. 1년 전부터 고려대학교에서 한국어를 공부하고 있습니다. 저는 1년 전에 하노이 국립대학교를 졸업했습니다. 대학 때 전공은 경영학이었습니다.

제 꿈은 한국 회사에 취직을 하는 것입니다. 그래서 지금 한국어를 공부하고 컴퓨터도 배우고 있습니다.

▶新語彙

하노이 국립대학교
河內國立大學

졸업하다 畢業

경영학 經營學、管理學

꿈 夢、夢想

 **문화** **한국인의 호칭법** 韓國人的稱謂

● 여러분 나라에서는 다른 사람의 이름을 부를 때 어떻게 불러요? 한국에서는 어떻게 부르는지 아세요? 아래의 그림을 보고 어떻게 부르는 것이 맞는지 찾아보세요.
在各位的國家，是如何稱呼別人的名字的呢？您知道在韓國是怎麼稱呼的嗎？請在看完以下的圖片後，找出正確的稱呼方式。

 在韓國叫他人名字的時候，會在名字後方加上「씨」字。因此，「영민 씨」或「김영민 씨」都是正確的稱呼法。「영민 씨」是比「김영민 씨」還要更親近的表現。有些勞工階層的人，會在姓氏後方加上「씨」字來稱呼其他人，例如「김 씨」，但這並不是值得推薦的稱呼法。

● 알고 있는 한국 사람의 이름을 불러 보세요.
請試著稱呼看看各位認識的韓國人名字。

말하기 연습 口說練習

1 〈보기〉와 같이 연습하고, 친구와 인사를 나눠 보세요.

請照著〈範例〉練習，並試著與朋友相互寒暄。

> **보기**
>
> 이동주 / 왕치엔
>
> 가: 안녕하세요?
> (저는) 이동주입니다.
> 您好。我是李東柱。
>
> 나: 안녕하십니까?
> (저는) 왕치엔이라고 합니다.
> 您好。我叫王倩。

❶ 앤더슨 / 사토　　　　**❷** 종초홍 / 마이클

❸ 김수미 / 아딘다　　　　**❹** 린다 / 압둘라

❺ 세르반테스 / 강유미　　**❻** 소냐 / 클린턴

2 세 사람이 한 조가 되어 〈보기〉와 같이 연습하고, 서로 인사를 나눠 보세요.

請以三人為一組，照著〈範例〉練習，並試著相互寒暄。

> **보기**
>
>
>
> 왕치엔 / 최호철
>
> 가: 선배님, 이쪽은 제가 지난번에
> 이야기한 왕치엔 씨입니다.
> 學長！這位是上次我和您提過的王倩。
>
> 나: 아, 그래요? 만나서 반갑습니다.
> 저는 최호철입니다.
> 啊！是嗎？很高興認識您。我是崔浩哲。
>
> 다: 안녕하십니까?
> 저는 왕치엔이라고 합니다.
> 您好！我叫王倩。

❶ 앤더슨 / 김수미　　　　**❷** 사토 / 이동주

❸ 린다 / 박지영　　　　　**❹** 압둘라 / 오현욱

❺ 세르반테스 / 강수정　　**❻** 클린턴 / 한상호

3 〈보기〉와 같이 연습하고, 친구와 어디에서 왔는지
이야기해 보세요.

請照著＜範例＞練習，並試著和朋友說說看您來自哪裡。

> **보기**
>
> 대만 / 타이베이
>
> 가 : 대만에서 왔어요?
> 從台灣來的嗎？
>
> 나 : 네, 대만 타이베이에서 왔어요.
> 是的，從台灣台北來的。

❶ 프랑스 / 파리　❷ 이집트 / 카이로　❸ 칠레 / 산티아고

❹ 태국 / 방콕　❺ 스위스 / 취리히　❻ 호주 / 시드니

4 〈보기〉와 같이 이야기해 보세요.

> **보기**
>
> 한국어를 잘하다 /
> 1년 동안 공부하다
>
> 가 : 한국어를 잘하시네요.
> 您韓文說得真好耶！
>
> 나 : 감사합니다.
> 謝謝。
>
> 1년 동안 공부했어요.
> 我學了一年了。

❶ 발음이 아주 좋다 / 연습을 많이 하다

❷ 글씨를 예쁘게 쓰다 / 많이 써 보다

❸ 단어를 많이 알다 / 공부를 많이 하다

❹ 보고서를 잘 썼다 / 준비를 많이 하다

❺ 한국 음식을 잘 만들다 / 친구한테 배우다

❻ 스키를 잘 타다 / 10년 동안 타다

5 〈보기〉와 같이 연습하고, 친구와 무슨 일을 하는지
이야기해 보세요.

請照著＜範例＞練習，並和朋友說說看您在做些什麼。

> **보기**
>
> 한국어를 공부하다
>
> 가 : 지금 무슨 일을 하세요?
> 現在在做什麼呢？
>
> 나 : 한국어를 공부하고 있어요.
> 正在學韓文。

❶ 회사에 다니다　❷ 대학에 다니다　❸ 취직을 준비하다

❹ 유학을 준비하다 ❺ 쉬다　　　　❻ 놀다

6 〈보기〉와 같이 이야기해 보세요.

▪ 主修

> **보기**
>
> 1년 전 / 사회학
>
> 가 : 대학을 졸업했습니까?
> 大學畢業了嗎？
>
> 나 : 네, 1년 전에 졸업했습니다.
> 是的，一年前畢業了。
>
> 가 : 무엇을 전공했습니까?
> 主修了什麼呢？
>
> 나 : 사회학을 전공했습니다.
> 主修了社會學。

한국어문학 韓國語文學
영어영문학 英國語文學
일어일문학 日本語文學
중어중문학 中國語文學
한국어교육학 韓國語教育學
동아시아학 東亞學
역사학 歷史學
심리학 心理學
사회학 社會學
법학 法學
경제학 經濟學
경영학 經營學、管理學
신문방송학 新聞傳播學
의학 醫學
공학 工學

❶ 3년 전 / 한국어문학　　❷ 올해 / 법학

❸ 작년 / 공학　　❹ 3년 전 / 역사학

❺ 2년 전 / 경영학　　❻ 1년 전 / 의학

7 〈보기〉와 같이 이야기해 보세요.

> **보기**
>
> 한국어 / 중국어
>
> 가 : 대학에서 한국어를 전공했습니까?
> 在大學主修了韓文嗎？
>
> 나 : 아니요, 한국어가 아니라 중국어를 전공했습니다.
> 不，不是韓文，而是主修了中文。

❶ 법학 / 심리학　　❷ 의학 / 공학

❸ 역사학 / 사회학　　❹ 한국어문학 / 동아시아학

❺ 일어일문학 / 중어중문학　　❻ 경영학 / 경제학

8 〈보기〉와 같이 이야기해 보세요.

직업 職業

> 보기
>
> 한국어교육학 /
> 한국어과 교수
>
> 가 : 왜 한국어교육학을 전공합니까?
> 為什麼主修韓國語教育學呢？
>
> 나 : 나중에 한국어과 교수가 되고
> 싶어서 한국어교육학을
> 전공합니다.
> 因為之後想成為韓國語系的教授，所以主修韓
> 國語教育學。

직업 職業
교사 教師
교수 教授
강사 講師
대학원생 研究生
번역가 翻譯人員
통역가 口譯人員
관광 안내원 導遊
기자 記者
변호사 律師
기술자 技術人員
사업가 企業家

❶ 법학 / 변호사   **❷** 신문방송학 / 신문 기자

❸ 공학 / 기술자   **❹** 역사학 / 고등학교 교사

❺ 한국어 / 관광 안내원   **❻** 중어중문학 / 통역가

9 〈보기〉와 같이 연습하고, 자신의 꿈을 이야기해 보세요.
請照著〈範例〉練習，並且試著說說看自己的夢想。

> 보기
>
> 한국어과 교수,
> 되다 /
> 한국어교육학
>
> 제 꿈은 한국어과 교수가 되는
> 것입니다. 그래서 한국어교육학을
> 전공하고 있습니다.
> 我的夢想是成為韓國語系的教授，所以正主修韓
> 國語教育學。

新語彙
고등학교 高級中學
사업 事業、生意
자동차 汽車
여행사 旅行社

❶ 신문기자, 되다 / 신문방송학

❷ 관광 안내원, 되다 / 역사학

❸ 사업, 하다 / 경영학

❹ 여행사, 만들다 / 한국어

❺ 자동차, 만들다 / 자동차 공학

❻ 한국 회사, 취직하다 / 경영학

10 〈보기 1〉이나 〈보기 2〉와 같이 연습하고, 친구와 서로 소개해 보세요.

請照著＜範例1＞或＜範例2＞練習，並試著和朋友相互介紹看看。

● 발음 發音

보기1

베트남, 투안 /
6개월 전 /
한국대학교에서
한국어를 공부하다

안녕하세요? 저는 베트남에서 온 투안이라고 합니다. 6개월 전에 한국에 왔습니다. 저는 지금 한국대학교에서 한국어를 공부하고 있습니다. 만나서 반갑습니다.

您好！我來自越南，叫做投安。我在六個月前來到了韓國。我現在正在韓國大學學韓文。很高興見到您。

보기2

하나은행, 사토 /
1년 전,
한국어를 공부하다

안녕하십니까? 저는 하나은행에서 일하는 사토라고 합니다. 1년 전부터 한국어를 공부하고 있습니다. 만나서 반갑습니다.

您好！我在韓亞銀行工作，叫做佐藤。一年前開始學韓文。很高興見到您。

濁音化

관광   바보
[k] [g]   [p] [b]

當ㄱ、ㄷ、ㅂ、ㅈ在母音、鼻音，還有ㄹ之類的濁音間被使用時，這些子音也會被發成濁音。

▶ **연습해 보세요.**
(1) 가 : 어디 가요?
　　나 : 집에 가요.
(2) 가 : 전공이 뭐예요?
　　나 : 한국어예요.
(3) 가 : 나중에 무슨 일을
　　　　하고 싶어요?
　　나 : 기자가 되고 싶어요.

❶ 프랑스, 미셸 / 올해 / 대학원에서 한국 역사를 전공하다

❷ 러시아, 안드레이 / 3년 전 / 대학에서 경영학을
전공하다

❸ 아메리카 은행, 아만다 / 9개월 전, 한국에서 살다

❹ 현대자동차, 왕샤오칭 / 작년, 한국에서 일하다

11 <보기>와 같이 연습하고, 친구와 자기를 소개해 보세요.

請照著<範例>練習，並試著向朋友自我介紹。

新語彙

대사관 大使館

(서울) 지점 （首爾）分店、分行

여행사를 차리다 開設旅行社

보기

 사토 하루미

일본, 교토, 대학생

한국어를 전공하다

한국 회사에 취직하고 싶다

 제인 에어

영국, 런던

영국 대사관에서 일하다

하루미 : 안녕하세요? 저는 사토 하루미라고 합니다.

제　인 : 안녕하세요? 저는 제인 에어예요.
　　　　만나서 반갑습니다.

하루미 : 제인 씨는 어디에서 오셨어요?

제　인 : 저는 영국 런던에서 왔어요.

하루미 : 저는 일본 교토에서 왔어요.

제　인 : 지금 무슨 일을 하세요?

하루미 : 대학생이에요. 한국 회사에 취직하고
　　　　싶어서 한국어를 전공하고 있어요.
　　　　제인 씨도 학생이세요?

제　인 : 아니요, 저는 학생이 아니에요.
　　　　지금 영국 대사관에서 일하고 있어요.

❶ 이범수

미국, 시카고, 대학원생

법학을 전공하다

변호사가 되고 싶다

 왕웨이

대만, 타이베이

고려대학교에서 중국어를 가르치다

❷ 차따

태국, 방콕, 대학생

한국어를 배우다

여행사를 차리고 싶다

 요시노 타로

일본, 도쿄

일본은행 서울지점에서 일하다

聽力_듣기

1 다음 대화를 잘 듣고 여자의 직업이나 국적을 찾아보세요.

請在仔細聽完以下的對話後，試著找出女子的職業或國籍。

1) □ 영국 사람   □ 호주 사람

2) □ 태국 사람   □ 인도 사람

3) □ 학생   □ 회사원

4) □ 학생   □ 변호사

2 다음은 여러 나라 사람들의 모임에 온 사람들이 자신을 소개하는 내용입니다.
잘 듣고 어느 나라 사람인지, 무슨 일을 하는지 맞는 답을 고르세요.

以下是來自不同國家的人在聚會時自我介紹的內容。請仔細聽他們是來自哪一個國家，以及從事什麼工作，並選出正確的答案。

1)

| 국적 | 몽골 | 직업 | 학생 |
| | 인도 | | 회사원 |

2)

| 국적 | 알제리 | 직업 | 학생 |
| | 이집트 | | 회사원 |

3)

| 국적 | 중국 | 직업 | 학생 |
| | 일본 | | 회사원 |

3 다음 대화를 잘 듣고 아래의 내용이 맞으면 ○, 틀리면 ×에 표시하세요.

請仔細聽以下的對話，如果下方的內容正確的話，請標示○。錯誤的話，請標示×。

1) 여기는 한국입니다.   ○ ×

2) 디에고 씨는 관광 안내원입니다.   ○ ×

3) 디에고 씨는 대학에서 한국어를 전공했습니다.   ○ ×

🎤 口說_말하기

1 친구들에게 이름, 고향, 직업, 한국어 학습 기간, 한국어 학습 이유를 물어보세요.

請問問看朋友們的名字、故鄉、職業、學多久韓文，以及學韓文的理由。

● 이름, 고향, 직업, 한국어 학습 기간, 한국어 학습 이유를 알고 싶으면 어떻게 질문해야 할까요?

如果想要知道對方的名字、故鄉、職業、學多久韓文，以及學韓文的理由的話，應該要如何提問呢？

● 친구들과 위의 내용을 묻고 대답해 보세요.

請試著問問看朋友們上方的問題，並回答他們的提問。

이름	고향	직업	한국어 학습 기간	한국어 학습 이유
마려	중국 베이징	학생	1년	취직

2 친구들에게 여러분을 소개해 보세요.

請試著向朋友們自我介紹看看。

● 함께 공부하는 친구들에게 여러분을 소개하려고 합니다. 어떤 내용을 소개할지 생각해 보세요.

各位想要向一起學習韓文的朋友們介紹自己。請想想看要介紹些什麼樣的內容。

이름,＿＿＿＿＿＿＿＿＿＿＿＿＿＿＿＿＿＿＿＿＿

● 소개하고 싶은 내용에 관한 여러분의 정보를 간단히 메모해 보세요.

請簡單地寫下各位想要介紹的個人資料。

왕치엔,

● 위에서 메모한 내용을 바탕으로 여러분을 소개해 보세요. "안녕하세요. 지금부터 제 소개를 시작하겠습니다."로 발표를 시작하고, "이상으로 제 소개를 마치겠습니다."로 발표를 마치세요.

請以上方所寫的內容為基礎，試著自我介紹看看。發表時，請以「안녕하세요.지금부터 제 소개를 시작하겠습니다.」開頭，並以「이상으로 제 소개를 마치겠습니다.」做結尾。

1 우리는 가끔 외국인 친구를 구하는 광고문을 보게 됩니다. 다음 글은 한국의 한 대학생이 외국인 친구를 사귀고 싶다고 어느 대학교의 홈페이지 게시판에 올린 글입니다. 잘 읽고 내용을 파악해 보세요.

我們偶爾會看到尋找外國朋友的廣告文章。以下是一位韓國大學生在某學校網站的告示板上張貼想交外國朋友的文章。請在仔細閱讀後，試著掌握文章的內容。

● 먼저 글에 어떤 내용이 들어 있을지 생각해 보세요.

首先，請試著想想看文章當中會有哪些內容。

● 다음 글을 읽고 이 사람은 어떤 사람인지, 어떤 친구를 찾는지 생각해 보세요.

請在讀完以下的文章後，試著想想看這個人是什麼樣的人，以及他想尋找什麼樣的朋友。

▶ 新語彙

| 국제변호사 | 國際律師 |

외국인 친구를 찾습니다

안녕하세요? 저는 한국대학교 법학과 3학년 이진혁입니다. 제 꿈은 국제변호사가 되는 것입니다. 그래서 여러 나라의 친구들을 사귀고 싶습니다.

저는 운동을 좋아합니다. 그리고 영화를 보는 것도 좋아합니다. 저는 외국인 친구와 같이 운동도 하고 영화도 보고 싶습니다.

저는 영어와 중국어를 잘합니다. 그리고 지금 스페인어를 배우고 있습니다. 그러니까 한국어를 잘하지 못하는 사람도 괜찮습니다.

외국인 친구의 전화를 기다리겠습니다.

(이진혁 : 010-233-7543)

● 아래의 내용이 맞으면 ○, 틀리면 ×에 표시하세요.

如果以下的內容正確的話，請標示O。錯誤的話，請標示X。

(1) 이진혁 씨는 한국대학교에서 법학을 전공하고 있어요. ☐ ○ ☐ ×

(2) 이진혁 씨는 외국인 친구가 여러 명 있어요. ☐ ○ ☐ ×

(3) 이진혁 씨는 외국인 친구와 운동을 같이 하고 싶어해요. ☐ ○ ☐ ×

(4) 이진혁 씨는 한국어를 잘하는 외국인을 찾아요. ☐ ○ ☐ ×

1 한국인 친구를 구하는 글을 써 보세요.

請試著寫一篇尋找韓國朋友的文章。

- 여러분이 한국인 친구를 구하는 글을 쓴다면 어떤 내용을 쓰겠어요?

  如果各位想寫一篇尋找韓國朋友的文章的話，會寫些什麼樣的內容呢？

  이름, 나라

- 여러분의 정보를 간단히 메모해 보세요.

  請試著簡單地寫下各位的個人資料。

  린다 테일러, 미국

- 위에서 메모한 내용을 바탕으로 한국인 친구를 구하는 글을 써 보세요. 한국 친구들이 관심을 가질 수 있도록 재미있게 써 보세요.

  請以上方所寫的內容為基礎，試著寫一篇尋找韓國朋友的文章。為了讓韓國朋友們感興趣，請寫得有趣一點。

자기 평가 ✏️

自我評價

● 처음 만난 사람에게 자기소개를 할 수 있습니까? 各位能向初次見面的人自我介紹嗎？	非常棒 ●──●──●──● 待加強
● 격식적인 상황에서 자기소개를 할 수 있습니까? 各位能在正式的場合裡自我介紹嗎？	非常棒 ●──●──●──● 待加強
● 자기소개를 하는 글을 읽고 쓸 수 있습니까? 各位能讀懂，並且書寫自我介紹的文章嗎？	非常棒 ●──●──●──● 待加強

1 -네요

- -네요接在動詞、形容詞、「名詞+이다」後，讓話者在說某件事情的時候，表現出驚訝或感嘆的感嘆形語尾。這語尾經常被使用在非正式的場合。

한국어를 아주 잘하시네요. 韓文說得真好耶。

   (1) 가 : 한국 음식을 잘 드시네요.

      나 : 한국 음식이 아주 맛있어요.

   (2) 가 : 키가 아주 크네요. 키가 얼마나 돼요?

      나 : 180센티미터입니다.

   (3) 가 : 중국인이시네요.

      나 : 네, 중국 상하이에서 왔어요.

   (4) 가 : 어제는 열 시간 정도 등산을 했어요.

      나 : 많이 걸으셨네요.

   (5) 가 : 한국어 발음이 아주 _____ .

      나 : 정말요? 열심히 연습했어요.

   (6) 가 : 집에서 학교까지 5분이 걸려요.

      나 : _____ .

2 -고 있다

- -고 있다接在動詞的語幹後，表現那個動作或行動正在進行當中。

저는 책을 읽고 있어요. 我正在讀書。

- 韓文表現進行式並非一定要使用-고 있다。韓國人使用들어가요、와요、읽어요之類的現在式來表現現在的動作或行動正在進行。

저는 책을 읽고 있어요. 我正在讀書。

저는 책을 읽어요. 我在讀書。

- -고 있었다並非使用在表現過去某特定期間內進行的動作。-고 있었다只使用在過去某個時間點的動作被進行的情況。

저는 일요일 오후에 집에서 책을 읽고 있었어요. (×) 책을 읽었어요. (○)

我星期天下午在家讀書。

일요일 오후에 집에서 책을 읽고 있었어요. 그런데 그때 친구가 찾아왔어요. (○)

星期天下午我正在家裡讀書，那時朋友來訪。

(1) 가: 전공이 뭐예요?

　　나: 저는 한국어를 전공하고 있어요.

(2) 가: 학생이세요?

　　나: 아니요, 회사에 다니고 있어요.

(3) 가: 지금 뭐 하고 있어요?

　　나: 영화를 보고 있어요.

(4) 가: 어제 오후 세 시에 뭐 했어요?

　　나: 도서관에서 책을 읽고 있었어요. 그런데 왜요?

(5) 가: 무슨 일을 하고 계세요?

　　나: _____.

(6) 가: 여기서 뭐 해요?

　　나: _____.

3 –이/가 아니다

- -이/가 아니다接在名詞後，用來否定「-이다」。在非正式的場合，
  「-이/가 아니에요」為現在式的句子終結表現。
  저는 학생이에요. 我是學生。
  저는 학생이 아니에요. 我不是學生。

- 這分為兩種型態。
  a. 以子音結尾的名詞，使用-이 아니다。
  b. 以母音結尾的名詞，使用-가 아니다。

- 「A가 아니라 B다.」用來表現「不是A，而是B」。
  저는 대학생이 아니라 대학원생입니다. 我不是大學生，而是研究生。

(1) 가 : 한국 사람이세요?

　　나 : 아니요, 저는 한국 사람이 아니에요. 몽골 사람이에요.

(2) 가 : 고향이 서울이에요?

　　나 : 아니요, 제 고향은 서울이 아닙니다. 인천입니다.

(3) 가 : 의사세요?

　　나 : 아니요, 저는 의사가 아니라 의대생이에요.

(4) 가 : 저기가 도서관이에요?

　　나 : 아니요, 저기는 도서관이 아니라 우체국이에요.

(5) 가 : 이 우산은 마이클 씨의 것이에요?

　　나 : _____.

(6) 가 : 취미가 영화를 보는 거예요?

　　나 : _____.

4 −이/가 되다

● -이/가 되다接在名詞後，表現主語成為了那個「名詞」。
   수미가 벌써 대학생이 되었어요. 秀美已經成了大學生了。

● 這分成兩種型態。
   a. 以子音結尾的名詞，使用-이 되다。
   b. 以母音結尾的名詞，使用為-가 되다。

(1) 가 : 나중에 무슨 일을 하고 싶어요?
   나 : 저는 한국어 선생님이 되고 싶어요.

(2) 가 : 저는 가수가 되고 싶습니다.
   나 : 꿈을 꼭 이루기 바랍니다.

(3) 가 : 저 3월에 대학에 입학했어요.
   나 : 벌써 대학생이 되었어요?

(4) 가 : 7월이에요. 어느새 여름이 되었어요.
   나 : 글쎄 말이에요. 시간이 참 빠르네요.

(5) 가 : 꿈이 뭐예요?
   나 : 제 꿈은_____.

(6) 가 : _____.
   나 : 그럼 퇴근합시다.

◦新語彙

꿈을 이루다 實現夢想

어느새 不知不覺間

글쎄 말이에요.
就是說啊！說得沒錯！

제2과 취미
興趣

目標
各位將能談論興趣，並且介紹自己的興趣。

主題	興趣
功能	談論興趣、介紹自己的興趣
活動	聽力：聆聽有關興趣的對話
	口說：詢問朋友們的興趣、介紹自己的興趣
	閱讀：閱讀有關興趣的文章
	寫作：書寫自己的興趣
語彙	興趣、彈奏樂器、頻率、數字
文法	−(으)ㄹ 때、−(이)나、−(으)ㄹ 수 있다/없다、−기 때문에
發音	ㄹ-ㄹ
文化	網路同好會

제2과 취미 興趣

1. 이 사람들은 지금 무엇을 하고 있어요?

   這些人現在正在做什麼呢？

2. 취미에 대해 이야기할 때 무슨 이야기를 해요?

   在談論興趣時，會說些什麼呢？

1

린다 : 미키 씨는 시간이 있을 때 보통 무엇을 해요?

미키 : 저는 사진 찍는 것을 좋아해요. 그래서 시간이 있을 때
　　　 사진을 찍으러 가요.

린다 : 주로 무슨 사진을 찍어요?

미키 : 가족이나 친구들 사진을 많이 찍어요. 그런데 린다 씨는
　　　 취미가 뭐예요?

린다 : 제 취미는 춤추는 거예요. 요즘은 재즈 댄스를 배우고
　　　 있어요.

미키 : 그래요? 어디에서 재즈 댄스를 배울 수 있어요?

린다 : 학교에 재즈 댄스 동아리가 있어서 거기에서 배워요.

미키 : 나도 한번 배워 보고 싶어요.

> **新語彙**
>
> 주로　主要
>
> 재즈 댄스　爵士舞
>
> 동아리　社團

2

사토 : 와! 모형 자동차가 정말 많네요. 이거 모두 영진 씨가
　　　 만들었어요?

영진 : 네, 제가 만들었어요. 모형 자동차를 만드는 게 제
　　　 취미예요.

사토 : 멋있네요. 전부 몇 개쯤 돼요?

영진 : 한 백 개쯤 될 거예요.

사토 : 모형 자동차를 자주 만들어요?

영진 : 전에는 한 달에 서너 개쯤 만들었어요. 그런데 요즘은
　　　 바빠서 거의 못 만들어요.

사토 : 재료는 어디에서 사요?

영진 : 백화점이나 문방구에서 살 때도 있고 인터넷에서 살
　　　 때도 있어요.

사토 : 만드는 게 어려워요?

영진 : 아니요, 별로 안 어려워요. 한번 만들어 볼래요?

> **新語彙**
>
> 모형 자동차　模型車
>
> 멋있다　英俊的、帥氣的
>
> 한　大約
>
> 서너　三四
>
> 재료　材料
>
> 인터넷　網路

3

제 취미는 등산을 하는 것입니다. 보통 일주일에 한두 번쯤
집 근처의 산에 갑니다. 한국에는 산이 많기 때문에 고향에
있을 때보다 더 자주 등산을 합니다. 산에 올라가는 것은 아주
힘들지만 기분이 좋습니다. 특히 산꼭대기에서의 기분은
최고입니다.

요즘에는 학교에서 암벽 등반을 배우고 있습니다. 나중에
암벽 등반으로 산꼭대기까지 올라가 보고 싶습니다.

▪新語彙

한두	一二
산꼭대기	山頂
최고	最棒、最厲害
암벽 등반	攀岩

 **인터넷 동호회** 網路同好會

● 여러분 나라에서는 같은 취미를 가진 사람들이 어떻게 모여
취미 활동을 해요? 취미 생활과 관련된 정보는 어떻게
공유해요?
在各位的國家，有相同興趣的人是如何聚在一起從事興趣
活動的呢？他們是如何分享有關興趣的生活資訊呢？

 網際網路在人們彼此溝通的方式上，引起了世代的革新，對擁有同樣興趣的人，在聚會的方式上也
帶來了改變。過去，人們會與學校、職場、鄰居等已經熟識的人一起共享喜歡的東西，但是現在的
人則在網路上聚會。網路同好會的人也會實際地聚會，並針對興趣分享資訊。最近，網路同好會對
於商品的售後服務、品質，甚至是設計，逐漸地造成了更多的影響。因此，網路同好會因興趣所累
積的資訊，也可以說是一種寶物。

● 여러분이 가입하고 있거나 알고 있는 인터넷 동호회에 대해 이야기해 보세요.
請說說看各位參加的，或是各位知道的網路同好會。

말하기 연습

1 〈보기〉와 같이 이야기해 보세요.

보기

가 : 시간이 있을 때 보통 무엇을 해요?
有空的時候，通常會做些什麼呢？

나 : 영화를 봐요..
看電影。

취미 興趣

기타를 치다 彈吉他

등산을 하다 登山、爬山

그림을 그리다 畫畫

컴퓨터 게임을 하다
玩電腦遊戲

우표를 모으다 蒐集郵票

모형 자동차를 만들다
做模型車

전시회에 가다 去展示會

음악회에 가다 去音樂會

①

②

③

④

⑤

⑥

2 〈보기〉와 같이 연습하고, 여러분의 취미에 대해 묻고 대답해 보세요.

請照著＜範例＞練習，並針對各位的興趣提問與回答看看。

보기

시간이 있다 /
그림을 그리다

가 : 시간이 있을 때 뭘 해요?
有空的時候，會做些什麼呢？

나 : 저는 시간이 있을 때 그림을 그려요.
我有空的時候，會畫畫。

新語彙

소설책 小說

시간이 나다 有時間、有空

① 시간이 있다 / 영화를 보다

② 시간이 있다 / 소설책을 읽다

③ 시간이 많다 / 음악회에 가다

④ 시간이 많다 / 쇼핑을 하다

⑤ 시간이 나다 / 컴퓨터 게임을 하다

⑥ 시간이 나다 / 사진을 찍으러 가다

3 〈보기〉와 같이 이야기해 보세요.

> **보기**
>
> 수영, 축구, 하다
>
> 가 : 시간이 있을 때 보통 무엇을 해요?
> 有空的時候，通常會做些什麼呢？
>
> 나 : 수영이나 축구를 해요.
> 游泳或踢足球。

❶ 텔레비전, 영화, 보다

❷ 탁구, 테니스, 치다

❸ 신문, 잡지, 읽다

❹ 집 근처, 공원, 산책하다

❺ 청소, 빨래, 하다

❻ 피아노, 기타, 연주하다

新語彙

잡지　雜誌

연주하다　演奏

4 〈보기 1〉이나 〈보기 2〉와 같이 이야기해 보세요.

> **보기1**
>
> 어디에서 사진을 찍다/
> 학교 , 공원
>
> 가 : 어디에서 사진을 찍어요?
> 在哪裡照相呢？
>
> 나 : 학교나 공원에서 사진을 찍어요.
> 在學校或公園照相。

> **보기2**
>
> 어디에서 사진을 찍다/
> 학교 , 공원
>
> 가 : 어디에서 사진을 찍어요?
> 在哪裡照相呢？
>
> 나 : 학교하고 공원에서 사진을 찍어요.
> 在學校和公園照相。

❶ 어디에서 영화를 보다 / 극장 , 집

❷ 언제 등산을 하다 / 토요일 , 일요일

❸ 어느 나라에 여행을 가다 / 중국 , 일본

❹ 누구하고 산책하다 / 수미 씨, 린다 씨

❺ 무슨 운동을 좋아하다 / 야구, 축구

❻ 무슨 음식을 만들다 / 불고기, 된장찌개

발음 發音

2-2

달라요 별로

當最後的子音為ㄹ，而後面又接著另一個ㄹ時，就像發最後的ㄹ音一樣，讓舌尖長久停留在上顎或是上牙齦的地方發音。

다　ㄹㄹ　ㅏ

▶연습해 보세요.

(1) 가 : 운동하러 갈래요?
　　나 : 저는 운동을 별로 안 좋아해요.

(2) 가 : 청소할래요?
　　나 : 아니요, 저는 빨래할래요.

(3) 가 : 오늘은 맛이 어때요?
　　나 : 어제하고 달라요. 조금 달아요.

5 〈보기〉와 같이 이야기해 보세요.

> 보기
>
>
>
> 가 : 악기를 연주할 수 있어요?
> 會演奏樂器嗎？
>
> 나 : 네, 기타를 칠 수 있어요.
> 是的，會彈吉他。

❶ 　　**❷**

❸ 　　**❹**

❺ 　　**❻**

> **◦ 악기연주 演奏樂器**
>
> 악기를 연주하다 演奏樂器
>
> 기타를 치다 彈吉他
>
> 피아노를 치다 彈鋼琴
>
> 바이올린을 켜다 拉小提琴
>
> 하모니카를 불다 吹口琴
>
> 피리를 불다 吹笛子
>
> 첼로를 켜다 拉大提琴
>
> 북을 치다 打鼓

6 〈보기 1〉과 〈보기 2〉와 같이 연습하고, 무엇을 할 수
있는지 친구와 묻고 대답해 보세요.

請照著＜範例1＞與＜範例2＞練習，並試著和朋友提問與回答
看看各位會做些什麼。

> 보기1
>
> **한국 노래를 부르다**
>
> 가 : 한국 노래를 부를 수 있어요?
> 會唱韓文歌嗎？
>
> 나 : 네, 한국 노래를 부를 수
> 있어요.
> 是的，會唱韓文歌。

> 보기2
>
> **한국 노래를 부르다**
>
> 가 : 한국 노래를 부를 수 있어요?
> 會唱韓文歌嗎？
>
> 나 : 아니요, 한국 노래를 부를 수
> 없어요.
> 不，不會唱韓文歌。

> **◦ 新語彙**
>
> 종이비행기를 접다 摺紙飛機

❶ 스키를 타다　　**❷** 한국 신문을 읽다

❸ 종이비행기를 접다　　**❹** 하모니카를 불다

❺ 한국 음식을 만들다　　**❻** 재즈 댄스를 추다

7 〈보기 1〉이나 〈보기 2〉와 같이 연습하고, 여러분은
다음의 일을 얼마나 자주 하는지 묻고 대답해 보세요.

請照著＜範例1＞或＜範例2＞練習，並試著提問與回答看看各
位多常做以下的事情。

보기1

영화를 보다 /
시간이 있다,
항상

가 : 영화를 자주 봐요?
常看電影嗎？

나 : 네, 시간이 있을 때는 항상 봐요.
是的，有空的時候都會看電影。

보기2

영화를 보다 /
시간이 없다,
거의 안

가 : 영화를 자주 봐요?
常看電影嗎？

나 : 아니요, 시간이 없어서 거의 안
봐요.
不，因為沒空，所以幾乎不看電影。

❶ 요리를 하다 / 시간이 있다, 언제나

❷ 책을 읽다 / 시간이 있다, 항상

❸ 등산을 하다 / 시간이 나다, 자주

❹ 운동을 하다 / 시간이 없다, 가끔

❺ 음악회에 가다 / 시간이 없다, 별로 안

❻ 컴퓨터 게임을 하다 / 안 좋아하다, 전혀 안

---

8 〈보기 1〉와 같이 이야기해 보세요.

> 수 數字
>
> 한두　一二
>
> 두세　二三
>
> 서너　三四
>
> 네댓　四五
>
> 대여섯　五六
>
> 예닐곱　六七

보기

운동을 하다 /
일주일, 한두 번

가 : 운동을 얼마나 자주 해요?
多常做運動呢？

나 : 보통 일주일에 한두 번 정도 해요.
通常一個星期做一兩次左右。

❶ 피아노를 치다 / 일주일, 한두 번

❷ 춤을 추다 / 하루, 두세 시간

❸ 산책을 하다 / 일주일, 서너 시간

❹ 사진을 찍다 / 일주일, 한두 번

❺ 여행을 하다 / 일 년, 두세 번

❻ 전시회에 가다 / 서너 달, 한 번

> 語言提點
>
> 한두、두세、서너等經常被
> 使用，但是有關數字的其
> 他表現如네댓、대여섯等，
> 就不常被使用。

9 〈보기〉와 같이 이야기해 보세요.

新語彙

보기

가 : 한국 영화를 자주 봐요?
常看韓國電影嗎？

한국 영화를 자주 보다/
한국어를 연습할 수 있다

나 : 네, 한국어를 연습할 수 있기 때문에 자주 봐요.
是的，因為可以練習韓文，所以常看。

건강에 좋다 有益健康

경치가 아름답다 景色美麗

즐겁다 愉快的

❶ 운동을 자주 하다 / 건강에 좋다

❷ 사진을 많이 찍다 / 요즘 경치가 아름답다

❸ 책을 많이 읽다 / 여러 가지를 배울 수 있다

❹ 산책을 자주 하다 / 요즘 날씨가 아주 좋다

❺ 음악회에 자주 가다 / 음악을 듣는 것이 즐겁다

❻ 한국 음식을 자주 먹다 / 한국 음식을 좋아하다

10 〈보기〉와 같이 이야기해 보세요.

新語彙

보기

가 : 시간이 있을 때 보통 무엇을 해요?
有空的時候，通常會做些什麼呢？

나 : 등산을 해요.
爬山。

가 : 등산을 얼마나 자주 해요?
多常爬山呢？

등산을 하다 /
한 달, 서너 번 /
건강에 좋다

나 : 한 달에 서너 번 정도 해요.
一個月爬三四次左右。

가 : 왜 등산을 해요?
為什麼爬山呢？

나 : 건강에 좋기 때문에 등산을 자주 해요.
因為有益健康，所以常爬山。

기분이 좋아지다 心情變好

소리 聲音

여러 가지 各種

느끼다 感受、感覺

❶ 컴퓨터 게임을 하다 / 하루, 한두 시간 / 재미있다

❷ 춤을 추다 / 일주일, 두세 번 / 기분이 좋아지다

❸ 하모니카를 불다 / 일주일, 서너 번 / 하모니카 소리를 좋아하다

❹ 여행을 하다 / 두세 달, 한 번 / 여러 가지를 느낄 수 있다

🎧 聽力_듣기

1 다음 대화를 잘 듣고 남자의 취미로 알맞은 그림을 고르세요.

請仔細聽完以下的對話後，選出表現男子興趣的正確圖示。

1) _____　　2) _____　　3) _____　　4) _____

2 다음 대화를 잘 듣고 질문에 대답하세요.

請在仔細聽完以下的對話後，回答問題。

1) 남자의 취미는 무엇입니까?

這名男子的興趣是什麼呢？

2) 다시 한 번 듣고 여자에 대한 설명이 맞으면 ○, 틀리면 ×에 표시하세요.

請再聽一次，針對這名女子的說明如果正確的話，請標示○。錯誤的話，請標示×。

(1) 맛있는 음식을 먹는 것을 좋아해요.	○	×
(2) 요즘은 시간이 없어서 거의 요리를 안 해요.	○	×
(3) 다음에 남자하고 같이 요리를 할 거예요.	○	×

3 다음을 잘 듣고 질문에 대답하세요.

請在仔細聽完以下的內容後，回答問題。

1) 여자는 언제부터 야구를 했어요?

2) 여자는 왜 야구를 배웠어요?

3) 여자의 꿈은 뭐예요?

▶ 新語彙

선수 選手

(5)살 (5)歲

口說_말하기

1 친구들의 취미에 대해 인터뷰해 보세요.
請試著採訪朋友們的興趣。

● 친구의 취미에 대해 인터뷰하려고 합니다. 무엇을 질문할지 메모해 보세요.
그리고 어떻게 질문할지 생각해 보세요.

各位想採訪朋友的興趣。請簡單地寫下各位想要提問的內容，並想想看要如何提問。

질문	친구 1	친구 2
취미		
언제부터		

● 여러분이 준비한 질문으로 친구를 인터뷰해 보세요.

請試著用各位準備的問題來採訪朋友。

2 친구들에게 여러분의 취미를 소개해 보세요.
請試著向朋友們介紹各位的興趣。

● 무엇을 이야기할지 정리해 보세요.

請試著整理一下要說些什麼。

● 정리한 내용을 바탕으로 친구들에게 여러분의 취미를 소개해 보세요.

請以上方整理的內容為基礎，試著向朋友們介紹各位的興趣看看。

📖 閱讀_읽기

1 다음은 취미를 소개한 글입니다. 잘 읽고 질문에 답하세요.

以下是介紹興趣的文章。請在仔細閱讀後，回答問題。

● 취미를 소개하는 글에는 어떤 내용이 있을지 추측해 보세요.

請猜猜看在介紹興趣的文章裡會有什麼樣的內容。

● 빠른 속도로 읽으면서 예상한 내용이 있는지 확인해 보세요.

請快速地閱讀一遍，同時確認看看有沒有各位預料的內容。

내 취미는 사진을 찍는 것입니다. 요즘은 부모님과 친구들에게 보내고 싶기 때문에 고향에 있을 때보다 더 많이 사진을 찍습니다. 사진은 내가 말로 이야기할 수 없는 것도 잘 이야기해 줍니다. 그래서 나는 사진 찍는 것을 좋아합니다.

요즘은 바쁠 때도 매일 두세 장의 사진을 찍습니다. 그리고 가족이나 친구들에게 보냅니다. 사진을 보내고 사진에 대해서 이야기하는 것은 정말 즐겁습니다.

한국에 있는 동안 재미있는 사진을 많이 찍고 싶습니다.

● 다시 한 번 읽고 아래의 질문에 대답하세요.

請再閱讀一次，然後回答以下的問題。

(1) 이 사람의 취미는 무엇입니까?

(2) 왜 그것을 좋아합니까?

(3) 얼마나 자주 합니까?

1 여러분의 취미를 소개하는 글을 써 보세요.
請寫一篇文章來介紹各位的興趣。

● 취미를 소개할 때 보통 무엇을 써요? 아래 ⟶ 에 메모하세요.

在介紹興趣的時候，通常會寫些什麼呢？請簡單地寫在以下的 ⟶ 裡。

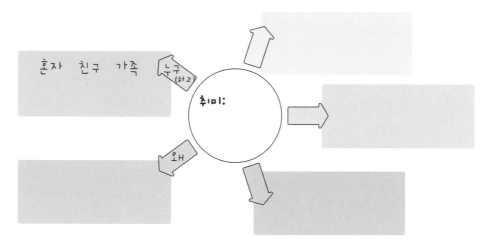

혼자 친구 가족 누구(하고)

취미:

왜

● 여러분은 어때요? 위의 ☐ 에 여러분의 취미에 대해 메모하세요.

那各位呢？請在以上的 ☐ 裡，簡單地寫上與各位興趣有關的內容。

● 메모한 내용을 바탕으로 여러분의 취미를 소개하는 글을 써 보세요.

請以上方所寫的內容為基礎，試著寫一篇文章來介紹各位的興趣。

● 여러분의 취미를 친구들에게 소개해 보세요.

請試著向朋友們介紹各位的興趣。

자기 평가

自我評價

● 취미에 대해 묻고 대답할 수 있습니까?
各位能針對興趣提問與回答嗎？

非常棒 ●━━●━━●━━● 待加強

● 자신의 취미를 소개할 수 있습니까?
各位能介紹自己的興趣嗎？

非常棒 ●━━●━━●━━● 待加強

● 취미를 소개하는 글을 읽고 쓸 수 있습니까?
各位能讀懂，並且書寫介紹興趣的文章嗎？

非常棒 ●━━●━━●━━● 待加強

1 –(으)ㄹ 때

- -(으)ㄹ 때接在動詞、形容詞、「名詞+이다」後，表現某事或某狀況持續的期間，或是某事發生的那個瞬間。

　가 : 시간이 있을 때 뭘 해요? 有空的時候，會做些什麼呢？

　나 : 시간이 있을 때 영화를 봐요. 有空的時候，會看電影。

- 但是那個事件即使是發生在過去，也不會在-(으)ㄹ 때的前方加上-았/었/였，而將時態顯示在那個句子的最後方。不過，若是那個事件已經在過去結束的話，就可使用-았/었/였。

　집에 올 때 비가 와서 우산을 샀어요. 回家的時候因為下雨，所以買了雨傘。

　집에 다 왔을 때 비가 와서 우산이 필요없었어요. 因為快到家的時候下雨，所以不需要雨傘。

- 這分為兩種型態。

　a. 語幹以母音或ㄹ結尾時，使用-ㄹ 때。

　b. 語幹以ㄹ以外的子音結尾時，使用-을 때。

　(1) 가 : 시간이 있을 때 무엇을 해요?

　　　나 : 저는 그림 그리는 것을 좋아해요. 그래서 시간이 있을 때는 그림을 그려요.

　(2) 가 : 수미 씨한테 언제 전화가 왔어요?

　　　나 : 집에서 쉬고 있을 때 전화가 왔어요.

　(3) 가 : 학교에 올 때 뭐 타고 와요?

　　　나 : 버스를 타고 와요.

　(4) 가 : 식당에 사람이 많아요?

　　　나 : 아니요, 제가 갔을 때는 사람이 별로 없었어요.

　(5) 가 : 책을 자주 읽어요?

　　　나 : ＿＿＿＿＿＿＿＿＿＿＿＿＿＿＿＿＿＿＿＿ 책을 읽어요.

　(6) 가 : 언제 부모님이 보고 싶어요?

　　　나 : ＿＿＿＿＿＿＿＿＿＿＿＿＿＿＿＿＿＿＿＿ 부모님이 보고 싶어요.

2 –(이)나

- -(이)나接在名詞後，表現「或（是）」。

　시간이 있을 때 수영이나 축구를 해요. 有空的時候，游泳或踢足球。

- 這分為兩種型態

　a. 名詞以母音結尾時，使用-나。

　b. 名詞以子音結尾時，使用-이나。

(1) 가 : 주말에는 보통 무엇을 해요?

　　나 : 축구나 야구를 해요.

(2) 가 : 방학에 뭐 할 거예요?

　　나 : 바다나 산에 놀러 갈 거예요.

(3) 가 : 언제 등산을 갈 거예요?

　　나 : 토요일이나 일요일에 갈 거예요.

(4) 가 : 연필이나 볼펜 좀 빌려 줄래요?

　　나 : 여기 있어요.

(5) 가 : 수미 씨에게 무엇을 선물할까요?

　　나 : ＿＿＿＿＿＿＿＿＿＿＿＿＿＿＿＿ 선물해요.

(6) 가 : 이번 주말에 뭘 하고 싶어요?

　　나 : ＿＿＿＿＿＿＿＿＿＿＿＿＿＿＿＿＿ .

■新語彙

연필 鉛筆

선물하다 送禮

3 −(으)ㄹ 수 있다/없다

● -(으)ㄹ 수 있다/없다接在動詞的語幹後，表現能力或可能性的有無。

피아노를 칠 수 없어요.　我不會彈鋼琴。（能力）

주말에는 도서관에서 책을 빌릴 수 없어요.　週末圖書館不能借書。（可能性）

● 這分為兩種型態

　a. 語幹以母音或ㄹ結尾時，使用-ㄹ 수 있다/없다。

　b. 語幹以ㄹ以外的子音結尾時，使用-을 수 있다/없다。

(1) 가 : 스키를 탈 수 있어요?

　　나 : 네, 탈 수 있어요.

(2) 가 : 지난 주말에도 산에 갔어요?

　　나 : 아니요, 비가 너무 많이 와서 갈 수 없었어요.

(3) 가 : 한국 음식을 좋아해요?

　　나 : 네, 좋아해요. 그렇지만 김치는 매워서 먹을 수 없어요.

(4) 가 : 제주도에서 수영도 했어요?

　　나 : 아니요, 날씨가 추워서 수영을 할 수 없었어요.

(5) 가 : 악기를 연주할 수 있어요?

　　나 : ＿＿＿＿＿＿＿＿＿＿＿＿＿＿＿＿＿ .

(6) 가 : 어떤 외국어를 할 수 있어요?

　　나 : ＿＿＿＿＿＿＿＿＿＿＿＿＿＿＿＿＿ .

4 −기 때문에

- -기 때문에接在動詞、形容詞、「名詞+이다」後，表現某行動或狀況的理由或原因。

  건강에 좋기 때문에 산책을 자주 해요. 因為有益健康，所以常常散步。

- -기 때문에後不可使用命令句或共動（一起～吧！）句。

  시험이 있기 때문에 열심히 공부했어요.(O)
  시험이 있기 때문에 열심히 공부하세요.(×)
  시험이 있기 때문에 열심히 공부합시다.(×)

- 如果過去事件或狀況為其原因或理由時，可以使用 -았/었/였기 때문에。

  비가 많이 왔어요. 그래서 산에 안 갔어요.
  ➡ 비가 많이 왔기 때문에 산에 안 갔어요.

  (1) 가 : 영화를 보는 것을 좋아해요?
  　　나 : 네, 좋아해요. 한국어를 공부할 수 있기 때문에 특히 한국 영화를 자주 봐요.
  (2) 가 : 요즘도 사진을 많이 찍어요?
  　　나 : 요즘은 시간이 별로 없기 때문에 거의 못 찍어요.
  (3) 가 : 이번 주말에 같이 영화 보러 갈래요?
  　　나 : 미안해요. 고향에서 부모님이 오셨기 때문에 이번 주말은 안 돼요.
  (4) 가 : 왜 여행을 자주 가요?
  　　나 : 여러 가지를 생각할 수 있기 때문에 자주 가요.
  (5) 가 : 왜 한국어를 공부해요?
  　　나 : ＿＿＿＿＿＿＿＿＿＿＿＿＿＿＿＿＿＿＿＿＿＿ 한국어를 공부해요.
  (6) 가 : 한국 생활은 어때요?
  　　나 : ＿＿＿＿＿＿＿＿＿＿＿＿＿＿＿＿＿＿＿＿＿＿＿＿＿＿.

MEMO

제3과 날씨
天氣

目標
各位將能談論天氣，並能理解氣象預報。

主題	天氣
功能	預測天氣、比較天氣、理解氣象預報、說明天氣的符號
活動	聽力：聆聽有關天氣的對話、聆聽氣象預報
	口說：針對朋友國家的天氣提問並回答、針對喜歡的天氣提問並回答
	閱讀：閱讀報紙上的氣象預報
	寫作：書寫一篇文章來介紹自己國家的天氣
語彙	天氣、天氣與生活、與天氣相關的表現
文法	-는/(으)ㄴ、-(으)ㄹ까요、-(으)ㄹ 것 같다、-아/어/여지다
發音	ㅜ 與 ㅗ
文化	天氣與生活

제3과 날씨 天氣

1. 여자는 무엇을 하고 있어요? 지금 날씨가 어떨까요?

　　 這女生正在做什麼呢？現在的天氣如何呢？

2. 여러분 나라는 요즘 날씨가 어때요? 여러분은 어떤 날씨를 좋아해요?

　　 各位的國家最近天氣如何呢？各位喜歡什麼樣的天氣呢？

1

수미 : 어머! 밖에 비가 와요.

사토 : 어! 정말 그러네요.

수미 : 혹시 텔레비전에서 일기예보 봤어요?

사토 : 아니요, 못 봤어요. 그건 왜요?

수미 : 토요일에 친구들하고 놀러 갈 거예요.
　　　내일도 비가 올까요?

사토 : 글쎄요. 소나기 같아요.

수미 : 그럴까요?

사토 : 네, 걱정하지 마세요. 곧 그칠 것 같아요.

> **新語彙**
>
> 어머
> 哎呀！哦！(通常是女性使用)
>
> 어 哦！啊！
>
> 그렇다 那樣的
>
> 혹시 也許、萬一
>
> 일기예보 氣象預報
>
> 소나기 雷陣雨
>
> 같다 好像、似乎
>
> 그럴까요? 那樣嗎？
>
> 걱정하다 擔心
>
> (비가) 그치다 （雨）停

2

영진 : 날씨가 굉장히 춥네요.

제인 : 그렇죠? 날씨가 많이 추워졌어요.

영진 : 런던은 요즘 날씨가 어때요?

제인 : 런던은 요즘 비가 많이 와요.

영진 : 겨울에 비가 많이 와요?

제인 : 네, 겨울에는 보통 흐리고 비가 오는 날이 많아요.

영진 : 그래도 기온은 한국보다 좀 높지요?

제인 : 네, 그래요. 그런데 습도가 높기 때문에 좀 추워요.

> **新語彙**
>
> 굉장히 非常
>
> 추워지다 變冷
>
> 그래도 即使如此、但是
>
> 기온이 높다 氣溫高
>
> 습도가 높다 溼度高

3

오늘의 날씨를 말씀드리겠습니다. 오늘 중부지방은 구름이 많이 끼겠고, 남부지방은 대체로 맑겠습니다. 아침 최저기온은 0도에서 7도, 낮 최고기온은 10도에서 17도로 어제보다 조금 올라가겠습니다.

아침과 낮의 기온 차이가 큽니다. 이럴 때는 두꺼운 옷보다 얇은 옷을 여러 개 입는 것이 좋습니다. 건강한 하루 보내십시오.

▪新語彙

말씀드리겠습니다.	稟告、敬告
중부지방	中部地區
구름이 끼다	多雲
남부지방	南部地區
대체로	大致上、大體上
최저기온	最低溫度
(0)도	(0)度
최고기온	最高溫度
차이	差異
두껍다	厚的
얇다	薄的
여러	許多、幾
보내다	度過

 **문화** **날씨와 생활** 天氣與生活

- 여러분은 날씨가 사람들의 생활 습관이나 성격에 어떤 영향을 미친다고 생각해요?

  各位認為天氣對於人們的生活習慣或性格會產生什麼樣的影響呢？

- 한국의 날씨는 한국 사람들의 생활 습관, 성격과 어떤 관계가 있을까요?

  韓國的天氣與韓國人的生活習慣、性格有什麼樣的關係呢？

 韓國有四個季節，而且每個季節的天氣非常分明。因此韓國人對天氣的變化相當地敏感，常為了準備下個季節而非常忙碌。夏天的時候韓國人要準備過秋天；秋天的時候則準備過冬天。舉例來說，韓國人在秋天的時候會買冬天的衣服，或是為了過冬而醃製泡菜。也許正是這樣分明的天氣，讓韓國人對流行維持高度的關注與急躁的性格也說不定。

- 여러분 나라의 날씨와 사람들의 생활 습관, 성격은 어떤 관계가 있을까요?

  各位國家的天氣與人們的生活習慣、性格有什麼樣的關係呢？

1　〈보기 1〉이나 〈보기 2〉와 같이 연습하고, 좋아하는 날씨에 대해 이야기해 보세요.

請照著＜範例1＞或＜範例2＞練習，並試著說說看自己喜歡的天氣。

보기1	
비가 오다	가 : 수미 씨는 어떤 날씨를 좋아해요? 秀美喜歡什麼樣的天氣呢？ 나 : 저는 비가 오는 날씨를 좋아해요. 我喜歡下雨天。

보기2	
흐리다	가 : 수미 씨는 어떤 날씨를 좋아해요? 秀美喜歡什麼樣的天氣呢？ 나 : 저는 흐린 날씨를 좋아해요. 我喜歡陰天。

❶ 맑다　　　　　　❷ 따뜻하다

❸ 춥다　　　　　　❹ 눈이 오다

❺ 바람이 불다　　　❻ 시원하다

2　〈보기〉와 같이 연습하고, 오늘의 날씨를 예상해 보세요.

請照著＜範例＞，並預測看看今天的天氣。

보기	
비가 오다	가 : 오늘 비가 올 것 같아요? 今天會下雨嗎？ 나 : 네, 비가 올 것 같아요. 是的，好像會下雨。

❶ 날씨가 좀 춥다　　　❷ 날씨가 흐리다

❸ 하루 종일 맑다　　　❹ 바람이 많이 불다

❺ 날씨가 시원하다　　　❻ 날씨가 별로 안 덥다

▶ 발음　發音

ㅜ 與 ㅗ

뿌 뿌　　　뽀 뽀

發ㅜ音的時候，要將嘴唇捲成圓形，往前方伸出發音。發ㅗ音的時候，要將嘴唇捲成圓形，把下巴往下發音。

ㅜ　　　　ㅗ

▶연습해 보세요.
(1) 여름에는 소나기가 자주 와요.
(2) 보통 봄에는 바람이 조금 불어요.
(3) 중국 북경은 한국보다 더워요.

▶新語彙

하루 종일　一整天

3 〈보기〉와 같이 연습하고, 내일의 날씨를 예상해 보세요.
請照著＜範例＞練習，並預測看看明天的天氣。

> **보기**
>
> 비가 오다 /
>
> 비가 안 오다
>
> 가 : 내일 비가 올까요?
> 明天會下雨嗎？
>
> 나 : 글쎄요. 아마 비가 안 올 것 같아요.
> 這個嘛…可能不會下雨。

❶ 날씨가 춥다 / 좀 춥다

❷ 날씨가 맑다 / 좀 흐리다

❸ 눈이 오다 / 눈이 좀 오다

❹ 날씨가 덥다 / 별로 안 덥다

❺ 날씨가 따뜻하다 / 따뜻하다

❻ 바람이 많이 불다 / 바람이 별로 안 불다

4 일기도를 보고 〈보기〉와 같이 이야기해 보세요.
請在看完氣象圖後，照著＜範例＞，試著說說看。

> ■ 날씨 1 天氣1
>
> 기온이 높다/낮다　氣溫高/低
>
> 기온이 올라가다/떨어지다
> 氣溫上升/下降
>
> 습도가 높다/낮다　溼度高/低
>
> 건조하다　乾燥的
>
> 최고기온　最高氣溫
>
> 최저기온　最低氣溫
>
> 영상　零上
>
> 영하　零下

> **보기**
>
>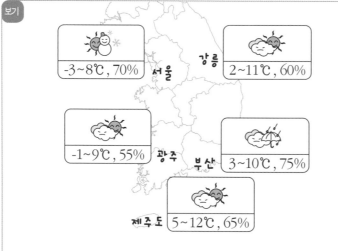
>
> 기온이 가장 높다
>
> 가 : 기온이 가장 높은 곳은 어디예요?
> 氣溫最高的地方是哪裡呢？
>
> 나 : 기온이 가장 높은 곳은 제주도예요.
> 氣溫最高的地方是濟州島。

❶ 기온이 가장 낮다　　**❷** 습도가 가장 높다

❸ 습도가 가장 낮다　　**❹** 최고기온이 가장 낮다

❺ 최저기온이 가장 높다　　**❻** 최저기온이 영하이다

5 〈보기〉와 같이 연습하고, 친구와 고향 날씨에 대해
이야기해 보세요.

請照著＜範例＞練習，並試著和朋友說說看故鄉的天氣。

보기	
타이베이, 기온이 높다 / 서울	가 : 타이베이는 기온이 높아요? 台北氣溫高嗎？ 나 : 네, 서울보다 높아요. 是的，比首爾高。

❶ 일본, 습도가 높다 / 한국

❷ 베이징, 비가 잘 안 오다 / 서울

❸ 시드니, 겨울이 따뜻하다 / 제주도

❹ 한국, 겨울에 날씨가 춥다 / 영국

❺ 서울, 눈이 많이 오다 / 부산

❻ 제주도, 바람이 많이 불다 / 한국의 다른 곳

6 〈보기〉와 같이 연습하고, 요즘의 날씨 변화에 대해
이야기해 보세요.

請照著＜範例＞練習，並試著說說看最近的天氣變化。

보기	
날씨가 좋다	가 : 날씨가 참 좋네요. 天氣真好啊！ 나 : 그렇죠? 요즘 날씨가 많이 좋아졌어요. 對吧？最近天氣變得很好。

❶ 날씨가 따뜻하다	❷ 기온이 낮다
❸ 습도가 높다	❹ 날씨가 덥다
❺ 날씨가 춥다	❻ 날씨가 시원하다

7 〈보기〉와 같이 연습하고, 여러분 나라의 날씨를 이야기해 보세요.

請照著＜範例＞練習，並試著說說看各位國家的天氣。

▶ 語言提點

比較某兩種事物的時候，如果沒什麼太大差異的話，可用「A가 B하고 비슷해요.」來表現。

> 보기
>
> 날씨가 **춥다**
> / 따뜻하다
>
> 가 : 날씨가 춥네요.
> 天氣好冷啊！
>
> 나 : 그렇죠? 요즘 날씨가 많이 추워졌어요.
> 對吧？最近天氣變得好冷。
>
> 가 : 린다 씨 고향은 요즘 날씨가 어때요?
> 琳達的故鄉最近天氣如何呢？
>
> 나 : 한국보다 따뜻해요.
> 比韓國溫暖。

❶ 날씨가 따뜻하다 / 춥다　❷ 기온이 높다 / 기온이 낮다

❸ 습도가 높다 / 습도가 낮다　❹ 날씨가 덥다 / 시원하다

❺ 기온이 낮다 / 기온이 높다　❻ 날씨가 시원하다 / 덥다

8 〈보기〉와 같이 연습하고, 내일의 일기예보에 대해 이야기해 보세요.

請照著＜範例＞，並試著說說看明天的氣象預報。

> 보기
>
> 구름이 많이 끼다
>
> 가 : 일기예보 봤어요?
> 看氣象預報了嗎？
>
> 나 : 네, 내일은 구름이 많이 낄 거예요.
> 是的，明天會是多雲的天氣。

❶ 해가 나다　　　　❷ 비가 그치다

❸ 날이 개다　　　　❹ 소나기가 내리다

❺ 태풍이 불다　　　❻ 비가 오고 번개가 치다

> ▶ 날씨 2 天氣2
>
> 구름이 끼다　多雲
>
> 해가 나다　出太陽
>
> 비가 그치다　雨停
>
> 날이 개다　放晴
>
> 소나기가 내리다　下雷陣雨
>
> 천둥이 치다　打雷
>
> 번개가 치다　閃電
>
> 태풍이 불다　颱風
>
> 장마가 시작되다　梅雨季開始

9 〈보기〉와 같이 연습하고, 내일의 날씨에 대해 이야기하고
어떻게 하는 것이 좋은지 이야기해 보세요.

請照著＜範例＞練習，並試著說說看明天的天氣，以及該如何
因應此天氣狀況。

보기	
날씨가 춥다 / 따뜻한 옷을 입고 나가다	가 : 내일은 날씨가 추울 것 같아요. 明天天氣好像會很冷。 나 : 그래요? 그럼 따뜻한 옷을 입고 나가는 게 좋겠네요. 是嗎？那麼最好穿保暖的衣物外出。

❶ 밤에 추워지다 / 난방을 조금 하다

❷ 오전에 비가 많이 오다 / 오후에 외출하다

❸ 소나기가 오다 / 우산을 가지고 가다

❹ 장마가 끝나다 / 오래간만에 세차를 하다

❺ 눈이 오다 / 차를 안 가지고 가다

❻ 날씨가 좋다 / 이불을 빨다

▪ 날씨와 생활 天氣與生活

외출하다 外出

나들이를 하다
出去走走、出去散心

세차를 하다 洗車

이불을 빨다 洗被子

차를 가지고 가다 開車去

난방을 하다 開暖氣

▪ 新語彙

오래간만에 隔了好久

10 〈보기〉와 같이 연습하고, 지금의 날씨와 내일의 날씨,
싫어하는 날씨에 대해 이야기해 보세요.

請照著＜範例＞練習，並試著說說看現在和明天的天氣，以及
討厭的天氣。

날씨 관련 표현
與天氣相關的表現

땀이 나다　流汗
손이 시리다　手冰冷
옷이 젖다　衣服淋濕、衣服弄濕
길이 미끄럽다　路滑
먼지가 나다　起灰塵

新語彙

장마철　梅雨季

보기

날씨가 꽤 춥다 /
기온이 많이 내려갔다 /
덥다 /
땀이 나다

가 : 날씨가 꽤 춥네요.
　　天氣相當地冷啊！

나 : 그렇죠? 요즘 기온이 많이 내려갔어요.
　　是吧？最近氣溫下降了許多。

가 : 내일도 이렇게 추울까요?
　　明天也會這麼冷嗎？

나 : 글쎄요. 내일도 추울 것 같아요.
　　這個嘛…明天好像也會很冷。

가 : 그럴까요? 저는 추운 날씨를 정말 싫어해요.
　　민수 씨는 어때요?
　　那樣嗎？我真的很討厭寒冷的天氣。民秀您呢？

나 : 저는 더운 것보다 추운 게 좋아요.
　　더운 날은 땀이 나서 싫어요.
　　比起炎熱的天氣，我比較喜歡寒冷的天氣。因為熱天會流汗，
　　所以不喜歡。

❶ 날씨가 무척 덥다 / 기온이 많이 올라갔다 / 춥다 /
손이 시리다

❷ 계속 비가 오다 / 장마철이다 / 눈이 오다 /
길이 미끄럽다

❸ 습도가 꽤 높다 / 비가 많이 왔다 / 건조하다 /
먼지가 나다

❹ 눈이 많이 오다 / 며칠 동안 계속 눈이 오다 /
비가 오다 / 옷이 젖다

🎧 聽力_듣기

1 다음 대화를 잘 듣고 지금의 날씨가 어떤지 그림에서 골라 기호를 쓰세요.

請在仔細聽完以下的對話後，在圖示中選出現在天氣狀況的符號。

ⓐ　　　　　　　　　　ⓑ　　　　　　　　　　ⓒ

ⓓ　　　　　　　　　　ⓔ　　　　　　　　　　ⓕ

1) _____　　2) _____　　3) _____　　4) _____

2 다음 대화를 잘 듣고 아래의 내용이 맞으면 ○, 틀리면 ×에 표시하세요.

請仔細聽以下的對話，如果下方內容正確的話，請標示O。錯誤的話，請標示X。

1) 지금 비가 와서 날씨가 많이 추워요. 　　○ ×

2) 겨울이 되어서 날씨가 계속 추워질 거예요. 　　○ ×

3) 마이클 씨는 추운 날씨를 싫어해요. 　　○ ×

4) 마이클 씨의 고향은 한국보다 따뜻해요. 　　○ ×

3 다음은 일기예보입니다. 일기예보를 잘 듣고 질문에 대답하세요.

以下是氣象預報的內容。請仔細聽完氣象預報後，回答問題。

1) 지금 날씨는 어때요?

現在的天氣如何呢？

❶　　　　　　❷　　　　　　❸

2) 내일의 날씨는 어떨까요?

明天的天氣會如何呢？

❶　　　　　　❷　　　　　　❸

3) 마이클 씨는 내일 어떤 옷을 입는 게 좋을까요?

麥可明天穿什麼樣的衣服會比較好呢？

❶　　　　　　❷　　　　　　❸

口說_말하기

1 친구와 날씨에 대해 이야기해 보세요.

請試著和朋友談論天氣。

● 친구의 나라는 날씨가 어떨 것 같아요? 여러분 나라의 날씨와 비교해서 어떤 점이 다를 것 같아요?

朋友國家的天氣會是如何呢？和各位國家的天氣相比，會有什麼不同呢？

	친구의 나라	우리 나라
날씨(기온, 습도)		

● 여러분이 생각한 것이 맞는지 친구에게 〈보기〉와 같이 질문을 해 보세요.

請照著〈範例〉向朋友提問，看看各位的想法是否正確。

> 캐나다는 날씨가 추울 것 같아요. 맞아요?
> 캐나다는 한국보다 날씨가 추울 것 같아요. 맞아요?

2 우리 반 친구들은 어떤 날씨를 좋아하는지, 어떤 날씨를 싫어하는지 알아봅시다.

讓我們來了解一下班上同學們喜歡什麼樣的天氣，以及討厭什麼樣的天氣。

● 여러분은 어떤 날씨를 좋아하고, 싫어해요? 그 이유가 뭐예요? 그리고 그런 날에는 무엇을 해요?

各位喜歡什麼樣的天氣，以及討厭什麼天氣呢？理由是什麼呢？還有在那樣的天氣裡會做些什麼呢？

좋아하는 날씨		싫어하는 날씨	
이유		이유	
하는 일		하는 일	

● 반 친구들은 어떤 날씨를 좋아하고 싫어하는지 조사해 보세요.

請試著調查一下班上同學們喜歡什麼樣的天氣，以及討厭什麼樣的天氣。

📖 閱讀_읽기

1 다음 신문의 일기예보를 읽어 보세요.
請試著閱讀以下報紙裡的氣象預報。

● 아래의 그림을 보고 오늘의 날씨가 어떤지 이야기해 보세요.
請在看完以下的圖示後，說說看今天的天氣如何。

● 오늘의 날씨에 대한 설명을 잘 읽고 질문에 답하세요.
請仔細閱讀有關今天天氣的說明後，回答問題。

(1) 그림을 보고 알 수 없는 것을 고르세요.
請在看完圖示後，選出無法從圖示中得知的選項。

❶ 최저 기온　　❷ 습도　　❸ 비가 오는 곳

(2) 오늘의 날씨에 대한 설명이 맞으면 ○, 틀리면 ×에 표시하세요.
針對今天天氣的說明，如果正確的話，請標示○。錯誤的話，請標示×。

❶ 오늘은 대체로 흐린 날씨예요.　　○　×
❷ 어제는 오늘보다 날씨가 더웠어요.　　○　×
❸ 제주도는 한때 비가 올 거예요.　　○　×

寫作_쓰기

1 여러분의 친구가 3월이나 8월에 여러분 나라로 여행을 가려고 합니다. 언제 여행을 가면 좋은지 알려주는 이메일을 써 보세요.

各位的朋友想在3月或8月時去各位的國家旅行。請寫一封電子郵件來告訴朋友什麼時候去比較好。

● 3월과 8월에 여러분 나라의 날씨는 어때요? 그때 여러분 나라에 여행을 갈 때 꼭 준비해야 할 것이나 조심해야 할 것이 있어요? 메모해 보세요.

在3月和8月時，各位國家的天氣如何呢？在那時候去各位國家旅行的話，有沒有什麼東西是一定要準備的，或是應該要注意的呢？請簡單地寫下來。

월	날씨	기온	주의사항 注意事項
3월			
8월			

● 친구에게 3월과 8월의 날씨를 비교해서 설명하고, 언제가 여행하기 좋은지 조언하는 이메일을 써 보세요.

請試著寫一封電子郵件給朋友，比較說明3月和8月的天氣，並針對何時去旅行較好給他一些建議。

● 옆 친구가 쓴 이메일을 읽고 언제 친구의 나라에 여행을 가고 싶은지 이야기해 보세요.

請閱讀身旁朋友寫的電子郵件，並說說看各位想要在何時去朋友的國家旅行。

자기 평가 ✎　　　　　　　　　　　　　　　　　　自我評價

● 날씨를 예상해서 이야기할 수 있습니까?
各位能預報天氣嗎？
非常棒 ●━━●━━●━━● 待加強

● 여러분 나라의 날씨를 소개할 수 있습니까?
各位能介紹自己國家的天氣嗎？
非常棒 ●━━●━━●━━● 待加強

● 일기예보를 읽거나 듣고 이해할 수 있습니까?
各位能讀懂或聽懂氣象預報嗎？
非常棒 ●━━●━━●━━● 待加強

1 –는/(으)ㄴ （現在式冠形詞形語尾）

- -는/(으)ㄴ接在動詞、形容詞、「名詞+이다」後，用來修飾後接的名詞，並表現出現在的動作或狀態。

  가 : 어떤 날씨를 좋아해요? 喜歡什麼樣的天氣呢？

  나 : 저는 흐린 날씨를 좋아해요. 我喜歡陰天。

좋(다) → 날씨
↓
은

- 這分為三種型態。

  a. 動詞或形容詞的語幹以있다/없다結尾時，使用-는。

  b. 形容詞的語幹以母音或ㄹ結尾時，使用-ㄴ。

  c. 形容詞的語幹以ㄹ以外的子音結尾時，使用-은。

  (1) 가 : 비가 오는 날에는 김치찌개를 먹고 싶어요.

     나 : 그럼, 김치찌개를 먹으러 가요.

  (2) 가 : 사진을 찍으러 자주 가요?

     나 : 네, 이렇게 날씨가 좋은 날에는 꼭 가요.

  (3) 가 : 오늘 날씨 좋지요?

     나 : 네, 그런데 저는 바람이 부는 날씨를 좋아해요.

  (4) 가 : 점심 먹으러 갈래요?

     나 : 네, 좋아요. 우리 맛있는 걸 먹으러 가요.

  (5) 가 : 어떤 날씨를 좋아해요?

     나 : _____ .

  (6) 가 : 어떤 사람을 좋아해요?

     나 : _____ .

■語言提點

接在形容詞後的冠形詞形語尾，也使用在「名詞+이다」後方。
예) 회사원인 철수 씨

2 –(으)ㄹ까요

- -(으)ㄹ까요接在動詞、形容詞、「名詞+이다」後，在詢問聽者對於現在或未來的情況有何預測時使用。

  가 : 내일 비가 올까요? 明天會下雨嗎？

  나 : 글쎄요. 아마 안 올 거예요. 這個嘛……大概不會下。

- 對於過去的事情，詢問有何預測時,則使用-았/었/였을까요。

  가 : 마이클 씨가 전에 무슨 일을 했을까요? 麥可之前做了什麼事呢？

  나 : 회사에 다녔을 거예요. 大概在公司上班。

- 這分為兩種型態。
  a. 語幹以母音或ㄹ結尾時，使用-ㄹ 까요。
  b. 語幹以ㄹ以外的子音結尾時，使用-을까요。

  (1) 가 : 내일 날씨가 좋을까요?
      나 : 네, 내일은 날씨가 좋을 거예요.
  (2) 가 : 한국은 여름에 습도가 높을까요?
      나 : 네, 높을 거예요.
  (3) 가 : 부산은 날씨가 어떨까요?
      나 : 바닷가라서 바람이 많이 불 거예요.
  (4) 가 : 어제 제주도에도 비가 왔을까요?
      나 : 네, 왔어요. 텔레비전에서 봤어요.
  (5) 가 : 내일 날씨가 _____ ?
      나 : 글쎄요. 오늘보다 따뜻할 거예요.
  (6) 가 : 저 상자 안에 무엇이 _____ ?
      나 : 글쎄요. 우리 한 번 열어 볼까요?

3 -(으)ㄹ 것 같다

- -(으)ㄹ 것 같다接在動詞、形容詞、「名詞+이다」後，針對現在或未來，表現個人的推測或假定。
  가 : 내일 비가 올까요?   明天會下雨嗎？
  나 : 제 생각에는 내일 비가 올 것 같아요.   我想明天好像會下雨。

- 針對過去推測時，可使用「았/었/였을 것 같아요」。
  가 : 지금 제주도에는 비가 올 것 같아요.   現在濟州島好像要下雨。
  나 : 어제 제주도에는 비가 왔을 것 같아요.   昨天濟州島好像下了雨。

- 這分為兩種型態。
  a. 語幹以母音或ㄹ結尾時，使用-ㄹ 것 같다。
  b. 語幹以ㄹ以外的子音結尾時，使用-을 것 같다。

  (1) 가 : 내일 날씨가 어떨까요?
      나 : 글쎄요. 눈이 올 것 같아요.
  (2) 가 : 내일 날씨가 어떨 것 같아요?
      나 : 바람이 많이 불 것 같아요.
  (3) 가 : 저 사람은 무슨 일을 할까요?
      나 : 학생일 것 같아요.
  (4) 가 : 영진 씨가 어제 왜 안 왔을까요?
      나 : 글쎄요. 아파서 못 왔을 것 같아요.

(5) 가 : 내일 날씨가 어떨까요?

나 : _____ .

(6) 가 : 선생님이 어제 뭐 했을까요?

나 : _____ .

4 –아/어/여지다

- -아/어/여지다接在形容詞的語幹後,表現狀態的變化

봄이에요. 날씨가 많이 따뜻해졌어요.　現在是春天。天氣變得很溫暖。

- 這分為三種型態。

a. 語幹的最後母音以ㅏ或ㅗ結尾時,使用-아지다。

b. 語幹的最後母音以ㅏ或ㅗ以外的其它母音結尾時,使用-어지다。

c. 就「하다」來說,使用-하여지다為正確的型態,但是在一般的情況下,
-해지다要比-하여지다更常被使用。

(1) 가: 날씨가 춥지요?

나: 네, 많이 추워졌어요.

(2) 가: 날씨가 꽤 덥네요.

나: 맞아요. 요즘 기온이 많이 높아졌어요.

(3) 가: 언제쯤 봄이 올까요?

나: 이제 곧 따뜻해질 거예요.

(4) 가: 미영 씨 요즘 많이 예뻐졌어요.

나: 정말요? 고마워요.

(5) 가: 한국어가 아직 어려워요?

나: 아니요, 이제 좀 _____ .

(6) 가: 요즘 할아버지 건강은 어떠세요?

나: _____ .

제4과 물건 사기
購物

目標

各位將能談論物品的特徵，並且能買各位想要的物品。

主題	購物
功能	在商店裡買水果、在商店裡買想要的衣服、說明某人衣著的喜好
活動	聽力：聆聽買水果或衣服時的對話、聆聽超市裡折扣商品的介紹
	口說：談論某人喜愛的衣服、在商店裡買衣服
	閱讀：閱讀有關某人衣著喜好的採訪
	寫作：書寫某人衣著喜好的文章
語彙	水果、衣服、顏色、顏色的深淺、衣服的尺寸
文法	−짜리、−어치、−는/(으)ㄴ 것 같다 、−(으)니까
發音	句子的語調1
文化	韓國的市場

제4과 물건 사기 購物

1. 여기는 어디입니까? 여자는 지금 무엇을 하고 있어요?

   這裡是哪裡呢？這個女生現在正在做什麼呢？

2. 옷을 살 때 어떤 이야기를 할까요?

   買衣服的時候，會說些什麼話呢？

1

손님 : 아저씨, 요즘은 무슨 과일이 맛있어요?

주인 : 지금은 딸기가 아주 싱싱하고 맛있습니다.

손님 : 그러면 딸기 3,000원어치 주세요.

　　　그리고 이 배는 어떻게 해요?

주인 : 이건 2,000원짜리이고, 저건 1,000원짜리입니다.

손님 : 배가 좀 비싸네요. 저 사과는 얼마예요?

주인 : 사과는 다섯 개에 2,000원입니다.

손님 : 그럼 사과 2,000원어치 주세요.

주인 : 여기 있습니다. 전부 5,000원입니다.

新語彙

딸기	草莓
싱싱하다	新鮮的
배	梨子
어떻게 해요?	怎麼賣？
이건(이것은)	這個
저건(저것은)	那個

2

점원 : 어서 오세요. 뭘 찾으세요?

손님 : 블라우스를 사려고 하는데요.

점원 : 블라우스요? 이건 어떠세요? 요즘 이 디자인이

　　　유행이에요.

손님 : 그런데 색깔이 별로 마음에 안 들어요.

　　　이것 말고 다른 색깔은 없어요?

점원 : 여기 흰색하고 분홍색도 있어요. 한번 입어

　　　보시겠어요?

손님 : 그러면 흰색으로 입어 볼게요.

〈잠시 후〉

점원 : 아주 잘 어울리시네요.

손님 : 저에게 좀 작은 것 같아요.

점원 : 더 큰 사이즈도 있으니까 잠깐만 기다리세요.

新語彙

뭘 찾으세요?	要找（買）什麼呢？
블라우스	女用襯衫
디자인	設計、款式
유행이다	流行
색깔	顏色
흰색	白色
분홍색	粉紅色
어울리다	合適
작다	小的
사이즈	尺寸

3

저는 어제 남대문 시장에 갔습니다. 남대문 시장은 아주 크고 넓었습니다. 그리고 여러 가지 물건이 많이 있어서 구경하는 것이 재미있었습니다. 저는 가족에게 보내고 싶어서 티셔츠 몇 개와 김을 샀습니다. 그리고 제 청바지도 하나 샀습니다. 물건 값이 싸서 아주 기분이 좋았습니다.

新語彙

넓다 寬的

티셔츠 T恤

김 紫菜

청바지 牛仔褲

 **문화** **한국의 시장** 韓國的市場

● 여러분은 다음의 장소가 어디에 있는지, 주로 무엇을 파는지 알아요? 다음 장소에 대해 알고 있는 것을 이야기해 보세요.

各位知道以下的場所是哪裡，主要販賣些什麼東西嗎？請針對以下的場所，試著說說看各位所知道的。

남대문 시장   동대문 시장   용산 전자 상가   서울 풍물 시장

● 다음은 위의 시장에 대한 설명입니다. 이 시장들은 어떤 특징을 가지고 있는지 살펴보세요.

以下是關於上方市場的說明。請看看這些市場有些什麼樣的特徵。

 남대문 시장（南大門市場）：位於首爾的南大門附近，以600年的歷史與7000多個的商店而知名，是韓國最大的市場。市場中販賣各種原物料、衣服、飾品及進口商品等。

동대문 시장（東大門市場）：位於首爾的東大門附近。與南大門一樣，也是韓國最大的市場之一。雖然也販賣生活必需品與多種的商品，但是衣服與雜貨特別有名。

용산 전자 상가（龍山電子商街）：位於首爾的龍山（區）。販賣電腦、數位相機、電子辭典，還有其他種類的電子產品，價格非常低廉。

서울 풍물 시장（首爾風物市場）：位於首爾的黃鶴洞。販賣傳統商品、工藝品，還有旅客的紀念品。

● 여러분 나라에도 이런 시장이 있으면 이야기해 보세요.

如果各位國家也有這樣的市場的話，請試著說說看。

말하기 연습 　　　　　　　　　　　　　　　　　口說練習

1 〈보기〉와 같이 이야기해 보세요.

가 : 요즘은 무슨 과일이 맛있어요?
最近什麼水果好吃呢？

나 : 딸기가 아주 달고 맛있어요.
草莓非常甜，而且好吃。

❶ 　❷ 　❸

❹ 　❺ 　❻

● 과일　水果

| 딸기　草莓 |
| 사과　蘋果 |
| 귤　橘子 |
| 수박　西瓜 |
| 포도　葡萄 |
| 복숭아　桃子 |
| 배　梨子 |
| 참외　香瓜 |
| 감　柿子 |
| 토마토　蕃茄 |
| 체리　櫻桃 |

2 〈보기〉와 같이 이야기해 보세요.

500원
400원
500원, 3개

가 : 사과가 얼마예요?
蘋果多少錢呢？

나 : 이건 한 개에 500원짜리이고, 그건 한 개에 400원짜리예요.
這個一個500元，那個一個400元。

나 : 그럼 500원짜리 사과 세 개 주세요.
那麼請給我500元的蘋果3個。

❶
1,200원　1,500원
1,200원, 1개

❷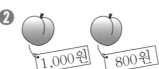
1,000원　800원
800원, 5개

❸
500원　1,000원
1,000원, 2개

❹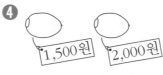
1,500원　2,000원
1,500원, 2개

❺
300원　200원
200원, 10개

❻
10,000원　13,000원
10,000원, 1통

● 新語彙

| 통　（西瓜、白菜等）顆 |

● 語言提點

이것、그것、저것指稱東西的話語。如果物品在話者附近，就使用이것；如果物品離聽者較近，就使用그것；如果物品離話者和聽者都遠的話，就使用저것。이것、그것、저것在日常對話中，常被使用為이거、그거、저거。如이것、그것、저것後面接著的是助詞的話，則可像下方一樣縮寫。

▶예 : 이것이→이게
　　　이것은→이건
　　　이것을→이걸

3 〈보기〉와 같이 이야기해 보세요.

>
>
> 3,000원
>
> 2,000원
>
> 2,000원, 4,000원
>
> 가 : 이 포도는 어떻게 해요?
> 這葡萄怎麼賣呢？
>
> 나 : 이건 3,000원짜리이고, 그건
> 2,000원짜리예요.
> 這個是 3,000元的，那個是2,000元的。
>
> 가 : 그럼 2,000원짜리 4,000원어치
> 주세요.
> 那麼請給我兩籃2,000元的。（共4,000元的量）

❶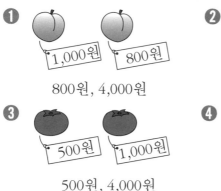

1,000원   800원

800원, 4,000원

❷ 1,500원   2,000원

2,000원, 10,000원

❸

500원   1,000원

500원, 4,000원

❹

3,000원   4,000원

3,000원, 6,000원

❺

3,000원   2,500원

2,500원, 5,000원

❻

1,500원   2,000원

1,500원, 3,000원

4 〈보기〉와 같이 연습하고, 여러분이 사고 싶은 옷에 대해 묻고 대답해 보세요.

請照著〈範例〉練習，並試著針對各位想買的衣服提問與回答。

옷 衣服
바지 褲子
청바지 牛仔褲
반바지 短褲
치마 裙子
티셔츠 T恤
블라우스 女用襯衫
남방 條紋襯衫
스웨터 毛衣
조끼 背心
양복 西裝
원피스 連身裙
정장 正式服裝
캐주얼 休閒服

> 가 : 뭘 찾으세요?
> 找（要）什麼呢？
>
> 나 : 블라우스를 하나 사려고 하는데요.
> 想要買一件女用襯衫。

❶   ❷   ❸

❹   ❺   ❻

5 〈보기〉와 같이 연습하고, 여러분이 사고 싶은 옷에 대해
묻고 대답해 보세요.

請照著〈範例〉練習，並試著針對各位想買的衣服提問與回答。

> 보기
>
>
>
> 가 : 뭘 찾으세요?
> 　　找（要）什麼呢？
>
> 나 : 까만색 바지 좀 보여 주세요.
> 　　請給我看一下黑色的褲子。

색깔 顏色

까만색 / 검정색　黑色
하얀색 / 흰색　白色
빨간색　紅色
파란색　藍色
노란색　黃色
초록색　綠色
분홍색　粉紅色
주황색　橘色
보라색　紫色
갈색　褐色、棕色
회색　灰色

❶ 　　❷

❸ 　　❹

❺ 　　❻

6 〈보기〉와 같이 이야기해 보세요.

> 보기
>
> 파란색 바지 /
> 까만색
>
> 가 : 이 파란색 바지 한번 입어 보시겠어요?
> 　　要試穿一下這件藍色的褲子嗎？
>
> 나 : 그건 별로 마음에 안 들어요.
> 　　파란색 말고 까만색으로 보여 주세요.
> 　　那件我不太滿意。不要藍色的，請給我看黑色的。

색깔의 농도 顏色深淺

색 / 색깔이 진하다　顏色深
색 / 색깔이 연하다　顏色淺
색 / 색깔이 어둡다　顏色暗
색 / 색깔이 밝다　顏色亮

❶ 보라색 치마 / 하얀색

❷ 초록색 블라우스 / 파란색

❸ 갈색 티셔츠 / 진한 빨간색

❹ 분홍색 남방 / 연한 노란색

❺ 검정색 원피스 / 더 밝은 색

❻ 주황색 바지 / 좀 어두운 색

7 〈보기〉와 같이 이야기해 보세요.

> **보기**
>
> 빨간색, 유행이다
> / 너무 진하다
>
> 가 : 이 빨간색은 어떠세요?
> 　　요즘 유행이에요.
> 　　這紅色的如何呢？最近很流行。
>
> 나 : 그건 색이 너무 진한 것 같아요.
> 　　那個顏色好像太深了。

❶ 분홍색, 유행이다 / 좀 연하다

❷ 노란색, 유행이다 / 너무 밝다

❸ 파란색, 잘 팔리다 / 너무 진하다

❹ 보라색, 잘 팔리다 / 좀 어둡다

❺ 갈색, 많이 찾으시다 / 좀 밝다

❻ 회색, 많이 찾으시다 / 너무 어둡다

8 〈보기〉와 같이 이야기해 보세요.

> **보기**
>
> 티셔츠 /
> 좀 작다, 더 큰 것
>
> 가 : 티셔츠가 잘 맞으세요?
> 　　T恤合身嗎？
>
> 나 : 저한테 좀 작은 것 같아요.
> 　　이것보다 더 큰 것은 없어요?
> 　　對我來說好像有點小。沒有比這件更大的嗎？

❶ 청바지 / 좀 크다, 작은 것

❷ 치마 / 길이가 짧다, 더 긴 것

❸ 스웨터 / 헐렁하다, 작은 사이즈

❹ 남방 / 너무 딱 붙다, 더 큰 사이즈

❺ 바지 / 너무 꽉 맞다, 더 큰 것

❻ 원피스 / 안 어울리다, 밝은 색

新語彙

팔리다 （被）賣

발음 發音

句子的語調

> 보라색을 좋아해요.
> 노란색으로 보여주세요.
> 주황색 남방이 저에게
> 어울려요?

韓文句子的語調，在每個語節（句子分寫的單位）開始的時候，都要從低音往高音上揚（以ㅋ/ㅌ/ㅍ/ㅊ、ㄲ/ㄸ/ㅃ/ㅉ、ㅅ/ㅆ、ㅎ開始的語節除外）。一個語節裡，不管有幾個音節，前兩個音節的語調要從低音往高音上揚，最後的兩個音節也要從低音往高音上揚。

▶ **연습해 보세요.**
(1) 나나나나 나나나나.
(2) 나나나 나나나나.
(3) 나나나나 나나나나나.
(4) 나나 나나나 나나나나.
(5) 나나나나 나나나나나.
(6) 나나나나나 나나나.

옷의 사이즈　衣服尺寸

헐렁하다　寬鬆的

붙다　貼（身）、附著

딱 붙다　緊貼、緊身

맞다　合適、合身

꽉 맞다　緊貼、緊身

新語彙

길이　長度

길다　長的

짧다　短的

9 〈보기〉와 같이 이야기해 보세요.

> 보기
>
> 그 색깔은 많이 있다,
> 다른 색
>
> 가 : 이것도 한 번 입어 보시겠어요?
> 這件要不要也試穿一下呢？
>
> 나 : 그 색깔은 많이 있으니까 그것
> 말고 다른 색으로 보여 주세요.
> 因為那個顏色已經有很多了，所以不要那
> 件，請給我看一下其他顏色的。

❶ 까만색 옷은 많다, 밝은 색

❷ 치마 길이가 너무 짧다, 더 긴 것

❸ 그건 사람들이 많이 입다, 다른 것

❹ 그건 별로 마음에 안 들다, 다른 것

❺ 그 색은 저한테 안 어울리다, 다른 색

❻ 그 디자인은 집에도 있다, 다른 디자인

10 〈보기 1〉이나 〈보기 2〉와 같이 이야기해 보세요.

> 보기1
>
> 편하다
>
> 가 : 잘 어울리시네요. 마음에 드세요?
> 非常適合耶！滿意嗎？
>
> 나 : 생각보다 편한 것 같아요.
> 이걸로 주세요.
> 好像比想像中要來得舒服。請給我這件。

> 보기2
>
> 좀 불편하다
>
> 가 : 잘 어울리시네요. 마음에 드세요?
> 非常適合耶！滿意嗎？
>
> 나 : 좀 불편한 것 같아요. 다음에 다시
> 올게요.
> 好像有點不舒服。我下次再過來。

■ 新語彙

편하다　舒服的、方便的

불편하다　不舒服的、不方便的

답답하다　悶的、煩悶的

❶ 예쁘다　　　　　❷ 괜찮다

❸ 잘 어울리다　　　❹ 너무 딱 붙다

❺ 안 어울리다　　　❻ 좀 답답하다

11 〈보기〉와 같이 이야기해 보세요.

新語彙

품질이 좋다 品質好

보기

가 : 까만색 바지 좀 보여 주시겠어요?
可以給我看一下黑色的褲子嗎？

까만색 바지 /

요즘 유행이다 /

마음에 안 들다,

다른 디자인 /

아주 편하다,

이걸로 하다

나 : 이건 어떠세요? 요즘 유행이에요.
這個如何呢？最近很流行。

가 : 그건 마음에 안 들어요. 그거 말고
다른 디자인으로 보여 주세요.
那件我不滿意。不要那件，請給我看一下其他
的款式。

나 : 그럼 이걸 한번 입어 보세요.
那麼請試穿一下這件。

가 : 아주 편한 것 같아요.
이걸로 할게요.
好像非常舒服。我買這件。

❶ 티셔츠 / 아주 편하다 / 색이 너무 어둡다, 밝은 색 /
저한테 잘 어울리다, 이걸로 하다

❷ 스웨터 / 요즘 잘 팔리다 / 길이가 너무 짧다, 다른 디자인 /
아주 따뜻하다, 이걸로 하다

❸ 회색 양복 / 품질이 아주 좋다 / 색이 너무 밝다, 다른 색 /
아주 편하다, 이걸로 하다

❹ 남방 / 요즘 유행이다 / 사이즈가 너무 작다, 다른 디자인 /
좀 답답하다, 다음에 사다

❺ 청바지 / 아주 편하다 / 색이 너무 진하다, 좀 밝은 색 /
너무 딱 붙다, 나중에 사다

❻ 원피스 / 요즘 잘 팔리다 / 색이 너무 연하다, 다른 색 /
좀 불편하다, 나중에 오다

🎧 聽力_듣기

1 손님은 무엇을 사려고 합니까? 다음 대화를 잘 듣고 알맞은 그림을 고르세요.

客人想要買什麼呢?請在仔細聽完以下的對話後,選出正確的圖示。

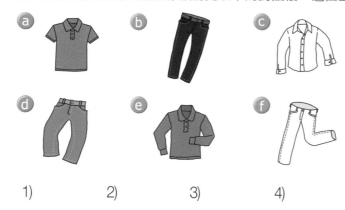

ⓐ　　　　ⓑ　　　　ⓒ

ⓓ　　　　ⓔ　　　　ⓕ

1)　　　　2)　　　　3)　　　　4)

■ 新語彙

천천히　慢慢地

잘 나가다　賣得很好

2 다음 대화를 잘 듣고 아래의 내용이 맞으면 ○, 틀리면 ×에 표시하세요.

請仔細聽以下的對話,如果下方內容正確的話,請標示O。錯誤的話,請標示X。

1) 남자는 요즘 유행하는 옷을 사려고 해요. ☐ ○ ☐ ×

2) 남자는 밝은 색보다는 어두운 색의 옷을 ☐ ○ ☐ ×
　 더 좋아해요.

3) 남자는 자기에게 맞는 사이즈의 옷을 ☐ ○ ☐ ×
　 주문했어요.

■ 新語彙

주문하다　預訂、訂貨

3 다음은 슈퍼마켓에서 하는 과일 할인 행사의 안내 방송입니다. 방송을 잘 듣고 할인된 과일 가격이 얼마인지 쓰세요.

以下是超市裡水果折扣活動的廣播內容。請在仔細聽完後,寫下水果的折扣價格。

과일	얼마짜리였어요?	어떻게 팔아요?
	6,000원	
	5,000원	
	2,000원	

■ 新語彙

고객　顧客

할인 행사　折扣活動

봉지　袋子、袋

口說_말하기

1 우리 반 친구들은 어떤 옷을 좋아하고, 어디에서 옷을 살까요? 우리 반 친구들의 옷에 대한 취향을 조사해 보세요.

班上同學們喜歡什麼樣的衣服，還有會在哪裡買衣服呢？請調查看看班上同學們的穿著喜好。

● 아래의 내용을 조사할 때 어떻게 질문하면 좋을까요?

在調查以下的內容時，要如何提問會比較好呢？

좋아하는 옷	□ 정장	□ 캐주얼	
	□ 편한 옷	□ 예쁘고 멋있는 옷	□ 유행하는 옷
	□ 붙는 옷	□ 헐렁한 옷	
좋아하는 색깔	□ 밝은 색	□ 어두운 색	
옷을 사는 곳	□ 백화점	□ 시장	□ 옷 가게

● 우리 반 친구들을 조사해 보세요.

請試著調查看看班上的同學們。

● 조사한 내용을 다른 친구들에게도 이야기해 주세요.

請向其他同學說説各位調查的內容。

2 옷가게의 주인과 손님이 되어 옷을 팔고 사 보세요.

請扮演服飾商店老闆與客人的角色，試著買衣服和賣衣服看看。

● 다음 그림을 보고 어떤 옷이 있는지 확인해 보세요.

請在看完以下圖示後，確認一下有什麼樣的衣服。

● 주인은 옷의 색깔, 사이즈, 가격을 어떻게 정할지 생각해 보세요.

請想想看老闆會如何決定衣服的顏色、尺寸及價格。

● 손님은 사고 싶은 옷의 종류, 색깔, 사이즈, 특징 등을 생각해 보세요.

請想想看客人會想買的衣服種類、顏色、尺寸及特徵等。

● 가게에서 옷을 팔고 사 보세요.

請試著在店裡買賣衣服。

● 어떤 옷을 샀는지, 왜 샀는지 이야기해 보세요.

請說説看各位買了什麼樣的衣服，以及為什麼要買那件衣服。

📖 閱讀_읽기

1 다음은 영화배우에게 옷에 대한 취향을 물은 인터뷰 기사의 일부입니다. 다음을 읽고
질문에 답하세요.

以下是採訪電影演員有關他穿著喜好的部分報導。請仔細閱讀以下內容後，回答問題。

● 여러분은 인터뷰 기사를 읽어본 적이 있어요? 인터뷰 기사는 어떻게 구성될까요?

　　各位有讀過採訪報導嗎？採訪報導是如何組成的呢？

● 옷에 대한 취향을 묻는 인터뷰에서 기자는 어떤 질문을 할까요?

　　在詢問有關穿著喜好的採訪中，記者會怎麼提問呢？

● 여러분이 추측한 내용을 생각하면서 다음 기사를 읽어 보세요. 그리고 아래 표에
정리해 보세요.

　　請各位一邊想著猜測的內容，一邊閱讀以下的報導，然後試著整理於下表中。

기　　자 : 어떤 옷을 즐겨 입으세요?

강준혁 : 영화를 찍을 때는 화려한 옷도 입고, 유행하는 옷도 많이 입어서 그런 옷을
　　　　 좋아할 것 같지요? 그런데 일을 안 할 때는 편하고 헐렁한 옷을 주로 입어요.

기　　자 : 그러면 특별히 좋아하는 옷이 있으세요?

강준혁 : 제가 진한 파란색을 좋아하는데 그래서 그런지 청바지가 제일 많아요. 스웨터도 좋아하고요.

기　　자 : 패션 감각이 뛰어난 것 같은데 옷을 직접 고르세요?

강준혁 : 아니요, 영화 촬영을 할 때는 코디네이터가 옷을 골라 줘요. 그리고 옷을 선물 받을 때도 많아요.
　　　　 그래서 제가 직접 옷을 살 때가 거의 없어요.

좋아하는 옷	□ 정장　　□ 캐주얼
	□ 편한 옷　□ 예쁘고 멋있는 옷　□ 유행하는 옷
	□ 붙는 옷　□ 헐렁한 옷

新語彙

즐겨 입다　喜歡穿

화려하다　華麗的

특별히　特別地

패션 감각　時尚品味

직접　親自

고르다　挑選

영화 촬영　拍攝電影

코디네이터　美容造型師

寫作_쓰기

1 여러분의 옷에 대한 취향을 소개하는 글을 써 보세요.

請寫一篇文章來介紹各位的穿著喜好。

- 여러분은 어떤 옷을 좋아해요? 여러분이 좋아하는 옷의 종류, 특징, 색깔에 대해 메모해 보세요.

  各位喜歡什麼樣的衣服呢？請試著簡單地寫下各位喜歡的衣服種類、特徵和顏色。

- 여러분은 주로 어디에서 옷을 사요? 옷을 살 때 입어보고 사요? 옷을 살 때의 특징을 메모해 보세요.

  各位通常會在哪裡買衣服呢？買衣服時候，會試穿後再買嗎？請簡單地寫下買衣服時的習慣。

- 위의 내용을 바탕으로 옷에 대한 여러분의 취향을 소개하는 글을 써 보세요.

  請以上方的內容為基礎，試著寫一篇文章來介紹各位的穿著喜好。

자기 평가 ✏️　　　　　　　　　　　　　　　　　自我評價

● 과일 가게에서 과일을 살 수 있습니까? 各位能在水果店裡買水果嗎？	非常棒 ●━━●━━●━━● 待加強
● 옷 가게에서 옷의 종류, 색깔, 특징 등을 이야기하며 옷을 살 수 있습니까? 各位能在服飾店裡說出衣服的種類、顏色、特徵等，同時購買衣服嗎？	非常棒 ●━━●━━●━━● 待加強
● 옷에 대한 취향을 설명하는 글을 읽고 쓸 수 있습니까? 各位能讀懂，並且書寫出說明穿著喜好的文章嗎？	非常棒 ●━━●━━●━━● 待加強

1 −짜리

● -짜리接在名詞後，用來指示數字，並且表現那個名詞的價格或價值。

가 : 혹시 10,000원짜리 있어요? 有1萬元的嗎？

나 : 5,000원짜리는 두 장 있지만 10,000원짜리는 없어요.

雖然有兩張5千元的，但是沒有1萬元的。

(1) 가: 사과는 어떻게 해요?

나: 큰 건 천 원짜리이고 작은 건 팔백 원짜리예요.

(2) 가: 뭘 드릴까요?

나: 천 원짜리 배 세 개 주세요.

(3) 가: 이 가방 얼마짜리예요?

나: 20,000원짜리예요.

(4) 가: 동전 있으면 이 1,000원짜리 좀 바꿔 주세요.

나: 여기 100원짜리 다섯 개하고 500원짜리 한 개 있어요.

(5) 가: 뭘 드릴까요?

나: _____ 복숭아 두 개만 주세요.

(6) 가: 그 신발은 얼마짜리예요?

나: _____.

2 −어치

● -어치接在名詞後，表現支付價格的東西數量。

가 : 딸기를 얼마나 드릴까요? 要給您多少草莓呢？

나 : 5,000원어치 주세요. 請給我5千元（的草莓）。

(1) 가 : 뭘 드릴까요?

나 : 귤 3,000원어치 주세요.

(2) 가 : 과일을 얼마나 샀어요?

나 : 사과 5,000원어치하고 배 3,000원어치 샀어요.

(3) 가 : 전부 얼마예요?

나 : 5,200원어치인데 5,000원만 주세요.

(4) 가 : 뭘 드릴까요?

나 : 사과 _____.

(5) 가 : 과일을 전부 얼마나 샀어요?

나 : _____.

3 **-는/(으)ㄴ 것 같다**

- -는/(으)ㄴ 것 같다接在動詞、形容詞、「名詞+이다」後，表現對於現在狀況判斷的不確定或推測。
  치마가 너무 짧은 것 같아요. 裙子好像太短了。

- 這分為三種型態。
  a. 動詞或形容詞的語幹以있다/없다結尾時，使用-는 것 같다。
  b. 形容詞的語幹以母音或ㄹ結尾時，使用-ㄴ 것 같다。
  c. 形容詞的語幹以ㄹ以外的子音結尾，使用-은 것 같다。

- -는/(으)ㄴ 것 같다使用時，能緩和果斷的語氣，表現柔軟、被動的語調。
  因此，這表現常被用來委婉表現某人的感覺。

  (1) 가 : 바지가 잘 맞으세요?
  　　나 : 아니요, 좀 큰 것 같아요.
  (2) 가 : 블라우스가 마음에 드세요?
  　　나 : 디자인은 마음에 들어요. 그런데 좀 작은 것 같아요.
  (3) 가 : 옷이 아주 잘 어울리네요.
  　　나 : 그런데 몸에 좀 붙는 것 같아요. 더 큰 사이즈는 없어요?
  (4) 가 : 이 색은 저에게 잘 안 어울리는 것 같아요. 좀 밝은 색으로 보여 주세요.
  　　나 : 그럼 이 노란색을 입어 보세요.
  (5) 가 : 옷이 마음에 드세요?
  　　나 : _____. 이것보다 작은 것은 없어요?
  (6) 가 : _____.
  　　나 : 그러면 조금 흐린 색으로 보여 드릴게요.

4 **-(으)니까**

- -(으)니까接在動詞、形容詞、「名詞+이다」後，表現理由或原因。
  이건 좀 작으니까 더 큰 것으로 보여 주세요. 因為這個有點小，所以請給我看再大一點的。

- -(으)니까常被使用在命令句或共動句中，以及表現話者決心或希望的句子中。
  다음 주에 시험이 있으니까 열심히 공부하세요.
  다음 주에 시험이 있으니까 열심히 공부합시다.
  수미 씨가 저녁을 샀으니까 나는 커피를 살게요.
  날씨가 더우니까 바다에 가고 싶어요.

- 這分為兩種型態。

  a. 語幹以母音或ㄹ結尾時，使用-니까。

  b. 語幹為以ㄹ之外的子音結尾時，使用-으니까。

(1) 가 : 이 노란색 치마는 어떠세요?

　　나 : 색깔이 좀 밝으니까 어두운 색으로 보여 주세요.

(2) 가 : 무슨 색이 좋을까요?

　　나 : 파란색이 더 잘 어울리니까 파란색을 사세요.

(3) 가 : 수미 씨는 하얀색이 아주 잘 어울리네요.

　　나 : 하얀색 옷은 많으니까 오늘은 까만색을 살래요.

(4) 가 : 택시를 타고 갈까요?

　　나 : 시간이 별로 없으니까 지하철을 타고 갑시다.

(5) 가 : 과일을 어디에서 살까요?

　　나 : ＿＿＿＿＿＿＿＿＿＿ 서울슈퍼에 가서 사세요.

(6) 가 : ＿＿＿＿＿＿＿＿＿＿ 다른 걸 보여 주세요.

　　나 : 그럼 이 티셔츠는 어떠세요?

　　가 : 괜찮네요.

제5과 길 묻기
問路

目標
各位將能詢問並回答場所的位置及如何前往該處。

主題	方向
功能	問路、說明如何前往目的地
活動	聽力：聆聽問路與回答的對話、聆聽廣播
	口說：詢問與回答場所的位置、介紹好的餐廳並說明如何前往
	閱讀：閱讀在網路留言板上介紹好餐廳的文章
	寫作：書寫一封電子郵件說明如何前往聚會的場所
語彙	移動、交通號誌
文法	−(으)면 되다、−아/어/여서、−(으)면、−지만
發音	在音節中的第一個 ㄹ
文化	和陌生人搭話

제5과 길 묻기 問路

1. 이 사람들은 무엇을 하고 있어요? 무슨 말을 하고 있을까요?

   這些人正在做什麼呢？他們正在說些什麼呢？

2. 여러분은 한국 사람에게 길을 묻거나 가르쳐 준 적이 있어요? 길을 묻거나 알려줄 때
   어떻게 이야기해요?

   各位曾經向韓國人問過路，或替他們指過路嗎？在問路或指路時，要如何說呢？

대화 & 이야기

對話 & 敘述

1

링링 : 저, 실례합니다. 말씀 좀 묻겠습니다.

행인 : 네, 말씀하세요.

링링 : 혹시 이 근처에 우체국이 있어요?

행인 : 네, 이쪽으로 쭉 가면 사거리가 나와요.

링링 : 사거리요?

행인 : 네, 거기에서 오른쪽으로 50미터쯤 가면 은행이 있어요.
　　　은행 옆에 우체국이 있어요.

링링 : 네, 감사합니다.

新語彙

말씀 좀 묻겠습니다.
請問一下。

쭉 가다 直走

나오다 出現、出來

2

사토 : 린다 씨, 혹시 이 근처에 비빔밥을 잘 하는 식당 알아요?

린다 : 비빔밥이요? 아! 생각났어요. 여기에서 좀 멀지만
　　　 '서울식당'이 진짜 맛있어요.

사토 : 그래요? 거기에 어떻게 가야 돼요?

린다 : 학교 정문으로 나가서 왼쪽으로 쭉 가면 삼거리가
　　　 있지요?

사토 : 삼거리요? 아! 네, 맞아요.

린다 : 삼거리에서 다시 왼쪽으로 쭉 가면 버스정류장이 나올
　　　 거예요. 그 근처에 횡단보도가 있어요. 거기에서 길을
　　　 건너가면 돼요.

사토 : 네, 알겠어요. 고마워요.

新語彙

생각나다 想起

진짜 真、真地

정문 正門

삼거리 三岔路

횡단보도 斑馬線、行人穿越道

3

영진 씨, 금요일 저녁 6시에 린다 씨의 생일 파티 하는 거 알지요? 파티 장소를 알려 드릴게요.

생일 파티는 안암 역 근처의 '우리 커피숍'에서 해요. 안암 역에서 내려서 2번 출구로 나오세요. 밖으로 나와서 20미터쯤 가면 편의점이 있어요. 그 편의점을 지나서 조금만 더 오면 오른쪽에 있어요. 그럼 금요일에 거기에서 만나요.

문화　낯선 사람에게 말 걸기　和陌生人搭話

● 한국에서는 낯선 사람에게 길을 묻거나 말을 걸 때 어떻게 이야기할까요?

　在韓國向陌生人問路或搭話時，要如何說呢？

　在韓國，指路的時候不會使用該場所所在的路名，而會以大型建築物或地鐵站的名稱來說明。因此，按照他人告知的路線要走到目的地也許不會太容易。各位在前往目的地的同時，也許要再問路也說不定。要向陌生人搭話的時候，可以說「저~ 실례합니다. 말씀 좀 묻겠습니다」。或是先稱呼「아주머니, 아저씨, 학생, 저기요」，然後再問路也行。

● 아래 사진과 같은 상황에서 어떻게 길을 물어보면 될까요? 사진 속의 사람이 되어 이야기해 보세요.

　在下方照片的情況下，要如何問路才行呢？請扮演照片中的人物，試著說說看。

말하기 연습　　　　　　　　　　口說練習

1 〈보기〉와 같이 이야기해 보세요.

이동 移動

> 보기
>
> 은행 /
>
> 이쪽으로 쭉 가다
>
> 가 : 은행이 어디에 있어요?
> 銀行在哪裡呢?
>
> 나 : 이쪽으로 쭉 가세요.
> 請往這個方向直走。

지나다	經過、過去
건너다	越過、渡過
쭉 가다	直走
돌아가다	回去、繞行
올라가다	上去
내려가다	下去
나가다	出去
들어가다	進去

❶ 은행 / 길을 건너가다

❷ 우체국 / 오른쪽으로 돌아가다

❸ 화장실 / 위로 올라가다

❹ 식당 / 지하로 내려가다

❺ 공중전화 / 밖으로 나가다

❻ 정수기 / 안으로 들어가다

新語彙

지하 地下

정수기 飲水機

2 〈보기〉와 같이 이야기해 보세요.

> 보기
>
>
>
> 가 : 은행이 어디에 있어요?
> 銀行在哪裡呢?
>
> 나 : 저기에 삼거리가
> 있지요?
>
> 그 근처에 있어요.
> 那裡有三岔路吧? 就在那附近。

교통 지표　交通號誌

삼거리	三岔路
사거리	十字路口
로터리	圓環
횡단보도	斑馬線、行人穿越道
지하도	地下道
육교	天橋
도로	道路
골목	巷子

❶

❷

❸

❹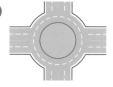

❺

❻

3 〈보기〉와 같이 연습하고, 어떤 장소의 위치에 대해 묻고
대답해 보세요.

請照著＜範例＞練習，並試著針對某個場所的位置提問與回答。

> 보기
>
> 은행 /
>
> 지하도를 건너가다
>
> 가 : 이 근처에 은행이 있어요?
> 這附近有銀行嗎？
>
> 나 : 네, 지하도를 건너가면 돼요.
> 是的，越過地下道的話就行了。

❶ 우체국 / 저 사거리에서 오른쪽으로 가다

❷ 편의점 / 이 길로 50미터쯤 가다

❸ 약국 / 저 횡단보도에서 길을 건너가다

❹ 병원 / 저 삼거리에서 왼쪽으로 가다

❺ PC방 / 이쪽으로 쭉 가다

❻ 서점 / 저 골목으로 들어가다

4 〈보기〉와 같이 연습하고, 어떤 장소의 위치에 대해 묻고
대답해 보세요.

請照著＜範例＞練習，並試著針對某個場所的位置提問與回答。

> 보기
>
> 식당 /
>
> 밖으로 나가다
>
> 가 : 식당이 어디에 있어요?
> 餐廳在哪裡呢？
>
> 나 : 밖으로 나가서 왼쪽으로 가세요.
> 請出去外面後往左走。

❶ 우체국 / 횡단보도를 지나다

❷ 약국 / 길을 건너다

❸ 신발 가게 / 아래로 내려가다

❹ 엘리베이터 / 뒤로 돌아가다

❺ 공중전화 / 안으로 들어가다

❻ 남자 화장실 / 위로 올라가다

5 〈보기〉와 같이 연습하고, 어떤 장소의 위치에 대해 묻고
대답해 보세요.

請照著〈範例〉練習，並試著針對某個場所的位置提問與回答。

보기

가 : 저, 실례합니다.
　　이 근처에 우체국이 있어요?
　　嗯！不好意思。請問這附近有郵局嗎？

나 : 네, 이쪽으로 쭉 가다가
　　오른쪽으로 가면 돼요.
　　是的，往這個方向直走再往右走的話就行了。

❶ 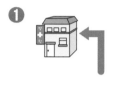 ❷ ❸

❹ ❺ ❻

6 〈보기〉와 같이 연습하고, 어떤 장소의 위치에 대해 묻고
대답해 보세요.

請照著〈範例〉練習，並試著針對某個場所的位置提問與回答。

보기

은행 /

이 쪽으로 쭉 가다,

보이다

가 : 이 근처에 은행이 있어요?
　　這附近有銀行嗎？

나 : 이쪽으로 쭉 가면 보일 거예요.
　　往這個方向直走的話，就會看到了。

● 新語彙

자동판매기　自動販賣機

현금 인출기　提款機

휴게실　休息室

❶ 은행 / 저기 사거리에서 왼쪽으로 가다, 보이다

❷ 커피 자동판매기 / 오른쪽으로 돌아가다, 보이다

❸ 남자 화장실 / 2층으로 가다, 있다

❹ 현금 인출기 / 1층으로 내려가다, 있다

❺ 공중전화 / 입구 쪽으로 가다, 그 옆에 있다

❻ 정수기 / 휴게실로 들어가다, 왼쪽에 보이다

〈보기〉와 같이 이야기해 보세요.

발음 發音

> 보기
>
> 교보문고 /
> 오른쪽
>
> 가 : 저, 말씀 좀 묻겠습니다.
> 　　교보문고가 어디에 있어요?
> 　　嗯！請問一下。教保文庫在哪裡呢？
>
> 나 : 여기에서 오른쪽으로 100미터쯤
> 　　가면 보일 거예요.
> 　　從這裡往右走100公尺左右的話，就會看到了。
>
> 가 : 감사합니다.
> 　　謝謝。

在音節中的第一個ㄹ

오른쪽으로 가세요

當音節中的第一個ㄹ要發音的時候（除了ㄹ之前的終聲是ㄹ的情況），要將舌頭捲起，然後讓舌尖輕觸上牙齦後發音。

❶ 고려대학교 / 이쪽　　　❷ 지하철역 / 왼쪽

❸ 버스정류장 / 저쪽　　　❹ 하나은행 / 오른쪽

❺ 서울식당 / 이쪽　　　　❻ 서울극장 / 저쪽

아다　　　아라

▶연습해 보세요.
(1) 뒤로 돌아가세요.
(2) 안으로 들어가세요.
(3) 아래로 내려가세요.

 〈보기〉와 같이 연습하고, 어떤 장소의 위치에 대해 묻고 대답해 보세요.

請照著＜範例＞練習，並試著針對某個場所的位置提問與回答。

> 보기
>
> 은행 /
> 병원이 나오다,
> 왼쪽으로 가다
>
> 가 : 이 근처에 은행이 있어요?
> 　　這附近有銀行嗎？
>
> 나 : 네, 이쪽으로 쭉 가면 병원이 나와요.
> 　　거기에서 왼쪽으로 가세요.
> 　　是的，往這個方向直走的話，會出現一間醫院。
> 　　請在那裡往左走。

❶ 우체국 / 슈퍼마켓이 있다, 길을 건너가다

❷ 약국 / 은행이 보이다, 오른쪽으로 가다

❸ 편의점 / 버스 정류장이 있다, 길을 건너가다

❹ 병원 / 백화점이 나오다, 50미터쯤 더 가다

❺ PC방 / 편의점이 보이다, 골목으로 들어가다

❻ 서점 / 우체국이 있다, 뒤로 돌아가다

9 〈보기〉와 같이 연습하고, 근처의 맛있는 식당에 대해
묻고 대답해 보세요.

請照著＜範例＞練習，並試著針對附近好吃的餐廳提問與回答。

> **보기**
>
> 맛있는 식당 /
> 서울식당,
> 여기에서 좀 멀다,
> 정말 맛있다
>
> 가 : 이 근처에 맛있는 식당 없어요?
> 這附近沒有好吃的餐廳嗎？
>
> 나 : '서울식당'에 가 보세요.
> 여기에서 좀 멀지만 정말 맛있어요.
> 請去「首爾餐廳」看看。雖然離這裡有點遠，
> 不過真的很好吃。

❶ 조용한 커피숍 / 안암커피숍, 조금 멀다, 찾기 쉽다

❷ 맛있는 식당 / 참맛식당, 조금 비싸다, 아주 맛있다

❸ 조용한 커피숍 / 나래커피숍, 값은 비싸다, 정말 조용하다

❹ 맛있는 식당 / 엄마손 식당, 식당은 작다, 싸고 맛있다

10 그림을 보고 〈보기〉와 같이 이야기해 보세요.

> **보기**
>
>
>
> 가 : 저, 말씀 좀 묻겠습니다. 이 근처에 편의점이
> 있어요?
> 嗯！請問一下。這附近有便利商店嗎？
>
> 나 : 네, 있어요.
> 是的，有。
>
> 가 : 어떻게 가야 돼요?
> 要如何去才行呢？
>
> 나 : 학교 정문으로 나가면 횡단보도가 나와요.
> 如果往學校正門出去的話，會出現一條斑馬線。
>
> 거기에서 길을 건너서 왼쪽으로 가면 돼요.
> 在那裡過馬路後往左走的話就行了。

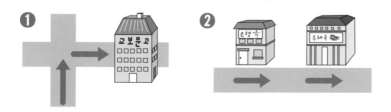

🎧 聽力_듣기

1 다음 대화를 잘 듣고 여자가 찾는 장소가 어디인지 찾아보세요.

請仔細聽完以下的對話後，試著找出這名女子正在尋找的場所。

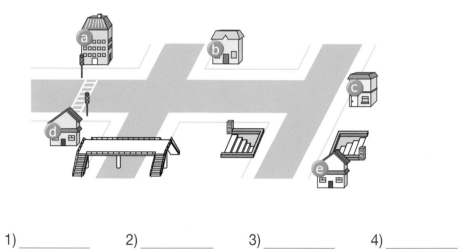

1) _____　　2) _____　　3) _____　　4) _____

2 다음 대화를 잘 듣고 질문에 대답하세요.

請在仔細聽完以下的對話後，回答問題。

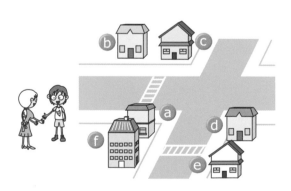

1) 여자가 찾는 장소는 어디입니까? 그림에서 찾아보세요.

這名女子正在尋找的場所是哪裡呢？請在圖片中找找看。

2) 대화를 잘 듣고 맞으면 ○, 틀리면 ×에 표시하세요.

請仔細聽完對話內容，如果正確的話，請標示○。錯誤的話，請標示×。

(1) 여자는 지금 우체국에 가려고 해요.　　　○　×

(2) 여자와 남자는 아는 사이예요.　　　○　×

(3) 여자는 두 사람에게 길을 물어봤어요.　　　○　×

3 다음은 떡 박물관의 위치 안내입니다. 잘 듣고 떡 박물관의 위치를 그림에서 찾아보세요.

以下是年糕博物館的位置圖。請仔細聽完後，試著在圖示中找出年糕博物館的位置。

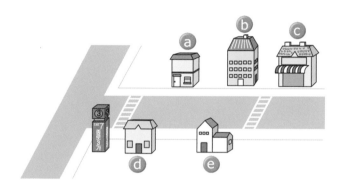

◦新語彙

개장 시간	開放時間
요금	費用
위치	位置
누르다	按、壓

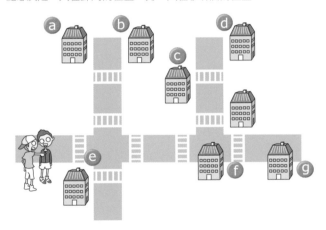

🎤 口說_말하기

1 다른 사람에게 길을 물어보세요. 그리고 다른 사람에게 길을 알려주세요.

請向別人問路看看，並且告訴別人路該怎麼走。

● 다음 역할 카드를 읽어 보세요.

請閱讀看看以下的角色卡片。

1)	A	하나커피숍에 가야 합니다. 그런데 위치를 모릅니다. 친구에게 위치를 물어보세요.
	B	친구가 하나커피숍의 위치를 물어봅니다. 친구에게 위치를 알려주세요.
2)	A	당신은 우체국을 찾고 있습니다. 지나가는 사람에게 길을 물어보세요.
	B	길을 걸어가는데 어떤 사람이 우체국의 위치를 물어봅니다. 위치를 알려주세요.

● 그림을 보고 한 사람은 우체국, 한 사람은 커피숍의 위치를 여러분 마음대로 정하세요.

請看完圖示後，隨意決定一人在郵局的位置，另一人在咖啡店的位置。

● 우체국과 커피숍을 찾았습니까? 위치를 설명해 보세요.

找到郵局和咖啡店了嗎？請試著說明一下位置。

2 맛있는 식당을 소개하고, 가는 방법을 반 친구들에게 알려주세요.

請向班上同學們介紹好吃的餐廳，並告訴他們去的方法。

● 여러분들이 알고 있는 맛있는 식당이 있어요? 어떤 음식이 맛있어요? 그 식당에 어떻게 가야 돼요? 메모해 보세요.

各位知道有什麼好吃的餐廳嗎？有什麼東西好吃呢？應該要怎麼去那間餐廳呢？請試著簡單地寫下來。

식당 이름	맛있는 음식	위치	찾아가는 방법

● 위의 메모를 보고 친구들에게 맛있는 식당을 소개해 보세요.

請參考以上所寫的內容，試著向朋友們介紹好吃的餐廳。

● 친구들이 소개해 준 식당 중에서 어떤 식당에 가 보고 싶어요?

在朋友們介紹的餐廳當中，各位想去哪一間餐廳呢？

📖 閱讀_읽기

1 다음은 학교 홈페이지 자유게시판에 실린 글입니다. 잘 읽고 질문에 답하세요.

以下是張貼在學校網站留言板上的文章。請仔細閱讀後，回答問題。

번호	제목	작성자	조회	작성일
3352	학교 근처에 싸고 맛있는 식당 없을까요?	최은미	135	2008/10/30
3353	▶ 답글: 칼국수를 좋아한다면 여기로...	이준수	217	2008/10/30
3351	방학이라서 학교가 조용하네요.	방문자	64	2008/10/30
3350	책상, 냉장고, 침대 싸게 팝니다.	김진영	202	2008/10/30
3349	방 구합니다.	박장우	98	2008/10/29

> 혹시 칼국수를 좋아하면 후문 근처에 있는 칼국수 집에 가 보세요.
> 값도 싸고 양도 많고 무엇보다도 맛이 정말 좋습니다.
> 위치는 후문 근처입니다. 먼저 후문으로 나가서 왼쪽으로 가면 횡단보도가 나옵니다.
> 그 횡단보도를 건너서 오른쪽으로 조금 가면 작은 골목이 나옵니다.
> 그 골목 안에 칼국수 집이 있습니다. 식당 이름은 잘 생각나지 않지만 잘 찾을 수 있을 겁니다.
> 그럼, 가서 맛있게 드세요.

1) 위 글에서 설명하는 식당은 어디에 있습니까? 그림에서 찾아보세요.

上文中説明的餐廳在哪裡呢？請試著在圖示中找找看。

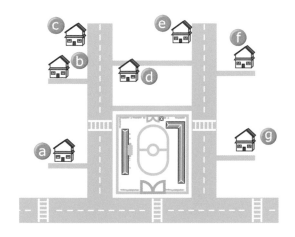

新語彙

후문 後門

양 量、數量

무엇보다도
最重要的是、尤其是

2) 다음은 위의 식당에 대한 설명입니다. 맞으면 ○, 틀리면 ×에 표시하세요.

以下是針對餐廳的説明。正確的話，請標示○。錯誤的話，請標示×。

(1) 이 식당은 학교에서 가까워요.   ○ ×

(2) 이 식당은 음식이 싸고 맛있어요.   ○ ×

(3) 이 식당의 이름은 '칼국수 집'이에요.   ○ ×

(4) 이 식당은 골목 안에 있어서 찾기 어려워요.   ○ ×

寫作_쓰기

1 친구들에게 모임 장소를 알려주는 이메일을 쓰세요.
請試著寫一封電子郵件來通知朋友們聚會的場所。

● 친구들과 모임을 하려고 합니다. 언제, 어디에서 모이면 좋을까요? 시간과 장소를
정해 보세요.

各位想和朋友們一起聚聚。在何時何地聚會好呢？請試著決定時間和場所。

모임 시간	
모임 장소	

● 친구들에게 모임을 알리는 이메일을 써서 보내세요. 모임 장소에 가는 방법을
자세히 설명해 주세요.

請試著寫一封電子郵件來通知朋友們聚會的事情，並仔細地說明去聚會場所的方法。

● 옆 사람이 쓴 이메일을 읽고 약도를 그려 보세요.

請在閱讀旁邊朋友寫的電子郵件後，試著畫出一張簡圖。

● 친구가 그린 약도를 보고 여러분이 정한 장소가 맞는지 확인해 보세요. 설명이
정확하지 않았다면 다시 한 번 이메일을 써 보세요.

請看看朋友畫的簡圖，確認是否為各位決定的場所。如果說明不正確的話，請再寫一次電子郵件。

1 −(으)면 되다

● −(으)면 되다接在動詞的語幹後，表現「如何做」某事。

　가 : '서울식당'에 어떻게 가요? 「首爾餐廳」要如何去呢？

　나 : 여기에서 길을 건너가면 돼요. 從這裡過馬路的話就行了。

● 這分為兩種型態。

　a. 語幹以母音或是ㄹ結尾時，使用-면 되다。

　b. 語幹為ㄹ以外的子音結尾時，使用-으면 되다。

　(1) 가 : 이 근처에 우체국이 있어요?

　　　나 : 네, 이쪽으로 쭉 가면 돼요.

　(2) 가 : 커피 자동판매기가 어디에 있어요?

　　　나 : 1층으로 가면 돼요.

　(3) 가 : 내일 어떤 옷을 입어야 돼요?

　　　나 : 그냥 편한 옷을 입으면 돼요.

　(4) 가 : 이렇게 만들면 돼요?

　　　나 : 네, 그렇게 만들면 돼요.

　(5) 가 : 숙제를 언제까지 해야 돼요?

　　　나 : 다음 주 월요일까지 ＿＿＿＿＿＿＿＿＿＿＿＿＿.

　(6) 가 : 한국말을 잘하고 싶어요.

　　　나 : ＿＿＿＿＿＿＿＿＿＿＿＿＿.

2 −아/어/여서

● −아/어/여서接在動詞的語幹後，表現「做了那個動作，然後」的意思。

　길을 건너서 왼쪽으로 가세요. 請過馬路後往左走。

● −아/어/여서在前句與後句的動作有密切關聯的時候使用。

　어제는 친구를 만났어요. 그 친구하고 같이 영화를 봤어요.

　➡ 친구를 만나서 영화를 봤어요. 與朋友見面後（一起）看了電影。

　어제는 친구를 만났어요. 그리고 혼자 영화를 봤어요.

　➡ 친구를 만나고 영화를 봤어요. 與朋友見面後（獨自）看了電影。

● −아/어/여서在各位於某場所做某事的時候、與其他人一起做某事的時候、前句的目的語與後句的目的語相同的時候、或是坐著或站著做某事的時候使用。

　집에 가서 쉬세요. 請回家休息。

친구를 만나서 얘기했어요. 與朋友見面談天了。

부모님께 선물을 사서 보냈어요. 買了禮物寄給父母。

저기에 앉아서 얘기할까요? 坐在那裡談天好嗎？

(1) 가 : 이 근처에 약국이 어디에 있어요?

　　나 : 길을 건너서 오른쪽으로 가세요.

(2) 가 : 이 근처에 은행이 있어요?

　　나 : 네, 밖으로 나가서 왼쪽으로 가세요.

(3) 가 : 오른쪽으로 가면 돼요?

　　나 : 네, 우회전해서 조금만 더 가면 돼요.

(4) 가 : 이쪽으로 쭉 가면 고려대학교예요?

　　나 : 네, 저기 사거리를 지나서 계속 가시면 돼요.

(5) 가 : 어제 영진 씨를 만났어요?

　　나 : 네, ＿＿＿＿＿＿＿＿＿＿ 같이 영화를 봤어요.

(6) 가 : 도착하면 전화할게요.

　　나 : 네, 버스에서 ＿＿＿＿＿＿＿＿＿ 전화해 주세요.

●新語彙

우회전하다 右轉

3 -(으)면

- -(으)면接在動詞、形容詞、「名詞+이다」後，表現前提或假設。

  사무실은 2층에 가면 있어요. 辦公室去2樓的話就會看到。

  일이 끝났으면 집에 갑시다. 事情結束的話，一起回家吧！

- 這分為兩種型態

  a. 語幹以母音或ㄹ結尾時，使用-면。

  b. 語幹以ㄹ以外的其他子音結尾時，使用-으면。

(1) 가 : 이 근처에 서점이 있어요?

　　나 : 네, 이 길로 쭉 가면 보여요.

(2) 가 : 정수기가 어디에 있어요?

　　나 : 사무실 문을 열면 오른쪽에 보일 거예요.

(3) 가 : 방학이 되면 뭘 할 거예요?

　　나 : 여행을 할 거예요.

(4) 가 : 지금 버스에서 내렸어요. 여기에서 어떻게 가면 돼요?

　　나 : 버스에서 내렸으면 거기에서 길을 건너세요.

(5) 가 : 고향에 언제 갈 거예요?

　　나 : ＿＿＿＿＿＿＿＿＿＿＿ 갈 거예요.

(6) 가 : 내일 산에 가요? 내일 비가 올 것 같은데.

　　나 : 그래요? ＿＿＿＿＿＿＿＿＿＿＿ .

4 -지만

● -지만接在動詞、形容詞、「名詞+이다」後，表現「但是」之意。

가 : '서울식당'이 여기에서 멀어요? 「首爾餐廳」離這裡遠嗎？

나 : 네, 좀 멀지만 음식이 아주 맛있어요. 是的，雖然有點遠，可是非常好吃。

(1) 가 : 학교 안에 서점이 있어요?

　　나 : 학교 안에 있지만 6시까지만 문을 열어요.

(2) 가 : 은행에 걸어가면 돼요?

　　나 : 걸어갈 수 있지만 조금 멀어요.

(3) 가 : 식당 이름이 뭐예요?

　　나 : 이름은 잘 모르겠지만 금방 찾을 수 있을 거예요.

(4) 가 : 영진 씨 집에 갔다 왔어요?

　　나 : 네, 그런데 영진 씨 집에 갔지만 영진 씨가 없었어요.

(5) 가 : 등산을 해서 피곤하지요?

　　나 : ＿＿＿＿＿＿＿＿＿＿＿＿＿ 기분은 좋아요.

(6) 가 : 기숙사에 식당이 없어요? 왜 밖에서 먹어요?

　　나 : ＿＿＿＿＿＿＿＿＿＿＿＿＿ .

> ■新語彙
>
> 금방 馬上、立刻

제6과 안부 · 근황
問候 · 近況

目標
各位將能向許久未見的朋友問候,並回答自己是否安好。

主題	詢問近況
功能	問候並回答、談論某人近況
活動	聽力:聆聽有關問候的對話、聆聽語音訊息
	口說:詢問放假期間是如何度過的、介紹自己的近況
	閱讀:閱讀問候的電子郵件
	寫作:書寫問候的電子郵件
語彙	問候與近況、個人狀況的變化、寒暑假及假日活動
文法	半語(-아/어/여、-았/었/였어、-(이)야、-자、-지, -(으)ㄹ래, -(으)ㄹ까, -(으)ㄹ게、-아/야)
發音	句子的語調2
文化	「下次一起吃個飯吧!」的意義

제6과 안부 · 근황 問候 · 近況

1. 두 사람은 지금 무엇을 하고 있는 것 같아요?

   這兩個人現在像是在做什麼呢？

2. 오래간만에 만난 친구들은 어떤 이야기를 할까요?

   和好久不見的朋友會聊些什麼呢？

1

린다 : 수미야, 안녕. 오래간만이야.

수미 : 안녕, 린다. 정말 오랜만이야. 그동안 잘 지냈어?

린다 : 응, 잘 지냈어. 너도 잘 지냈지?

수미 : 응, 덕분에 잘 지냈어. 그런데 너는 얼굴이 좀 탔네.
　　　어디 놀러 갔다 왔어?

린다 : 응, 친구들하고 지리산에 갔다 왔어. 너는 방학 동안
　　　뭐 했어?

수미 : 고향에도 갔다 오고 아르바이트도 하고. 좀 바빴어.

新語彙

오래간만이다 / 오랜만이다	好久不見
그동안	近來、那段期間
잘 지내다	過得很好
덕분에	託（你的）福
얼굴이 타다	臉曬黑
갔다 오다	去了一趟
지리산	智異山

2

영진 : 저기, 혹시 제인 씨 아니에요?

제인 : 네, 그런데요.

영진 : 나 영진이야.

제인 : 어머! 영진아. 정말 오래간만이야.

영진 : 그래, 이게 얼마 만이야? 그런데 너 한국에 계속 있었어?

제인 : 아니, 얼마 전에 다시 왔어. 너는 그동안 어떻게 지냈어?

영진 : 2월에 학교를 졸업하고, 바로 취직했어.

제인 : 그랬구나.

영진 : 정말 반갑다. 시간 있으면 우리 차 한 잔 마실래?

제인 : 미안해. 지금은 일이 있어서 가야 되니까 나중에 내가
　　　연락할게.

영진 : 그래. 그러면 다음에 보자.

新語彙

얼마 만이다	好久不見、間隔多久
계속	繼續
그랬구나	那樣啊！
연락하다	聯絡、聯繫

3

석호야, 안녕? 나 유키야.

답장이 늦어서 미안해. 기말 시험 공부도 해야 되고,
아르바이트도 해야 돼서 좀 바빴어.

너는 그동안 어떻게 지냈어? 취직 준비는 잘 하고 있어?

나는 다음 주부터 방학이야. 이번 방학에는 열심히
아르바이트를 하려고 해. 새로운 일도 하나 더 구했어.
한국어를 일본어로 번역하는 일이야. 한국어를 사용할 수 있는
일이라서 너무 좋아.

너는 지금 방학이지? 재미있게 보내고 있어? 그럼 또
연락할게. 잘 지내. 안녕.

新語彙

기말 시험	期末考
취직 준비	就業準備
새롭다	新的
일을 구하다	找工作、求職
번역하다	翻譯

문화 　'다음에 밥 한 번 먹자'의 의미　「下次一起吃個飯吧！」的意義

● 여러분 나라에서는 우연히 만난 친구와 다시 헤어질 때 어떤 인사말을 해요?

在各位的國家，和偶然相遇的朋友再次分別時，會說些什麼客套話呢？

● 여러분은 한국 사람들에게 「다음에 밥 한 번 먹자」, 「나중에 한 번 보자」라는 말을 들어 본 적이 있어요? 이
말은 어떤 의미일까요?

各位曾經聽過韓國人說「下次一起吃個飯吧！」或「之後再見個面吧！」之類的話嗎？這些話有什麼樣的意義呢？

韓國人在和好久不見的朋友見面時，經常會說「下次一起吃個飯吧！」或是「之後再見個面吧！」
之類的話。但是，那並不是要約下次一起吃飯或是再見的意思，而是表現出「雖然今天的時間不
夠，但希望下次能花點時間一起聚聚」的意思。當然，也會有真的見面的人。但是，像是「下次一
起吃個飯吧！」或是「之後再見個面吧！」之類的話，這是大部分的韓國人，為了表現出自己對對
方的親切感，而禮貌性使用的表現。

● 여러분도 길에서 우연히 만난 친구와 헤어질 때 한국 사람처럼 헤어지는 인사를 해 보세요.

請各位也和韓國人一樣，向偶然碰面又再次分別的朋友，試著說說看道別時的客套話。

1 〈보기〉와 같이 연습하고, 친구와 함께 여러분의 안부에
대해 묻고 대답해 보세요.

請照著〈範例〉練習，並試著和朋友互相問候。

> **보기**
>
> 잘 지내다 /
>
> O, 잘 지내다
>
> 가 : 요즘 잘 지내?
> 最近過得好嗎？
>
> 나 : 응, 잘 지내.
> 嗯，過得很好。

❶ 잘 지내다 / O, 덕분에 잘 지내다

❷ 바쁘다 / X, 별로 안 바쁘다

❸ 별일 없다 / O, 별일 없다

❹ 바쁘다 / X, 한가하다

❺ 학교 잘 다니다 / O, 덕분에 잘 다니고 있다

❻ 친구들 자주 만나다 / X, 잘 못 만나다

> **◦안부와 근황 問候與近況**
>
> 잘 지내다 過得很好
>
> 덕분에 잘 지내다
> 託（您的）福過得很好
>
> 잘 보내다 過得很好
>
> 잘 있다 過得很好
>
> 별일 없다 沒什麼特別的（事）
>
> 바쁘다 忙碌的
>
> 정신이 없다
> 忙得暈頭轉向、搞得七葷八素
>
> 한가하다 閒暇的
>
> 그저 그렇다
> 就那樣、馬馬虎虎

2 〈보기 1〉이나 〈보기 2〉와 같이 이야기해 보세요.

> **보기1**
>
> 그동안 잘 지내다 /
>
> 덕분에 잘 지내다
>
> 가 : 그동안 잘 지냈어?
> 近來過得好嗎？
>
> 나 : 응, 덕분에 잘 지냈어.
> 嗯，託你的福過得很好。

> **◦語言提點**
>
> 응與아니是네與아니요的半
> 語。맞아요、그래요、몰라요、
> 글쎄요、아니에요在非正式
> 的場所，可用「맞아、그래、
> 몰라、글쎄、아니」來表現。

> **보기2**
>
> 그동안 잘 쉬다 /
>
> 많이 바쁘다
>
> 가 : 그동안 잘 쉬었어?
> 近來好好休息了嗎？
>
> 나 : 아니, 많이 바빴어.
> 不，非常忙碌。

> 「그저 그렇다」在句子的使
> 用上，與「그저 그래요、그저
> 그랬어요、그저 그럴 거에요」
> 等具有相同的意思。「그저
> 그래、그저 그랬어、그저 그럴
> 거야」則是在非正式的場合
> 使用。

❶ 방학 잘 보내다 / 잘 보내다

❷ 그 동안 별일 없다 / 별일 없다

❸ 방학 동안 잘 있다 / 잘 있다

❹ 주말에 푹 쉬다 / 바빠서 정신이 없다

❺ 주말 잘 보내다 / 좀 아프다

❻ 방학 재미있게 보내다 / 그저 그렇다

3 〈보기〉와 같이 이야기해 보세요.

> 보기
>
> 회사에 취직하다
>
> 가 : 오래간만이야. 그동안 어떻게
> 지냈어?
> 好久不見！近來是怎麼過的呢？
>
> 나 : 얼마 전에 회사에 취직했어.
> 不久前到公司上班了。

❶ 대학교에 입학하다

❷ 대학원을 졸업하다

❸ 회사를 옮기다

❹ 회사를 그만두다

❺ 결혼하다

❻ 학교 근처로 이사하다

▪ 신상 변화 個人狀況的變化

학교에 입학하다 入學
학교를 휴학하다 休學
유학을 가다 去留學
학교를 졸업하다 從學校畢業
회사에 취직하다 到公司上班
회사를 옮기다 換公司
회사를 그만두다 從公司辭職
남자/여자 친구가 생기다 有男/女朋友
결혼하다 結婚
이사하다 搬家

4 〈보기〉와 같이 연습하고, 친구와 함께 여러분의 근황에
대해 묻고 대답해 보세요.

請照著〈範例〉練習，並試著和朋友互相詢問近況。

> 보기
>
> 다음 주가 시험이다,
> 좀 바쁘다
>
> 가 : 요즘 잘 지내?
> 最近過得好嗎？
>
> 나 : 다음 주가 시험이야.
> 그래서 좀 바빠.
> 下星期是考試，所以有點忙。

▪ 新語彙

학기 시작 學期開始
졸업식 畢業典禮
회사 면접 公司面試
결혼식 結婚典禮

❶ 내일이 학기 시작이다, 좀 바쁘다

❷ 다음 주가 졸업식이다, 좀 바쁘다

❸ 다음 주가 회사 면접이다, 정신이 없다

❹ 다음 달이 결혼식이다, 정신이 없다

❺ 이번 주부터 방학이다, 좀 한가해졌다

❻ 내일부터 휴가이다, 좀 한가해졌다

5 〈보기〉와 같이 연습하고, 친구와 함께 여러분의 계획에 대해 묻고 대답해 보세요.

請照著〈範例〉練習，並試著和朋友互相詢問計畫。

> **보기**
>
> 방학에 뭐 하다 /
> 아르바이트를 하다
>
> 가 : 방학에 뭐 할 거야?
> 寒（暑）假要做什麼呢？
>
> 나 : 아르바이트를 할 거야.
> 要打工。

① 방학에 어디에 가다 / 고향에 갔다 오다

② 이번 휴가에 뭐 하다 / 친구들하고 여행을 하다

③ 방학에 뭐 하다 / 집에서 책을 읽다

④ 휴학하면 뭐 하다 / 중국으로 유학을 가다

⑤ 시험 끝난 후에 뭐 하다 / 집에서 푹 쉬다

⑥ 한국어 공부 끝난 후에 뭐 하다 / 대학원에 가다

> **방학 및 휴가 활동**
> **寒暑假和假日活動**
>
> 쉬다 休息
>
> 책을 읽다 閱讀、讀書
>
> 학원에 다니다 上補習班
>
> 외국어를 배우다 學外語
>
> 컴퓨터를 배우다 學電腦
>
> 취직 준비를 하다 準備就業
>
> 한국어능력시험 공부를 하다
> 準備韓語能力考試
>
> 여행을 하다 旅行
>
> 고향에 갔다 오다 回故鄉一趟
>
> 아르바이트를 하다 打工
>
> 한국 문화를 체험하다
> 體驗韓國文化
>
> 봉사 활동을 하다 做服務活動

6 〈보기 1〉이나 〈보기 2〉처럼 이야기해 보세요.

> **보기1**
>
>
>
> 커피 한 잔 하다 /
> 커피 한 잔 하다
>
> 가 : 우리 커피 한 잔 하자.
> 我們喝杯咖啡吧！
>
> 나 : 그래. 같이 커피 한 잔 해.
> 好！一起喝杯咖啡吧！

> **보기2**
>
>
>
> 커피 한 잔 하다 /
> 다음에 하다
>
> 가 : 우리 커피 한 잔 하자.
> 我們喝杯咖啡吧！
>
> 나 : 지금은 좀 바빠. 다음에 하자.
> 現在有點忙。下次喝吧！

① 점심 먹다 / 점심 먹다

② 차 마시다 / 차 마시다

③ 점심 먹다 / 다음에 먹다

④ 차 마시다 / 다음에 마시다

7 〈보기 1〉이나 〈보기 2〉처럼 이야기해 보세요.

잘 지냈다 / 잘 지냈다

가 : 잘 지냈지?
過得好吧?

나 : 응, 잘 지냈어.
嗯，過得好。

잘 지냈다 / 좀 아팠다

가 : 잘 지냈지?
過得好吧?

나 : 아니, 좀 아팠어.
不，生了場病。

① 그동안 별일 없었다 / 별일 없었다

② 잘 지내다 / 덕분에 잘 지내다

③ 요즘도 바쁘다 / 좀 바쁘다

④ 바쁜 일 다 끝났다 / 아직도 정신이 없다

8 〈보기〉와 같이 이야기해 보세요.

■ 新語彙

한옥 韓屋

영진, 방학 /
오래간만에 여행 가다

가 : 영진아, 우리 방학에 뭐 할까?
永振！我們寒（暑）假要做什麼好呢？

나 : 글쎄. 오래간만에 여행 갈래?
這個嘛…好久沒去旅行了，想去嗎？

가 : 그래, 그러자.
好！就那麼做吧！

① 수미, 주말 / 오래간만에 영화 보러 가다

② 소영, 이번 휴가 / 봉사 활동을 해 보다

③ 린다, 이번 휴가 / 한옥 체험을 해 보다

④ 재석, 방학 / 컴퓨터를 배우러 다니다

9 〈보기〉와 같이 이야기해 보세요.

보기
가 : 약속이 있어서 지금 가 봐야 돼.
　　내가 다음에 전화할게.
　　因為有約，所以現在得走才行。
　　我之後再打電話給你。

약속이 있다,
전화하다 /
연락하다
나 : 그래, 꼭 연락해.
　　好！一定要聯絡喔！

◀ 新語彙

볼일　要做的事
급하다　急迫的、緊急的

❶ 볼일이 있다, 연락하다 / 연락하다
❷ 급한 일이 있다, 연락하다 / 전화하다

10 〈보기〉와 같이 연습하고, 여러분도 친구와 함께 서로의
안부와 근황에 대해 묻고 대답해 보세요.
請照著<範例>練習，並試著和朋友互相問候與詢問彼此的近況。

보기1
가 : 영진아, 오래간만이야.
　　永振！好久不見。

나 : 그래, 오래간만이야.
　　그동안 잘 있었지?
　　是啊！好久不見。近來過得好吧？

영진 /
그동안 잘 있다 /
잘 있다,
방학 어떻게 보내다 /
졸업 시험 공부하다 /
고향에 갔다 오다
가 : 응, 잘 있었어.
　　방학 어떻게 보냈어?
　　嗯，過得很好。你寒（暑）假是怎麼過的呢？

나 : 졸업 시험 공부했어.
　　너는 방학 어떻게 보냈어?
　　準備了畢業考。你寒（暑）假是怎麼過的呢？

가 : 나는 고향에 갔다 왔어.
　　我回了故鄉一趟。

◀ 발음 發音

句子的語調2

방학에는 한가해요.
한국어를 공부해요.
취직 준비를 하고 있어요.

韓文句子的語調，大致是
從低音開始，再往高音上
揚的反覆形態。但是，語
節若是以ㅋ/ㅌ/ㅍ/ㅊ、ㄲ/
ㄸ/ㅃ/ㅉ、ㅅ/ㅆ、ㅎ開始
時，第一個音節的語調則
會變高。因此，語調會以
高音―高音―低音―高音
的形態來變化。不管一個
語節裡有幾個音節，前兩
個音節為高音―高音，而
最後兩個音節則是低音―
高音。

▶ 연습해 보세요.
(1) 사사사사 사사사사.
(2) 사사사사사 사사사사사.
(3) 사사사사사 사사사.
(4) 사사 사사사사사.
(5) 사사사 사사사사.
(6) 사사사사사사 사사사사.

❶ 린다 / 잘 지내다 / 덕분에 잘 지내다, 그동안 뭐 하다 /
　대학원 입학시험 공부를 하다 / 얼마 전에 회사에
　취직하다

❷ 마이클 / 방학 잘 보내다 / 잘 보내다, 방학 동안
　뭐 하다 / 컴퓨터 학원에 다니다 / 아르바이트를 하다

❸ 미라 / 그동안 잘 지내다 / 잘 지내다, 어떻게 지내다 /
　별일 없다 / 힘들어서 얼마 전에 휴학하다

❹ 진성 / 그동안 별일 없다 / 별일 없다, 그동안 어떻게
　지내다 / 일이 많아서 정신이 없다 / 급한 일은 끝나서
　좀 한가해지다

🎧 聽力_듣기

1 다음 대화를 잘 듣고 두 사람이 오래간만에 만났으면 ○, 그렇지 않으면 ×에 표시하세요.

請仔細聽以下的對話，如果這兩個人是隔了很久才見面的話，請標示O。不是的話，請標示X。

1) ○ ×   2) ○ ×   3) ○ ×   4) ○ ×

2 다음 대화를 잘 듣고 아래의 내용이 맞으면 ○, 틀리면 ×에 표시하세요.

請仔細聽以下的對話，如果下面的內容正確的話，請標示O。錯誤的話，請標示X。

1) 두 사람은 오랫동안 못 만났어요.   ○ ×

2) 여자는 요즘 아르바이트를 하고 있어요.   ○ ×

3) 남자는 한국에 출장을 왔어요.   ○ ×

4) 두 사람은 같이 커피를 마시러 갈 거예요.   ○ ×

> **新語彙**
>
> 웬일이야? 怎麼回事？
>
> 출장 出差
>
> 똑같다 完全一樣、一模一樣
>
> 우연히 偶然地
>
> 회의 會議

3 친구가 휴대전화에 남긴 음성 메시지입니다. 다음을 잘 듣고 질문에 대답하세요.

這是朋友留在手機上的語音訊息。請仔細聽完以下的內容後，回答問題。

1) 수미 씨와 링링 씨는 자주 연락했어요?   ○ ×

2) 링링 씨는 이번 휴가에 무엇을 하려고 해요?   ○ ×

> **新語彙**
>
> 메시지를 남기다 留訊息

🎤 口說_말하기

1 한 달 동안의 여름 방학이 끝나고 오래간만에 친구를 만났어요. 안부를 묻고 여러분의 근황을 이야기해 보세요.

一個月的暑假結束後，見到了好久不見的朋友。請試著互相問候，並聊聊彼此的近況。

● 여러분은 여름 방학에 보통 무엇을 해요? 다음을 참고해서 여름 방학 동안 여러분이 한 일을 정리해 보세요.

各位在暑假通常會做些什麼呢？請參考下表，將各位在暑假期間所做的事整理一下。

신나게 놀아요!!!	열심히 공부해요!!!	한국을 배워요!!!
☑ 여행 ☐ 취미 생활 ☐ 친구를 많이 만나요	☐ 한국어능력시험 공부 ☐ 컴퓨터 학원 ☐ 한국어 말하기 연습	☐ 한국 영화 감상 ☐ 한국 문화 체험 ☐ 봉사 활동

● 방학 동안 친구는 어떻게 지냈는지 물으려고 해요. 무엇을 어떻게 질문할지 생각해 보세요. 그리고 여러분은 그 질문에 어떻게 대답할지 생각해 보세요.

各位想問朋友在寒（暑）假期間是怎麼過的。請想想看要如何提問，還有各位要如何回答這些問題。

● 친구와 함께 서로의 안부를 묻고 자신의 근황을 이야기해 보세요.

請和朋友互相問候，並說說看自己的近況。

2 친구들에게 여러분의 근황을 소개해 보세요.

請向朋友們介紹一下各位的近況。

● 지난 방학이나 한국에 오기 전에 여러분은 어떻게 지냈어요?

這寒（暑）假或來韓國以前，各位是怎麼過的呢？

● 요즘 여러분은 어떻게 지내요?

最近各位是怎麼過的呢？

● 위에서 생각한 내용을 바탕으로 친구들 앞에서 여러분의 근황을 소개해 보세요.

請以上方所想的內容為基礎，試著在朋友們面前介紹各位的近況看看。

📖 閱讀_읽기

1 다음은 친구의 안부를 묻고 자신의 근황을 소개하는 이메일입니다. 잘 읽고 내용을 파악해 보세요.

以下是問候朋友，並介紹自己近況的電子郵件。請在仔細閱讀後，掌握文章的內容。

● 먼저 글에 어떤 내용이 있을지 생각해 보세요.

請先想想看文章中會有哪些內容。

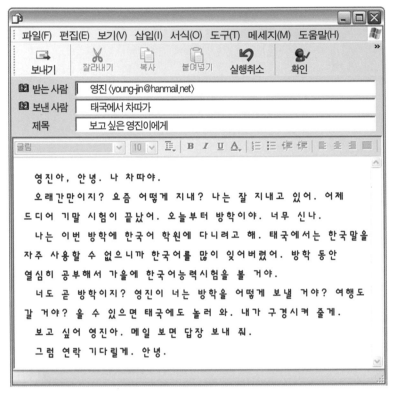

新語彙

드디어 終於

신나다 興奮、開心

구경시켜 주다
讓…觀賞、讓…看看

語言提點

씨接在人的名字後，表現對於那個人的尊敬。但是，若那個人與各位是同年紀或是比各位要小的情況，就沒必要在名字後面加上씨。如果名字是以子音結尾時，則必須要使用-이。

▶예 : 저기 영진이하고 수미가 와요. 영진이는 학생이고 수미는 회사원이에요.

● 아래의 내용이 맞으면 O, 틀리면 X에 표시하세요.

以下的內容如果正確的話，請標示O。錯誤的話，請標示X。

(1) 차따 씨는 다음 주부터 기말 시험을 봅니다.　〔 O ｜ X 〕

(2) 차따 씨는 방학에 한국어 학원을 다니려고 합니다.　〔 O ｜ X 〕

(3) 영진 씨는 차따 씨를 만나러 태국에 갔다 왔습니다.　〔 O ｜ X 〕

(4) 영진 씨의 학교는 곧 방학을 합니다.　〔 O ｜ X 〕

✍️ 寫作_쓰기

1 여러분은 요즘 어떻게 지내고 있어요? 친구에게 여러분의 근황을 알려 주는 편지를 써 보세요.

各位最近是如何過的呢？請寫一封信來告訴朋友各位的近況。

- 여러분이 반말로 편지를 쓸 사람을 생각해 보세요.

  請各位想想看可以用半語寫信的對象。

- 여러분의 근황을 어떻게 이야기할지 생각해 보세요.

  請想想看要如何說各位的近況。

- 위의 활동을 바탕으로 여러분의 안부와 근황을 알려 주는 편지를 써 보세요.

  請以上方的活動為基礎，試著寫一封信來問候朋友，並告知各位的近況。

자기 평가 ✏️   自我評價

● 안부를 물을 수 있습니까? 各位會問候別人嗎？	非常棒 ●━●━●━●━● 待加強
● 여러분의 근황을 이야기할 수 있습니까? 各位能談論自己的近況嗎？	非常棒 ●━●━●━●━● 待加強
● 안부를 묻고 근황을 이야기하는 글을 읽고 쓸 수 있습니까? 各位能讀懂，並且書寫問候朋友與說明近況的文章嗎？	非常棒 ●━●━●━●━● 待加強

♣ **반말** 半語

在非正式場合中的對話，例如朋友之間的閒聊或是私人的談話，在這些對話中使用的語言就叫做半語。非格式體的終結語尾分為兩種，有在敬語中使用的終結語尾-아/어/여요，也有在半語中使用的終結語尾-아/어/여。-아/어/여在和（比起話者）年輕人、朋友們、公司同事對話的時候使用。但就算話者與聽者之間有年齡上的差距，若是兩人很親近的話，也能使用-아/어/여。但是在正式的場合，既使是在日常生活中可以很自在地聊天的關係，也必須要使用敬語。如果將-아/야/여요中的「요」去掉，就成了半語。

-아/어/여요→ -아/어/여	-았/었/였어요 → -았/었/였어
-지요 → -지	-(으)ㄹ래요 → -(으)ㄹ래
-(으)ㄹ까요→ -(으)ㄹ까	-(으)ㄹ게요 → -(으)ㄹ게

1 –아/어/여

● -아/어/여接在動詞或形容詞語幹後，是在半語中使用的現在式終結語尾。依據文章脈絡的不同，以下四種句型皆可使用-아/어/여：陳述句、疑問句、命令句或共動句。

밥 먹어. 吃飯。（陳述句）

밥 먹어? 吃飯嗎？（疑問句）

빨리 먹어. 快吃！（命令句）

같이 먹어. 一起吃吧！（共動句）

● 這分為三種型態。

a. 語幹的最後一個母音為ㅏ或ㅗ時，使用-아。

b. 語幹的最後為ㅏ或ㅗ以外的其他母音時，使用-어。

c. 就하다來說，하여是正確的形態。但比起하여，해更常被使用。

(1) 가 : 요즘 어떻게 지내?

　　나 : 회사 일이 좀 많아. 그래서 주말에도 시간이 없어.

(2) 가 : 요즘 잘 지내?

　　나 : 응, 덕분에 잘 지내.

(3) 가 : 아직도 기숙사에 살아?

　　나 : 아니, 학교 근처에 있는 하숙집에 살아.

(4) 가 : 요즘도 친구들 자주 만나?

　　나 : 아니, 바빠서 자주 못 만나.

> **新語彙**
>
> 하숙집 寄宿家庭（店）

(5) 가 : 오늘 뭐 하고 싶어?

　　나 : 배고프니까 우리 밥 먹으러 가.

(6) 가 : 시간 없어. 빨리 와.

　　나 : 응, 잠깐만 기다려.

(7) 가 : 언제 고향에 가?

　　나 : _____.

(8) 가 : 오후에 뭐 해?

　　나 : _____.

2　–았/었/였어

● -았/었/였어為半語，接在動詞、形容詞與「名詞+이다」後，表現過去的時態。這是-았/었/였-與-어結合而成的型態。在陳述句與疑問句中皆可使用。

가 : 잘 지냈어? 過得好嗎？

나 : 응, 잘 지냈어. 嗯，過得很好。

● 這分為三種型態。

a. 語幹的最後一個母音為ㅏ或ㅗ時，使用-았어。

b. 語幹的最後為ㅏ或ㅗ以外的其他母音時，使用-었어。

c. 就하다來說，하였어是正確的型態。但比起하였어，했어更常被使用。

(1) 가 : 그동안 어떻게 지냈어?

　　나 : 덕분에 잘 지냈어.

(2) 가 : 방학 동안 뭐 했어?

　　나 : 학원에 컴퓨터 배우러 다녔어.

(3) 가 : 이번 방학에도 고향에 갔다 왔어?

　　나 : 아니, 바빠서 못 갔어.

(4) 가 : 주말에 왜 전화 안 했어?

　　나 : 미안해. 월요일에 시험이 있어서 좀 바빴어.

(5) 가 : 언제부터 한국에 있었어?

　　나 : _____.

(6) 가 : 지난 주말에 뭐 했어?

　　나 : _____.

3　–(이)야

● -(이)야為半語的終結語尾，接在名詞與아니다的語幹後，表現現在的時態。在陳述句與疑問句中皆可使用。

가 : 저 사람이 수미 씨야? 那個人是秀美嗎？

나 : 저 사람은 수미 씨가 아니야. 수미 씨의 동생이야. 那個人不是秀美。是秀美的妹妹。

- 表現未來計畫或行程的「-(으)ㄹ 것이다」與「-(이)야」一起使用時，會成為「-(으)ㄹ 것이야」。但在日常對話中，-(으)ㄹ 거야（-(으)ㄹ 것이야的縮寫形態）更常被使用。

  가 : 이번 방학에 뭐 할 거야? 這個寒（暑）假要做什麼呢？

  나 : 아르바이트를 할 거야. 要打工。

- 這分為兩種型態

  a. 名詞或語幹的最後一個音節為母音時，使用-야。

  b. 名詞或語幹的最後一個音節為子音時，使用-이야。

  (1) 가 : 안녕, 린다. 정말 오래간만이야.

  　　나 : 그래, 정말 오래간만이야.

  (2) 가 : 요즘 어떻게 지내?

  　　나 : 다음 주가 졸업 시험이야. 그래서 좀 바빠.

  (3) 가 : 이번 방학에 고향에 갔다 올 거야?

  　　나 : 응, 고향에 가서 일주일 정도 있을 거야.

  (4) 가 : 다른 친구들도 잘 지내?

  　　나 : 아마 잘 지낼 거야. 나도 요즘 바빠서 자주 못 만났어.

  (5) 가 : 남자 친구 사진이야?

  　　나 : 아니야. _____.

  (6) 가 : 이번 방학에 뭐 할 거야?

  　　나 : 친구들하고 _____.

4　-자

- -자為表現提議的終結語尾。接在動詞的語幹後，表現「一起做～吧！」之意。

  우리 오래간만에 만났으니까 같이 차 마시러 가자. 我們隔了好久才見面，一起去喝茶吧！

  (1) 가 : 뭐 먹고 싶어?

  　　나 : 오늘은 비빔밥을 먹자.

  (2) 가 : 저녁에 영화 보러 가자.

  　　나 : 오늘은 바빠서 안돼. 다음에 보러 가자.

  (3) 가 : 나는 방학에 제주도로 여행 가고 싶어. 너는 뭐 하고 싶어?

  　　나 : 나도 여행 가고 싶어. 그러면 _____.

  (4) 가 : 한국 친구가 별로 없어서 한국어를 많이 연습할 수 없어.

  　　나 : 그러면 우리 오늘부터 _____.

5 –지, -(으)ㄹ래, -(으)ㄹ까, -(으)ㄹ게

- -지요、-(으)ㄹ래요、-(으)ㄹ까요、-(으)ㄹ게요如果去掉요的話，就會變成-지、-(으)ㄹ래、-(으)ㄹ까、-(으)ㄹ게等半語的型態。

(1) 가 : 오래간만이야. 그동안 잘 지냈지?

　　나 : 응, 잘 지냈어. 시간 있으면 같이 차 마시러 갈까?

　　가 : 미안해. 지금은 좀 바빠. 나중에 전화할게.

(2) 가 : 정말 반가워. 우리 오래간만에 같이 밥 먹을래?

　　나 : 좋아, 맛있는 거 먹자. 오늘은 내가 살게.

(3) 가 : 계속 한국에 있었지?

　　나 : 아니야, 1년 정도 고향에 갔다 왔어.

(4) 가 : 다른 친구들한테도 연락할까?

　　나 : 그래, 그러자.

(5) 가 : 우리 집에 언제 올래?

　　나 : ＿＿＿＿＿＿＿＿＿＿＿＿＿＿＿＿＿.

(6) 가 : ＿＿＿＿＿＿＿＿＿＿＿＿＿＿＿＿＿?

　　나 : 학교 앞에서 만나자.

6 –아/야

- -아/야為半語，接在人名或動物名稱後，在稱呼那名稱時使用。

가 : 영진아, 안녕? 永振啊！你好！

나 : 응, 수미야. 오래간만이야. 嗯，秀美啊！好久不見。

- -아/야大部分都是使用在韓國人的名字後。在叫外國人的名字時，則可不加「씨」字。

안녕, 린다. 요즘 어떻게 지내? 你好！琳達。最近過得如何？

- 這分為兩種型態。

a. 名詞以母音結尾時，使用-야。

b. 名詞以子音結尾時，使用-아。

(1) 가 : 민수야, 어디 가?

　　나 : 어, 정인아. 친구 만나러 가.

(2) 가 : 수철아, 안녕.

　　나 : 안녕, 선영아.

(3) 가 : ＿＿＿＿, 오늘 바빠?

　　나 : 아니, 안 바빠.

(4) 가 : ＿＿＿＿, 이번에는 어디로 여행 갈까?

　　나 : 글쎄, 아직 잘 모르겠어.

제7과 외모 · 복장
外貌 · 服裝

目標
各位將描述論外貌與服裝。

主題	外貌與服裝。
功能	描述外貌與服裝、描述某人的穿著
活動	聽力：聆聽與外貌和服裝相關的對話、聆聽尋找走失兒童的廣播
	口說：尋找朋友們的理想型、談談今天自己的外貌與服裝
	閱讀：閱讀尋人啟示
	寫作：書寫一篇文章來說說自己的外貌與喜歡的衣服
語彙	外貌、與穿脫相關的表現
文法	−는/(으)ㄴ 편이다、−(으)ㄴ、−처럼、ㄹ的不規則活用
發音	在音節最後出現的ㄹ與ㄼ
文化	重視外貌的韓國人

제7과 외모·복장 外貌·服裝

1. 이 사람들에게 오늘 어떤 계획이 있을 것 같아요? 왜 그렇게 생각해요?

   這些人今天看起來有什麼樣的計畫呢？為什麼會那麼想呢？

2. 이 사람들은 지금 무엇을 입고 있습니까? 이 사람들은 어떻게 생겼습니까?

   這些人現正穿著什麼樣的衣服呢？這些人長得怎麼樣呢？

1

수미 : 린다 씨는 정말 키가 크네요. 린다 씨의 가족은 모두
　　　 키가 커요?

린다 : 아니요, 아버지하고 저만 커요. 다른 가족들은 좀 작은
　　　 편이에요.

수미 : 린다 씨는 아버지를 닮았어요?

린다 : 키하고 체격은 아버지를 닮은 것 같아요. 그런데 얼굴은
　　　 어머니를 닮아서 눈이 작은 편이에요.

수미 : 린다 씨가 눈이 작아요? 그럼 제 눈은 어떻게 말해야
　　　 돼요?

●新語彙
닮다　像
체격　體型、體格
눈이 작다　眼睛小

2

투　이 : 어머! 마이클 씨. 웬일이에요? 양복을 입고, 넥타이도
　　　　 매고.

마이클 : 오전에 회사 면접을 보고 왔어요. 저한테 양복이 잘
　　　　 안 어울리죠?

수　미 : 아니에요. 영화배우처럼 멋있어요. 그런데 면접은
　　　　 어땠어요?

마이클 : 최선을 다했는데 잘 모르겠어요.

투　이 : 잘 될 거예요. 그런데 옷이 불편해서 공원에는 못
　　　　 가겠네요.

마이클 : 아니에요. 넥타이만 풀면 괜찮아요. 오늘 날씨도
　　　　 좋으니까 우리 공원에 가요.

수　미 : 그래요. 양복을 입은 마이클 씨하고 언제 또 사진을
　　　　 찍을 수 있겠어요?

●新語彙
넥타이를 매다　繫領帶、打領帶
면접　面試
최선을 다하다 盡全力、全力以赴
넥타이를 풀다　解開領帶

3

　오늘은 기다리고 기다리던 미팅 날이었습니다. 미팅은 내가 한국에서 제일 해 보고 싶은 일이었습니다. 나는 제일 좋아하는 원피스를 입고 미팅 장소에 갔습니다.

　내 이상형은 키가 크고 어깨가 넓은 남자입니다. 거기에 그런 사람이 있었습니다. 나는 그 사람에게 첫눈에 반했습니다.

　나는 그 사람하고 짝이 되고 싶어서 먼저 말을 걸었습니다. 그런데 그 사람이 너무 아기처럼 이야기를 했습니다. 으악! 이렇게 나의 첫 번째 미팅은 끝이 났습니다.

新語彙

기다리고 기다리던
期待已久的、等了又等的

미팅　聯誼

이상형　理想型

어깨가 넓다　肩膀寬

첫눈에 반하다　一見鍾情

짝　對、雙

말을 걸다　搭話、攀談

으악　啊！

첫 번째　第一次

문화　**외모를 중시하는 한국인**　重視外貌的韓國人

● 여러분 나라 사람들은 잘 가꾼 외모와 격식에 맞게 차려 입은 옷차림을 중요하게 생각하는 편입니까?

　각位國家的人們算是重視打扮外表，並且講究穿著得體的嗎？

● 다음은 어디의 사진입니까? 사람들이 이곳을 찾는 이유는 무엇일까요?

　以下是哪裡的照片呢？人們來這個地方的理由是什麼呢？

 韓國人長久以來都十分注重禮儀。因為這樣的關係，過去的韓國人甚至連夏天外出，或者去鄰居家都會打扮好才出門。因此，就連去住家旁邊的超市時，我們也能看到依循傳統而盛裝打扮的人。近來，因為很多人認為不只是在私生活，在求職或是升遷等絕大部分的生活當中，外貌都會帶來重大影響，所以不斷地努力來打扮外貌的人也日漸增多。人們為了表現自我，會從事規律的運動、注意衣服的穿著、也會修剪漂亮的髮型，而有些人甚至會去做整形手術。

● 여러분 나라 사람들은 격식에 맞는 옷을 입고 외모를 가꾸기 위해 어떤 노력을 합니까?

　各位國家的人們為了穿著得體與打扮外表，會做些什麼樣的努力呢？

1 〈보기〉와 같이 이야기해 보세요.

> **보기**
>
> 키가 작다
>
> 가 : 키가 작아요?
> 個子矮嗎？
>
> 나 : 네, 키가 작은 편이에요.
> 是的，個子偏矮。

❶ 키가 크다　　　　❷ 어깨가 좁다

❸ 날씬하다　　　　❹ 다리가 길다

❺ 얼굴이 네모나다　❻ 코가 낮다

2 〈보기〉와 같이 연습하고, 반 친구들의 체격과 외모에 대해 묻고 대답해 보세요.

請照著＜範例＞練習，並試著針對班上同學們的體格和外貌提問與回答。

> **보기**
>
> 키가 작다,
> 조금 뚱뚱하다
>
> 가 : 민수 씨가 어떻게 생겼어요?
> 民秀長得怎麼樣呢？
>
> 나 : 키가 작고 조금 뚱뚱한 편이에요.
> 個子偏矮，而且有點偏胖。

❶ 체격이 크다, 다리가 길다

❷ 얼굴이 잘생기다, 눈이 크다

❸ 체격이 작다, 많이 마르다

❹ 어깨가 넓다, 배가 나오다

❺ 코가 높다, 얼굴이 네모나다

❻ 눈이 작다, 얼굴이 조금 크다

◖외모 外貌

몸 身體

체격이 크다 / 작다
體型高大/嬌小

어깨가 넓다 / 좁다
肩膀寬/窄

키가 크다 / 작다　個子高/矮

마르다 / 날씬하다 / 뚱뚱하다
消瘦/苗條的/胖的

다리가 길다 / 짧다　腿長/短

배가 나오다　肚子凸出

얼굴 臉

얼굴이 동그랗다　臉型圓

얼굴이 네모나다　臉型方

코가 높다 / 낮다　鼻子高/塌

눈이 크다 / 작다　眼睛大/小

얼굴이 잘생기다 / 못생기다
臉蛋好看/臉蛋不好看

◖語言提點

마르다、배가 나오다、얼굴이 잘생기다、못생기다等詞，都不使用現在式，而使用말랐어요、배가 나왔어요、얼굴이 잘생겼어요、못생겼어요等過去式來表現。如果後方要接 -(으)ㄴ 편이다的話，則會使用마른 편이에요、배가 나온 편이에요、잘생긴 편이에요、못생긴 편이에요。

3 〈보기〉와 같이 이야기해 보세요.

> **보기**
>
> 영진, 키가 크다 /
> 농구 선수
>
> 가 : 영진 씨는 키가 커요?
> 永振個子高嗎？
>
> 나 : 네, 농구 선수처럼 커요.
> 是的，像籃球選手一樣高。

❶ 린다, 다리가 길다 / 모델

❷ 제프, 얼굴이 잘생기다 / 영화배우

❸ 수미, 얼굴이 동그랗다 / 보름달

❹ 마이클, 마르다 / 젓가락

❺ 장정, 눈이 작다 / 단춧구멍

❻ 철수, 배가 나오다 / 사장님

● 語言提點

在동그란 편이에요這個表現上，동그랗다若是與ㄴ開始的語尾結合的話，ㅎ就要去掉。相同地，동그랗다若是與-아/어/여요結合的話，就會變成동그래요。

● 新語彙

보름달　滿月

젓가락　筷子

단춧구멍　扣眼

4 〈보기〉와 같이 연습하고, 여러분은 누구를 닮았는지, 체격이나 외모의 특징은 어떤지 친구와 묻고 대답해 보세요.

請照著〈範例〉練習，並試著和朋友提問與回答看看各位長得像誰，以及各位的體型和外貌的特徵是什麼。

> **보기**
>
> 할머니, 코가 높다
>
> 가 : 가족 중에서 누구를 닮았어요?
> 在家人之中長得像誰呢？
>
> 나 : 할머니를 닮았어요. 그래서 저도 할머니처럼 코가 높은 편이에요.
> 長得像奶奶。所以我也像奶奶一樣鼻子偏高。

❶ 아버지, 체격이 작다

❷ 어머니, 어깨가 좁다

❸ 할아버지, 얼굴이 길다

❹ 할머니, 많이 마르다

❺ 아버지, 얼굴이 네모나다

❻ 어머니, 눈이 크다

● 語言提點

如同아버지를 닮아서 체격이 커요. 어머니를 닮아서 많이 말랐어요這兩個句子般，닮다是當您的外貌遺傳自某人，而與那個人相像，一般使用-을/를 닮다來表現。而在수미하고 미라는 닮았어요這個句子中，닮다表現您的外貌和某人非常相似，則以-와/과 닮다或是-하고 닮다來表現。

5 사진을 보고 이 사람의 외모의 특징을 세 가지 정도
이야기해 보세요.

請在看完照片後，說說看三種左右這個人的外貌特徵。

6 〈보기 1〉이나 〈보기 2〉와 같이 연습하고, 여러분의
복장에 대해 친구와 묻고 대답해 보세요.

請照著＜範例1＞或＜範例2＞練習，並試著針對各位的服裝和
朋友提問與回答看看。

> 보기1
>
> **입다 / 티셔츠**
>
> 가 : 뭘 입었어요?
> 穿了什麼呢？
>
> 나 : 티셔츠를 입었어요.
> 穿了T恤。

> 보기2
>
> **입다 / 티셔츠**
>
> 가 : 뭘 입고 있어요?
> 穿著什麼呢？
>
> 나 : 티셔츠를 입고 있어요.
> 穿著T恤。

① 입다 / 원피스　　　② 입다 / 양복

③ 입다 / 티셔츠와 청바지　④ 입다 / 블라우스와 치마

⑤ 신다 / 운동화　　　⑥ 신다 / 구두

● 新語彙

운동화 運動鞋

구두 皮鞋

● 語言提點

就如同在옷을 입고 있어요,
신발을 신고 있어요這類的表
現中看到的一樣，「-고 있다」
有時與外貌或服裝相關的動
詞結合，表現現在進行式的
型態。但是，大部分那樣的
表現都意味穿衣或穿鞋的狀
態一直被持續著。

7 〈보기〉와 같이 이야기해 보세요.

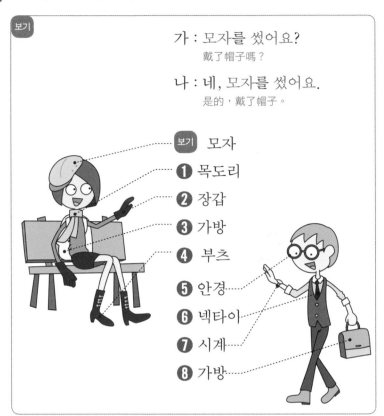

보기

가 : 모자를 썼어요?
戴了帽子嗎？

나 : 네, 모자를 썼어요.
是的，戴了帽子。

보기 　모자
❶ 목도리
❷ 장갑
❸ 가방
❹ 부츠
❺ 안경
❻ 넥타이
❼ 시계
❽ 가방

▪ 탈착 표현　與穿脫相關的表現

옷을 입다 / 벗다
穿衣服/脫衣服

신발을 신다 / 벗다
穿鞋子/脫鞋子

모자를 쓰다 / 벗다
戴帽子/脫帽子

안경을 쓰다 / 벗다
戴眼鏡/摘下眼鏡

넥타이를 매다 / 풀다
繫領帶/解開領帶

시계를 차다 / 풀다
戴手錶/解開手錶

장갑을 끼다 / 빼다
戴手套/脫手套

목도리를 하다 / 풀다
戴圍巾/解開圍巾

8 집에 온 후에 어떻게 달라졌어요? 〈보기〉와 같이
이야기해 보세요.

回到家之後，有哪些變化呢？請照著＜範例＞，試著說說看。

보기

집에 온 후에 모자를 벗었어요.
回到家後脫了帽子。

보기 　모자
❶ 옷
❷ 셔츠
❸ 넥타이
❹ 시계
❺ 장갑
❻ 구두

▪ 新語彙

가방을 메다　背背包

가방을 들다　提包包

부츠　靴子

9 〈보기〉와 같이 이야기해 보세요.

> 보기
>
> 영진 /
> 회색 양복을
> 입다
>
> 가 : 누가 영진 씨예요?
> 誰是永振呢？
>
> 나 : 저기 회색 양복을 입은 사람이
> 영진 씨예요.
> 那邊穿著灰色西裝的人是永振。

1 수미 / 노란색 원피스를 입다

2 장정 / 파란색 바지를 입다

3 마이클 / 빨간색 넥타이를 매다

4 석호 / 까만색 안경을 쓰다

10 〈보기〉와 같이 연습하고, 반 친구의 외모와 복장에 대해 묻고 대답해 보세요

請照著〈範例〉練習，並試著針對班上同學的外貌和服裝提問與回答。

> 보기
>
> 마이클 / 키가 크다, 아주 마르다 /
> 회색 양복, 분홍색 넥타이
>
> 가 : 마이클 씨를 어떻게 찾아야 돼요?
> 必須要怎麼找麥可才行呢？
>
> 나 : 마이클 씨는 키가 크고 아주 마른 편이에요.
> 麥可的個子偏高，而且非常瘦。
>
> 가 : 오늘 뭘 입고 있어요?
> 他今天穿什麼呢？
>
> 나 : 회색 양복을 입고, 분홍색 넥타이를 맨 사람을
> 찾으면 돼요.
> 找穿著灰色西裝，繫著粉紅色領帶的人就行了。

1 소희 / 키가 작다, 약간 뚱뚱하다 /

티셔츠하고 반바지, 노란색 모자

2 사이토 / 키가 크다, 배가 많이 나오다 /

흰색 남방과 청바지, 갈색 안경

3 미샤 / 얼굴이 조금 네모나다, 어깨가 넓다 /

초록색 블라우스와 까만색 치마, 초록색 구두

4 초성 / 체격이 작다, 아주 잘생기다 /

빨간색 남방과 까만색 바지, 고려대학교 가방

● 발음 發音

在音節最後出現的 ㄿ 與 ㄼ 如同닭다、짧다一樣，當某個字以雙終聲（받침）結尾，而後方又緊接著其他的子音時，雙終聲的其中一個會不發音。ㄿ的情況，ㄹ 會脫落，而 ㄼ 的情況，ㅂ 會脫落（밟다的情況為例外）。

> 닭다
>
> 짧다

▶연습해 보세요.
(1) 어깨가 넓어요.
(2) 어깨가 넓습니다.
(3) 나는 어머니를 닮고, 동생은 아버지를 닮았어요.

활동

活動

🎧 聽力_듣기

1 기준 씨의 오늘 모습입니다. 다음 대화를 잘 듣고 대화의 내용이 그림과 맞으면 ○, 틀리면 ×에 표시하세요.

這是基俊今天的樣子。請仔細聽以下的對話，如果對話的內容與圖片相符，請標記○。錯誤的話，請標示X。

1) ○ ×
2) ○ ×
3) ○ ×
4) ○ ×

▪新語彙
평소 平常

2 수미 씨와 토머스 씨가 토머스 씨의 가족사진을 보면서 이야기하고 있습니다. 잘 듣고 아래의 내용이 맞으면 ○, 틀리면 ×에 표시하세요.

秀美和湯瑪士正一邊看著湯瑪士的全家福合影，一邊聊天。請仔細聽以下的內容，並如果正確的話，請標示O。錯誤的話，請標示X。

1) 토머스 씨 가족은 모두 키가 커요.　　　　○ ×
2) 토머스 씨 형제들은 아버지를 많이 닮았어요.　○ ×
3) 토머스 씨는 얼굴이 동그란 편이에요.　　　　○ ×

▪新語彙
형제 兄弟
얼굴형 臉型
살이 찌다 長胖、發福

3 다음은 놀이동산에서 방송되는 미아 찾기 안내입니다. 찾는 아이가 누구인지 고르세요.

以下是遊樂園裡尋找走失幼童的廣播內容。請選出要找幼童是誰。

ⓐ　　　ⓑ　　　ⓒ

▪新語彙
보호하다 保護
미아보호소 走失幼童保護中心

口說_말하기

1 우리 반 친구에게 이성 친구를 소개시켜 주려고 합니다. 친구는 어떤 사람을 좋아할까요? 친구의 이상형을 알아보세요.

各位想介紹異性朋友給班上的同學。朋友喜歡什麼樣的人呢？請了解一下朋友的理想型。

- 이상형을 알아내기 위해서는 무엇을, 어떻게 질문해야 할까요?

  為了了解朋友的理想型，應該要問些什麼呢？還有要怎麼樣提問呢？

▸新語彙

액세서리 飾品

- 정리한 내용을 바탕으로 친구에게 질문해서, 친구의 이상형을 알아보세요.

  請以上方整理的內容為基礎，試著向朋友提問，了解一下朋友的理想型。

- 여러분이 들은 내용을 그림을 그려서 친구에게 보여 주세요. 친구의 이상형하고 닮았는지 같이 이야기해 보세요.

  請將各位所聽到的內容畫成一張圖讓朋友看看。請和朋友討論看看是否像他的理想型。

- 친구의 이상형하고 닮은 사람을 알고 있어요? 그럼 친구에게 그 사람을 소개시켜 주세요.

  各位知道和朋友的理想型長得很像的人嗎？那麼請把那個人介紹給朋友。

2 친구들에게 여러분의 외모와 복장에 대해 이야기해 보세요.

請向朋友說說各位的外貌和服裝。

- 무엇을 중심으로 자신의 외모와 복장을 이야기할지 정리해 보세요.

  針對自己的外貌和服裝，請重點整理一下各位要說的。

- 정리한 내용을 중심으로 친구들 앞에서 자신의 외모와 복장에 대해 이야기해 보세요.

  請以上方整理的內容為重點，在朋友們面前說說看各位的外貌和服裝。

📖 閱讀_읽기

1 다음은 사람을 찾는 광고지입니다. 잘 읽고 찾는 사람이 누구인지 고르세요.
以下是尋人的廣告。請仔細閱讀後，選出要找的人是誰。

● 사람을 찾는 광고에는 어떤 내용이 나올지 추측해 보세요.
請猜猜看在尋人的廣告裡會出現什麼樣的內容。

● 다음 광고를 읽고 찾는 사람을 고르세요.
請在閱讀以下的廣告後，選出要找的人。

사람을 찾습니다.

할아버지를 찾고 있습니다.

올해 나이 63세. 키는 175cm 정도. 체격이 크고
얼굴이 네모나고 큰 편입니다. 머리카락이 아주
흰색이라서 멀리서도 금방 알아볼 수 있습니다.
실종 당시 회색 양복을 입고 까만색 모자를
썼습니다. 목에는 이름, 주소, 전화번호가 적힌
목걸이를 하고 있습니다. 지난 5월 3일 오후에
친구를 만나러 간다고 집을 나간 후 돌아오지 않고
있습니다.
귀가 안 좋아서 말을 잘 알아듣지 못합니다.
이런 분을 보호하고 계신 분이나 보신 분은 아래
연락처로 연락해 주십시오. 후사하겠습니다.

연락처 010-123-4567

▶ 新語彙

| 세 歲（敬語） |
| 머리카락 頭髮 |
| 멀리서 從遠處 |
| 알아보다 分辨、認出 |
| 실종 失蹤 |
| 당시 當時 |
| 적히다 被記下、被寫下 |
| 목걸이 項鍊 |
| 알아듣다 聽懂 |
| 후사하다 厚謝、重謝 |

寫作_쓰기

1 여러분의 펜팔 친구에게 여러분의 외모와 즐겨 입는 옷에 대해 설명해 보세요.

請向各位的筆友說明各位的外貌，以及喜歡穿的衣服。

- 여러분의 체격과 얼굴의 특징을 메모해 보세요.

   請簡單地寫下各位的體型和臉蛋的特徵。

- 여러분이 즐겨 입는 옷의 종류가 무엇인지, 무슨 색깔인지 메모해 보세요.

   請簡單地寫下各位喜歡穿的衣服種類和顏色。

- 위에서 메모한 내용을 바탕으로 여러분의 외모와 즐겨 입는 옷을 소개하는 글을 써 보세요.

   請以上方所寫的內容為基礎，試著寫一篇文章來介紹各位的外貌和喜歡穿的衣服。

자기 평가　　　　　　　　　　　　　　　　自我評價

● 외모를 묘사할 수 있습니까? 各位能描述外貌嗎？	非常棒 ●━●━●━● 待加強
● 복장을 설명할 수 있습니까? 各位能說明服裝嗎？	非常棒 ●━●━●━● 待加強
● 외모와 복장에 관한 글을 읽고 쓸 수 있습니까? 各位能讀懂，並且書寫有關外貌和服裝的文章嗎？	非常棒 ●━●━●━● 待加強

1 −는/(으)ㄴ 편이다

- -는/(으)ㄴ 편이다接在動詞、形容詞、「名詞+이다」後，表現主語有做某行動的傾向，或是比起別人算是較～的意思。
  영진 씨는 키가 큰 편이에요.　永振的個子算高。

- 若是不確定某人多常做某事，或是想顯得較為謙虛的話，也會使用-는/(으)ㄴ 편이다。

- 這分為三種型態。
  a. 動詞或形容詞的語幹以있다/없다結尾時，使用-는 편이다。
  b. 形容詞的語幹以母音或ㄹ結尾，使用-ㄴ 편이다。
  c. 形容詞的語幹以ㄹ以外的子音結尾時，使用-은 편이다。

  (1) 가: 종수 씨는 어떻게 생겼어요?
  　　나: 키가 크고 어깨가 넓은 편이에요.
  (2) 가: 린다 씨는 다리가 정말 기네요.
  　　나: 어머니를 닮아서 저도 다리가 긴 편이에요.
  (3) 가: 기준 씨는 잘생겼어요?
  　　나: 아니요, 좀 못생긴 편이에요.
  (4) 가: 양복을 자주 입어요?
  　　나: 아니요, 양복보다는 편한 옷을 더 자주 입는 편이에요.
  (5) 가: 수미 씨가 키가 커요?
  　　나: 네, _____.
  (6) 가: 다른 가족들도 모두 눈이 커요?
  　　나: 아니요, 저만 눈이 커요. 다른 가족들은 모두 _____.

2 −(으)ㄴ

- -(으)ㄴ接在動詞後，修飾後方的名詞，表現過去發生的動作。
  양복을 입은 사람이 영진 씨예요.　穿西裝的人是永振。

- 這分為兩種型態。
  a. 語幹以母音或ㄹ結尾時，使用-ㄴ。
  b. 語幹以ㄹ以外的子音結尾時，使用-은。

(1) 가: 누가 수미 씨예요?

나: 저기 파란색 원피스를 입은 사람이 수미 씨예요.

(2) 가: 빨간색 티셔츠가 아주 잘 어울려요. 새로 산 거예요?

나: 아니요, 고향에서 가지고 온 거예요.

(3) 가: 어제 선물 받은 옷은 왜 안 입고 왔어요?

나: 주말에 친구 결혼식에 입고 가려고요.

(4) 가: 어제 본 영화 어땠어요?

나: 생각보다 재미있었어요.

(5) 가: 누가 영진 씨예요?

나: 저기 파란색 티셔츠하고 _____.

(6) 가: 수미 씨, 안암 식당에 가 봤지요? 어디에 있어요?

나: _____ 식당이 안암 식당이에요.

3 −처럼

- −처럼接在名詞後，表現主語就像那「名詞」一樣的意思。

건호 씨는 농구 선수처럼 키가 커요. 建浩個子像籃球選手一樣高。

(1) 가: 단아 씨가 하얀 옷을 입으니까 천사처럼 예쁘네요.

나: 정말 그러네요.

(2) 가: 진호 씨는 어떻게 생겼어요?

나: 아버지를 닮아서 수영 선수처럼 어깨가 넓어요.

▪新語彙

천사 天使

호랑이 老虎

(3) 가: 린다 씨의 한국어 선생님은 어떤 사람이에요?

나: 키도 작고, 말랐어요. 그런데 수업 시간에는 호랑이처럼 무서워요.

(4) 가: 마이클 씨는 한국 사람처럼 한국말을 잘 해요.

나: 맞아요. 나도 빨리 마이클 씨처럼 한국말을 잘 하고 싶어요.

(5) 가: 성빈 씨는 어떻게 생겼어요?

나: _____ 잘생겼어요.

(6) 가: 미라 씨는 누구를 닮았어요?

나: 어머니를 닮았어요. 그래서 _____.

4 ㄹ的不規則活用

● 以ㄹ為終聲的動詞或形容詞後，如果接著的是ㄴ、ㅂ、ㅅ、ㄹ開頭的字的話，ㄹ就會脫落。這樣的動詞或形容詞，稱為「ㄹ不規則動詞」，或「ㄹ不規則形容詞」。

살다 ➡	산, 삽니다, 사세요, 살 거예요 / 살고, 살지요?
	不規則活用　　　　　　　　　　　　　　　　/ 規則活用
길다 ➡	긴, 깁니다, 기세요, 길 거예요 / 길고, 길지요?
	不規則活用　　　　　　　　　　　　　　　　/ 規則活用

● 以下是最常被使用的ㄹ不規則動詞與形容詞，以ㄹ為終聲的所有動詞與形容詞都屬於此類。

만들다	살다	놀다	알다	울다	걸다	들다
팔다	졸다	늘다	줄다	길다	달다	가늘다

(1) 가 : 린다 씨가 어떻게 생겼어요?
　　나 : 키가 크고 다리가 긴 편이에요.

(2) 가 : 이 바지가 저한테 조금 긴 것 같아요.
　　나 : 그러면 줄여 드릴게요.

(3) 가 : 수미 씨는 누구를 닮았어요?
　　나 : 어머니를 닮았어요.
　　　　그래서 팔다리가 좀 가는 편이에요.

(4) 가 : 티셔츠가 마음에 드세요?
　　나 : 네, 마음에 들어요. 이걸로 주세요.

(5) 가 : 보통 주말에는 뭘 해요?
　　나 : 학교 친구들하고 _____.

(6) 가 : 선생님이 어떻게 생겼어요?
　　나 : 키가 크고 _____.

> **● 新語彙**
>
> 졸다　打瞌睡
> 늘다　增加
> 줄다　減少
> 줄이다　使減少
> 가늘다　細的

MEMO

제8과 교통
交通

目標
各位將能談論使用交通工具最好的辦法。

主題	交通
功能	詢問交通工具、說明交通工具
活動	聽力：聆聽一段說明交通工具的對話、聆聽地鐵廣播
	口說：談論常去場所的交通工具、找出如何去目的地的方法
	閱讀：閱讀一段說明交通工具的文章
	寫作：書寫一篇文章來說明搭錯地鐵或公車的經驗
語彙	與交通相關的表現
文法	ㅡ기는 하다、ㅡ는 게 좋겠다、ㅡ는/(은)ㄴ데、ㅡ마다
發音	在英文的外來語中，第一個子音的硬音化。
文化	博愛座

제8과 교통 交通

1. 여기는 어디예요? 두 사람은 지금 무슨 이야기를 하고 있을까요?

   這裡是哪裡呢？這兩個人現在正在說些什麼呢？

2. 여러분은 한국의 대중교통을 이용할 수 있어요? 대중교통을 잘 이용하기 위해서 무엇을 알아야 해요?

   各位會使用韓國的大眾交通工具嗎？為了善用大眾交通工具，必須要知道什麼呢？

1

마이클 : 저기요, 실례합니다. 여기에 교보문고에 가는 버스가
　　　　있어요?

행　인 : 광화문에 있는 교보문고요?

마이클 : 네, 맞아요.

행　인 : 273번이 가기는 해요. 그런데 지금은 길이 막히니까
　　　　지하철을 타고 가세요. 여기에서 조금만 걸어가면
　　　　고려대역이 있어요.

마이클 : 그러면 어디에서 내려야 돼요?

행　인 : 고려대역에서 6호선을 타고 가다가 청구역에서
　　　　5호선으로 갈아타세요. 그리고 광화문역에서 내리면
　　　　돼요.

마이클 : 시간이 얼마나 걸릴까요?

행　인 : 30분 정도 걸릴 거예요.

마이클 : 네, 감사합니다.

2

마야 : 실례지만, 이번에 오는 지하철을 타면 올림픽공원에
　　　가요?

행인 : 아니요, 이건 안 가요. 다음에 오는 마천행 지하철을
　　　타세요.

마야 : 그러면 안 갈아타도 되지요?

행인 : 네, 한 번에 가요.

마야 : 그런데, 마천행 지하철이 몇 분마다 와요?

행인 : 지금은 출퇴근 시간이 아니니까 5분 정도 기다리면
　　　될 거예요.

마야 : 올림픽공원까지 시간이 얼마나 걸릴까요?

행인 : 한 20분쯤 걸릴 거예요.

마야 : 감사합니다.

3

지난주 토요일에 회사 동료의 결혼식에 갔다 왔습니다. 결혼식이 끝나고 친구와 약속이 있어서 명동에 갔습니다. 길이 많이 막힐 것 같아서 택시를 타고 가장 가까운 지하철역으로 갔습니다. 지하철을 탄 후에 노선도를 봤습니다. 그런데 두 번이나 갈아타야 했습니다. '택시를 타고 조금만 더 가면 한 번에 가는 지하철을 탈 수 있었는데…….' 지하철을 타기 전에는 미리 노선도를 확인하는 게 좋겠습니다.

▌新語彙

| 회사 동료 公司同事 |
| 노선도 路線圖 |
| 미리 事先 |
| 확인하다 確認 |

문화　　**노약자석** 博愛座

● 여러분은 한국의 지하철이나 버스에서 다음과 같은 표시를 본 적이 있어요? 다음의 표시가 무엇을 의미하는지 이야기해 보세요.

各位在韓國的地鐵或公車上，有看過如下的標示嗎？請說說看以下標示所代表的意義。

韓國的地鐵與公車上都設有博愛座。這些座位是為了年長者而設置的。因此，就算沒人坐在那些位子上，人們也不會去坐那些位子。此外，年長者搭乘公車或地鐵的話，人們就算不是坐在博愛座上，也會將座位讓給他們。這是因為韓國人不只是對自己的父母，對其他年長者們也一樣恭敬的緣故。

● 여러분이 타고 있는 지하철이나 버스에 노약자가 타면 어떻게 해야 할까요?

如果在各位搭乘的地鐵或公車上有老弱婦孺搭乘的話，應該要怎麼做呢？

말하기 연습　　　　　口說練習

1 〈보기〉와 같이 이야기해 보세요.

보기

집, 학교 /

가 : 집에서 학교까지 어떻게 가요?
如何從家裡到學校呢？

나 : 버스로 가요.
搭公車。

❶ 회사, 집 / 　　❷ 집, 시장 /

❸ 집, 학교 / 　　❹ 부산, 서울 /

❺ 제주도, 목포 / 　　❻ 대전, 대구 /

新語彙

목포　木浦（城市）

語言提點

-(으)로 가다是與交通相關的
表現。在使用上與-을/를
타고 가다是一樣的意思。名
詞若是以母音或ㄹ結尾時，
使用-로 가다。名詞若是以ㄹ
以外的其他子音結尾時，使
用-으로 가다。

2 〈보기 1〉이나 〈보기 2〉와 같이 이야기해 보세요.

보기1

교보문고 /
273번 버스

가 : 여기에 교보문고에 가는 버스가 있어요?
這裡有到教保文庫的公車嗎？

나 : 네, 273번 버스를 타세요.
是的，請搭273號公車。

보기2

교보문고 /
지하철

가 : 여기에 교보문고에 가는 버스가 있어요?
這裡有到教保文庫的公車嗎？

나 : 아니요, 버스는 없으니까 지하철을
타세요.
不，因為沒有公車，所以請搭地鐵。

新語彙

신촌　新村（地區）

인천공항　仁川機場

서울대공원　首爾大公園

❶ 신촌 / 472번 버스　　❷ 인천공항 / 601번 버스

❸ 동대문시장 / 144번 버스　　❹ 인사동 / 지하철

❺ 서울대공원 / 지하철　　❻ 명동 / 지하철

3 〈보기〉와 같이 이야기해 보세요.

■ 新語彙

> 보기
>
> 명동 /
> 좀 돌아가다
>
> 가 : 저기요, 실례지만 저 버스 명동에
> 가요?
> 那個…不好意思，請問那台公車到明洞嗎？
>
> 나 : 네, 명동에 가기는 해요.
> 그런데 좀 돌아가요.
> 是的，明洞會到是會到，但是有點繞路。

압구정동 *狎鷗亭洞*（行政區）

신사동 *新沙洞*（行政區）

教통 관련 표현
與交通相關的表現

복잡하다 複雜的、混亂的

돌아가다 繞行、繞路

한 번에 가다
一次就到（不用換乘）

앉아서 가다
坐著(大眾交通工具)去

서서 가다
站著(大眾交通工具)去

❶ 신촌 / 좀 돌아가다

❷ 압구정동 / 좀 돌아가다

❸ 광화문 / 좀 돌아가다

❹ 신사동 / 내려서 좀 걸어야 되다

❺ 명동 / 내려서 좀 걸어야 되다

❻ 인사동 / 내려서 좀 걸어야 되다

4 〈보기 1〉이나 〈보기 2〉와 같이 이야기해 보세요.

■ 新語彙

> 보기1
>
> 동대문시장 /
> 세 정거장
>
> 가 : 아저씨, 동대문시장 아직 멀었어요?
> 大叔，東大門市場還很遠嗎？
>
> 나 : 아니요, 세 정거장만 더 가면 돼요.
> 不，只要再過三站的話就到了。

아직 還

이번 這次、這個

정거장 車站

다음 下次、下個

> 보기2
>
> 동대문시장 /
> 이번 정거장
>
> 가 : 아저씨, 동대문시장 아직 멀었어요?
> 大叔，東大門市場還很遠嗎？
>
> 나 : 아니요, 이번 정거장에서 내리면
> 돼요.
> 不，在這站下車的話就行了。

❶ 인사동 / 두 정거장　　❷ 압구정동 / 세 정거장

❸ 명동 / 네 정거장　　　❹ 신촌 / 이번 정거장

❺ 광화문 / 다음 정거장　❻ 종로 / 다음 정거장

5 〈보기〉와 같이 이야기해 보세요.

▶新語彙

정동극장 貞洞劇場

보라매공원 波拉美公園

강남 江南（地區）

보기

인사동,
지하철 1호선 /
좀 걸어야 되다,
3호선

가 : 수미 씨, 인사동에 갈 때
지하철 1호선을 타면 되지요?
秀美，去仁寺洞時，搭乘地鐵1號線的話
就行了吧？

나 : 1호선을 타면 좀 걸어야
되니까 3호선을 타는 게
좋겠어요.
因為搭1號線的話，還必須走一段路才
行，所以搭3號線會比較好。

❶ 교보문고, 지하철 1호선 / 많이 걸어야 되다, 5호선

❷ 정동극장, 지하철 2호선 / 많이 걸어야 되다, 5호선

❸ 보라매공원, 지하철 7호선 / 좀 돌아가다, 1호선

❹ 강남 교보문고, 144번 버스 / 많이 막히다, 지하철

❺ 고려대 앞, 100번 버스 / 많이 막히다, 지하철

❻ 광화문, 273번 버스 / 오래 기다려야 되다, 지하철

6 〈보기〉와 같이 이야기해 보세요.

보기

이 버스를 타면 인사동에 가다 / 가다, 지금은 막히다, 지하철

가 : 이 버스를 타면 인사동에 가지요?
搭這台公車的話，會到仁寺洞吧？

나 : 가기는 하는데 지금은 막히니까 지하철을 타고
가세요.
會到是會到，但因為現在塞車，所以請搭地鐵去。

❶ 이 버스를 타면 광화문 가다 /

가다, 많이 돌아가다, 지하철

❷ 여기에 압구정동에 가는 버스가 있다 /

버스가 있다, 오래 기다려야되다, 지하철

❸ 교보문고에 갈 때 1호선을 타면되다 /

1호선을 타도 되다, 오래 걸어야 되다, 5호선

❹ 동대문시장 쪽에 갈 때 2호선을 타면 되다 /

2호선을 타도 되다, 많이 돌아가다, 4호선

7 〈보기〉와 같이 이야기해 보세요.

■新語彙

약수역 *藥水站*

동묘역 *東廟站*

이태원 *梨泰院*（地區）

삼각지역 *三角地站*

신길역 *新吉站*

여의도 *汝矣島*（地區）

충무로 *忠武路*（街道）

> **보기**
>
> 안암역, 고속버스 터미널역 / 지하철 6호선, 약수역, 3호선
>
> 가 : 안암역에서 고속버스 터미널역까지 어떻게
> 가야 돼요?
> 必須怎麼樣從安岩站到高速巴士客運站才行呢？
>
> 나 : 지하철 6호선을 타고 약수역까지 가세요.
> 그리고 거기에서 3호선으로 갈아타면 돼요.
> 請搭乘地鐵6號線到藥水站，然後在那裡轉乘3號線的話就行了。

❶ 서울역, 고려대 / 지하철 1호선, 동묘앞역, 6호선

❷ 명동, 이태원 / 지하철 4호선, 삼각지역, 6호선

❸ 시청, 김포공항 / 지하철 1호선, 신길역, 5호선

❹ 이태원, 여의도 / 지하철 6호선, 공덕역, 5호선

❺ 여기, 서울역 / 지하철 3호선, 충무로역, 4호선

❻ 여기, 경복궁 / 지하철 6호선, 약수역, 3호선

8 두 사람은 지금 종로3가역에 있습니다. 그림을 보고
〈보기〉와 같이 이야기해 보세요.

這兩個人現在在鐘路三街站。請看完圖示後，照著＜範例＞，
試著說說看。

■新語彙

청량리 *清涼里*（地區）

방면 方向、方面

안국 *安國*（地區）

용산 *龍山*（地區）

동대문역사문화공원
東大門歷史文化公園

> **보기**
>
> 동대문 /
> 청량리
>
> 가 : 동대문은 어느 쪽으로 가야 돼요?
> 東大門必須往哪個方向去才行呢？
>
> 나 : 청량리 방면으로 가세요.
> 請往清涼里的方向去。

❶ 경복궁 / 안국   ❷ 용산 / 서울역

❸ 광화문 / 여의도   ❹ 약수 / 충무로

❺ 서울역 / 시청   ❻ 청구 / 동대문역사문화공원역

9 〈보기〉와 같이 이야기해 보세요.

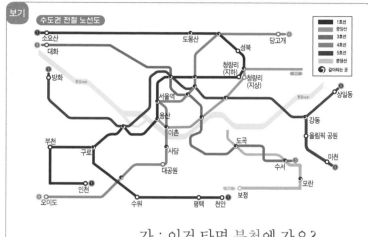

보기

가 : 이거 타면 부천에 가요?
　　搭這班的話，會到富川嗎？

부천 / 수원, 인천　나 : 아니요, 이건 수원행이에요.
　　인천행 지하철을 타세요.
　　不，這班是開往水原的。請搭乘開往仁川
　　的地下鐵。

❶ 모란시장 / 수서, 보정　　❷ 평택 / 수원, 천안

❸ 서울대공원 / 사당, 오이도　❹ 올림픽공원 / 상일동, 마천

❺ 이촌 / 청량리, 용산　　❻ 성북 / 청량리, 도봉산

▫ 新語彙

부천	富川（城市）
행	開往
모란(시장)	牡丹（市場）
수서	水西（地區）
보정	寶亭（地區）
평택	平澤（城市）
천안	天安（城市）
사당	舍堂（地區）
오이도(역)	烏耳島（站）
이촌(역)	二村（站）
성북(역)	城北（站）
도봉산	道峰山（山）

10 〈보기〉와 같이 이야기해 보세요.

보기

가 : 아저씨, 수원행 지하철이 몇
　　분마다 와요?
　　大叔，開往水源的地下鐵每幾分鐘來一班呢？

수원행 지하철 /
출퇴근 시간이다,　나 : 지금은 출퇴근 시간이니까
6분　　6분마다 와요.
　　因為現在是上下班時間，所以每6分鐘
　　來一班。

▫ 新語彙

출퇴근 시간　上下班時間

❶ 사당행 지하철 / 출퇴근 시간이다, 3분

❷ 수서행 지하철 / 출퇴근 시간이 아니다, 6분

❸ 273번 버스 / 출퇴근 시간이다, 5분

❹ 273번 버스 / 출퇴근 시간이 아니다, 10분

❺ 인천행 지하철 / 출퇴근 시간이다, 8분

❻ 인천행 지하철 / 출퇴근 시간이 아니다, 12분

11 〈보기 1〉이나 〈보기 2〉와 같이 이야기해 보세요.

<보기1>

압구정동 / 시간이 많이 걸리다, 지하철을 타다 / 3분, 도곡역, 3호선

가 : 실례지만 여기에 압구정동에 가는 버스가 있어요?
不好意思，請問這裡有到狎鷗亭洞的公車嗎？

나 : 버스가 있기는 한데 시간이 많이 걸릴 거예요.
지하철을 타는 게 좋겠어요.
公車有是有，但會花很多時間。搭地鐵會比較好。

가 : 그러면 어디에서 지하철을 타야 돼요?
那麼必須要在哪裡搭地下鐵才行呢？

나 : 여기에서 3분쯤 걸어가면 도곡역이 있어요.
거기서 3호선을 타면 돼요.
從這裡走大約3分鐘的話，就是道谷站。在那裡搭乘3號線的話
就行了。

<보기2>

월드컵 경기장, 공덕역 / 많이 돌아가다, 두 번 갈아타다 / 영등포구청역, 2호선, 합정역, 6호선

가 : 실례지만 월드컵 경기장은 공덕역에서 갈아타면 돼요?
不好意思，去世界盃競技場在孔德站轉乘的話就行了嗎？

나 : 공덕역에서 갈아타도 되기는 하는데 많이 돌아갈 거예요. 두 번 갈아타는 게 좋겠어요.
是可以在孔德站轉乘，但會繞很遠。轉乘兩次會比較好。

가 : 그러면 어디에서 갈아타야 돼요?
那麼必須要在哪裡轉乘才行呢？

나 : 여기에서 영등포구청역까지 가세요. 거기서 2호선을 탄 후 합정역에서 6호선으로 갈아타면 돼요.
請從這裡搭到永登浦區廳站。在那裡搭乘2號線後，在合井站
轉乘6號線的話就行了。

---

❶ 광화문 / 지금은 좀 막히다, 지하철을 타다 /
5분, 청구역, 5호선

❷ 명동 / 오래 기다려야 되다, 지하철을 타다 /
10분, 이촌역, 4호선

❸ 서울역, 신길역 / 많이 돌아가다, 두 번 갈아타다 /
공덕역, 6호선, 삼각지역, 4호선

❹ 고속버스 터미널, 종로3가역 / 시간이 많이 걸리다,
두 번 갈아타다 / 청구역, 5호선, 약수역, 3호선

■ 新語彙

도곡역 *道谷站*

종로3가역 *鐘路三街站*

■ 발음 發音

在英文外來語中，第一個子音的硬音化。

> **버스**
> **골프**

以g、d、b、tɕ之類的濁音子音開始的英文單字，在韓文中被寫成ㄱ、ㄷ、ㅂ、ㅈ，並被發成[ㄱ、ㄷ、ㅂ、ㅈ]的音。但是有些單字，則發成[ㄲ、ㄸ、ㅃ、ㅉ]之類的硬音。

▶연습해 보세요.
(1) 이 게임을 알아요?
(2) 가 : 버스 타고 어디 가요?
　　나 : 은행에 가서 돈을 달러로 바꾸려고요.
(3) 가 : 취미가 뭐예요?
　　나 : 골프도 좋아하고, 재즈
　　　　댄스도 좋아해요.

🎧 聽力_듣기

1 다음은 교통편을 묻는 대화입니다. 잘 듣고 남자가 어떻게 갈지 알맞은 그림을 고르세요.

以下是詢問交通方式的對話。請在仔細聽完後，看看這男子會如何去，並選出正確的圖示。

1) _____　　2) _____　　3) _____

2 다음 대화를 잘 듣고 아래의 내용이 맞으면 ○, 틀리면 ×에 표시하세요.

請仔細聽以下的對話，如果下面內容正確的話，請標示O。錯誤的話，請標示X。

1) 여자는 오늘 여섯 시에 약속이 있어요. 　　○ ×

2) 여자는 버스를 타고 약속 장소에 가려고 했어요. 　○ ×

3) 남자는 강남역까지 빨리 갈 수 있는 방법을
　잘 알고 있어요. 　　○ ×

▪新語彙

강남역 *江南站*

3 여러분은 5호선 왕십리역에서 올림픽공원역에 가기 위해 지하철을 기다리고 있습니다.
다음 방송을 잘 듣고 여러분이 어떻게 해야 하는지 고르세요.

各位為了去奧林匹克公園站，正在5號線的往十里站等地下鐵。請在仔細聽完以下的廣播後，選
出各位應該要怎麼做。

▪新語彙

한 걸음 물러서다 *退後一步*

종착역 *終點站*

두고 내리다 *遺留（物品）下車*

살펴보다 *觀察、察看*

이용하다 *利用、使用*

1) ☐ 타요　　☐ 안 타요

2) ☐ 타요　　☐ 안 타요

3) ☐ 내려요　　☐ 안 내려요

4) ☐ 내려요　　☐ 안 내려요

口說_말하기

1 여러분이 가고 싶은 곳에 어떻게 가야 하는지 친구에게 물어보세요.

請問問看朋友要怎麼去各位想去的地方。

● 아래 장소에는 어떻게 가야 할까요? 친구와 함께 이야기해 보세요

必須怎麼去以下的場所呢？和朋友一起說說看。

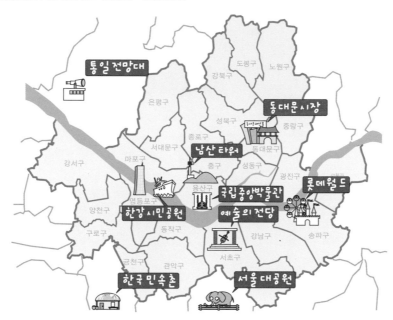

● 여러분은 어디에 가 보고 싶어요? 위의 지도에서 골라도 돼요. 그 곳에 가는 방법을 다른 친구들에게 물어보세요.

各位想去看看哪裡呢？各位也可以從上方的地圖中選擇。請問問看其他朋友去那個地方的方法。

2 다음 상황에서 여러분이 자주 가는 곳은 어디입니까? 그곳에 어떻게 가요? 친구와 함께 이야기해 보세요.

在以下的情況，各位常去的地方是哪裡呢？要怎麼去那個地方呢？請和朋友一起說說看。

● 다음 상황일 때 여러분은 어디에 가는지 생각해 보세요.

請想想看在以下的情況，各位會去哪裡。

(1) 재미있게 놀고 싶을 때

(2) 맛있는 음식을 먹고 싶을 때

(3) 친구와 함께 조용히 이야기하고 싶을 때

◀新語彙

조용히	安靜地

● 그곳에 어떻게 가는지, 시간이 얼마나 걸리는지 생각해 보세요.

請想想看要怎麼去那個地方，以及要花多久的時間。

● 이제 친구와 함께 여러분이 자주 가는 곳이 어디인지, 왜 가는지, 어떻게 가는지 이야기해 보세요.

現在請和朋友說說看各位常去的地方是哪裡，為什麼去那裡，以及要怎麼去那裡。

閱讀_읽기

1 다음은 결혼식 초대장입니다. 잘 읽고 질문에 답하세요.
以下是結婚的請帖。請仔細閱讀後，回答問題。

● 결혼식 초대장에는 어떤 내용이 있을지 추측해 보세요.
請猜猜看在結婚請帖裡會有怎樣的內容。

● 빠른 속도로 읽으면서 예상한 내용이 있는지 확인해 보세요.
請快速地閱讀一遍，並確認看看有沒有預料的內容。

Wedding Invitation

저희 두 사람 사랑으로 만나
이제 하나가 되려고 합니다.
오셔서 축하해 주시기 바랍니다.

한준기 · 이경아 드림

명동역 2번출구
우리극장
행복 예식장
한국백화점
충무로역 2번출구

오시는 길
● 지하철 : 4호선명동역 2번 출구 도보 5분
　　　　　 3, 4호선충무로역 2번 출구 도보 10분
● 버　스 : 우리극장 앞 141, 146, 362, 401
　　　　　 한국백화점 앞 143, 361, 401, 640
* 예식장 주변이 혼잡하니 대중교통을 이용해 주시기 바랍니다.

일시 : 2010년 10월 10일 일요일 낮 12시
장소 : 행복예식장 3층(5413-1905)

● 다시 한 번 읽고 아래의 내용이 맞으면 ○, 틀리면 ×에 표시 하세요.
請再讀一次，如果以下的內容正確的話，請標示○。錯誤的話，請標示X。

(1) 예식장에서는 버스 정류장보다
　　지하철역이 더 가까워요. 　　　　　○ ×

(2) 362번 버스를 타면 한국백화점
　　앞에서 내려야 돼요. 　　　　　　○ ×

(3) 충무로역에서 내리면 명동역에서보다
　　더 많이 걸어야 돼요. 　　　　　　○ ×

(4) 401번 버스를 타면 우리극장 앞에서
　　내리는 게 좋아요. 　　　　　　　○ ×

新語彙

드림 敬上、敬呈（敬語）
주변 周邊
혼잡하다 擁擠的、混亂的
대중교통 大眾交通

寫作_쓰기

1 지하철이나 버스를 잘못 이용해서 고생한 경험을 써 보세요.

請寫寫看搭錯地鐵或公車的痛苦經驗。

● 여러분은 지하철이나 버스를 잘못 탄 경험이 있어요? 어떤 잘못을 했어요? 어떻게 해야 했어요? 여러분의 경험을 간단하게 메모해 보세요. 다음에서 필요한 어휘가 있으면 사용해도 됩니다.

各位有搭錯地鐵或公車的經驗嗎？各位犯了什麼樣的錯呢？應該怎麼做呢？請簡單地寫下各位的經驗。如果需要，各位也可以使用以下的語彙。

잘못 타다 搭錯（車）
잘못 내리다 下錯站
막차 시간을 모르다 不知道末班車時間
버스를/지하철을 놓치다 錯過公車/地鐵
내릴 곳을 지나치다 坐過站
종점까지 가다 到終點站

● 여러분이 쓴 내용을 친구들 앞에서 발표해 보세요. 가장 고생했을 것 같은 친구는 누구예요?

請在朋友們面前發表各位所寫的內容。各位覺得誰的經驗是最慘痛的？

자기 평가 ✏️
自我評價

● 교통편을 이용하는 방법에 대해 묻고 답할 수 있습니까? 各位會詢問與回答有關交通工具的使用方法嗎？	非常棒 ●—●—●—● 待加強
● 대중교통을 이용한 경험에 대해 묻고 답할 수 있습니까? 各位會詢問與回答有關大眾交通工具的使用經驗嗎？	非常棒 ●—●—●—● 待加強
● 교통편을 설명하는 글을 읽고 쓸 수 있습니까? 各位能讀懂，並且書寫說明交通方式的文章嗎？	非常棒 ●—●—●—● 待加強

1 −기는 하다

- −기는 하다接在動詞、形容詞、「名詞+이다」後，表現之前提及的事情是正確的，但是也必須注意有其它的情況。一般來説，可使用−기는 하다或−기는 −다。

인사동에 가는 버스가 있기는 해요. 그런데 지금은 좀 막힐 거예요.
到仁寺洞的公車有是有，但是現在可能會有點塞車。

인사동에 가는 버스가 있기는 있어요. 그런데 지금은 좀 막힐 거예요.
到仁寺洞的公車有是有，但是現在可能會有點塞車。

- 過去式的時態使用−기는 했다或−기는 −았/었/였다。

(1) 가: 저 버스가 명동에 가지요?

　　나: 네, 명동에 가기는 해요. 그런데 많이 돌아갈 거예요.

(2) 가: 오늘 모임에 올 거지요?

　　나: 네, 가기는 할 거예요. 그런데 약속이 있어서 늦게까지 있을 수는 없을 것
　　　　같아요.

(3) 가: 어제 책 안 샀어요?

　　나: 사기는 샀어요. 그런데 잘못 사서 다시 바꿔야 돼요.

(4) 가: 내일부터 휴가지요?

　　나: 휴가이기는 휴가예요. 그런데 일이 많아서 집에서 계속 일해야 돼요.

(5) 가: 혹시 빵이나 과자 있어요?

　　나: 점심을 안 먹었어요?

　　가: 아까 ＿＿＿＿＿＿＿＿＿＿＿＿＿＿ 그런데 너무 배가 고파서요.

(6) 가: 한국 영화를 좋아하지요?

　　나: 네, ＿＿＿＿＿＿＿＿＿＿＿＿＿＿＿＿＿＿＿＿＿＿.

2 −는 게 좋겠다

- −는 게 좋겠다接在動詞的語幹後，表現「那樣做會更好」的意思。雖然這個用法是表現出話者的希望或意志，但如果是有關於他人的行為時，則表現出話者的忠告或建議。

너무 늦었으니까 저는 이제 가는 게 좋겠어요. 因為太晚了，所以我現在走比較好。

수미 씨, 2호선은 너무 돌아가니까 3호선을 타는 게 좋겠어요.
秀美！因為2號線太繞路了，所以搭3號線比較好。

(1) 가: 여기에 명동에 가는 버스는 없어요?

　　나: 버스도 있기는 하지만 많이 막히니까 지하철을 타고 가는 게 좋겠어요.

(2) 가: 벌써 3시네요. 시간이 없으니까 택시를 타는 게 좋겠어요.

나: 네, 그래요.

(3) 가: 배가 아프고, 소화가 잘 안 돼요.

나: 그러면 오늘은 밥보다는 죽을 먹는 게 좋겠어요.

(4) 가: 이번 여름에 어디에 놀러 갈까요?

나: 사람들이 바다에 가고 싶어하니까 바다에 가는 게 좋겠어요.

(5) 가: 지하철을 탈까요, 버스를 탈까요?

나: 지금은 출퇴근 시간이니까 _____.

(6) 가: 다리가 너무 아파서 이제 더 이상은 못 걸을 것 같아요.

나: _____.

3 –는/(은)ㄴ데

- -는/(은)ㄴ데接在動詞、形容詞、「名詞+이다」後，表現出相反的意思。
  -는/(은)ㄴ데的後面接著的是與之前提及的事實相反的結果、狀況或事實。
  20분을 기다렸는데 아직 버스가 안 와요. 等了20分鐘了，可是公車都沒來。

- 這分為兩種型態。
  a. 動詞與形容詞的語幹以있다/없다為結尾時，使用-는데。
  b. 語幹以母音或ㄹ結尾時，使用-ㄴ데。
  c. 語幹以ㄹ以外的其他子音結尾時，使用-은데。

(1) 가: 아저씨, 이 버스가 남대문 시장에 가요?

나: 가는데 많이 돌아가요.

(2) 가: 왜 이렇게 늦었어요?

나: 택시를 탔는데 길이 너무 막혔어요. 미안해요.

(3) 가: 어제 수미 씨한테 이야기했어요?

나: 여러 번 전화했는데 계속 안 받아서 이야기 못 했어요.

(4) 가: 저 식당 어때요?

나: 맛은 있는데 가격이 너무 비싸요.

(5) 가: 어제 왜 안 왔어요?

나: _____.

(6) 가: 한국 생활은 어때요?

나: _____.

4 **–마다**

- -마다接在名詞後，表現時間，並表示-마다之後提到的動作在一定的時間內反覆發生。

  주말마다 영화를 봐요. 每個週末都看電影。

  (1) 가 : 버스가 자주 와요?

  　　나 : 네, 5분마다 와요.

  (2) 가 : 매일 운동하세요?

  　　나 : 네, 아침마다 운동해요.

  (3) 가 : 여행을 좋아해요?

  　　나 : 네, 아주 좋아해요. 그래서 방학 때마다 여행을 가요.

  (4) 가 : 주말에는 보통 뭐 해요?

  　　나 : 저는 등산을 좋아해서 토요일마다 산에 가요.

  (5) 가 : 열차가 몇 분마다 와요?

  　　나 : _____.

  (6) 가 : 언제 신문을 읽어요?

  　　나 : _____.

제9과 기분 · 감정
心情 · 感情

目標

各位將能詢問與回答有關心情與感情的問題,並且能回應他人的心情與感情。

主題	心情、感情
功能	談論心情與感情、對他人的心情與感情給予祝福或鼓勵
活動	聽力:聆聽有關心情與感情的對話
	口說:談論心情與感情
	閱讀:閱讀有關心情與感情的文章
	寫作:書寫自己的心情與感情
語彙	心情與感情、表達某人的感情
文法	ㅡ的不規則活用、ㅡ(으)면서、ㅡ겠ㅡ、ㅡ지 않다、ㅡ(으)ㄹ까 봐
發音	wh-問句中出現的兩種語調
文化	韓國人與義大利人

제9과 기분·감정 心情·感情

1. 여기는 어디입니까? 두 사람은 지금 무엇을 하고 있을까요?

    這裡是哪裡呢？這兩個人現在正在做什麼呢？

2. 친한 친구와 헤어져 본 적이 있어요? 그 때의 기분이 어땠어요? 헤어질 때 친구와 무슨
    이야기를 했어요?

    曾經和好朋友分開過嗎？當時的心情如何呢？在離別的時候，和朋友說了些什麼話呢？

1

수미 : 린다 씨, 오늘 무슨 좋은 일 있어요? 아까부터 계속
　　　웃고 있네요.

린다 : 제가 그랬어요? 사실은 저 오늘 학교에서 장학금을
　　　받았어요.

수미 : 어머! 정말 좋겠어요. 축하해요. 한 턱 낼 거죠?

린다 : 당연하죠. 이게 다 수미 씨가 도와준 덕분인데요.

수미 : 아니에요. 린다 씨가 열심히 했으니까 받았죠.

린다 : 장학금을 받으니까 진짜 기분이 좋아요.

수미 : 장학금도 받았으니까 이젠 공부 안 해도 되겠네요.

린다 : 네?

수미 : 농담이에요, 농담.

新語彙
장학금을 받다　領獎學金
축하하다　祝賀
한 턱 내다　請客
당연하다　當然的
농담　玩笑

2

아시프 : 영진아, 그동안 고마웠어.
　　　　영진이 네 덕분에 한국 생활을 즐겁게 할 수 있었어.

영　진 : 아니야. 너 같은 좋은 친구를 만나서 내가 더
　　　　즐거웠어.

아시프 : 한국에 오래 있고 싶었는데 이렇게 빨리 돌아가야
　　　　돼서 너무 섭섭해.

영　진 : 한국에는 또 올 수 있을 거야.

아시프 : 영진이 너도 올 수 있으면 우리 고향에 꼭 놀러 와.

영　진 : 그럴게. 그리고 이건 그동안 찍은 사진을 담은
　　　　시디야.

아시프 : 정말 고마워.

영　진 : 그래. 그런데 늦겠다.

아시프 : 그러네. 그럼 나 이제 들어갈게. 잘 있어.

영　진 : 도착하면 연락해. 안녕.

新語彙
섭섭하다　依依不捨的、遺憾的
슬퍼하다　傷心
담다　盛、裝
시디　光碟
바로　馬上

3

오늘은 한국어능력시험 결과가 나오는 날이었습니다.
어젯밤에는 너무 긴장이 되어서 잠도 오지 않았습니다. 시험에
떨어질까 봐 걱정을 많이 했는데, 결과는 합격이었습니다. 나는
너무 기뻐서 소리를 질렀습니다. 그리고 선생님과 친구들에게
전화를 했습니다.

이번에 시험에서 합격한 것은 다 선생님과 친구들
덕분입니다. 처음에 제가 한국어를 잘 못해서 무척 힘들어하고
있을 때 저를 격려해 주고 도와주었기 때문입니다.

新語彙
결과가 나오다 結果出爐
긴장이 되다 緊張
시험에 떨어지다 考試落榜
합격하다 合格
소리를 지르다 叫喊、大叫
힘들어하다 辛苦、痛苦
격려하다 激勵、鼓勵

 **문화** ## 한국인과 이탈리아인 韓國人和義大利人

● 여러분은 한국과 이탈리아의 공통점이 무엇이라고 생각해요? 한국과 이탈리아 하면 떠오르는 것을 이야기해
보세요.

各位認為韓國和義大利的共通點是什麼呢？説到韓國和義大利的話，腦中浮現的東西是什麼呢？請説説看。

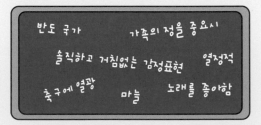

반도 국가   가족의 정을 중요시
솔직하고 거침없는 감정표현   열정적
축구에 열광   마늘   노래를 좋아함

 韓國與義大利都是半島國家，都非常重視家人之間的情感，也很愛吃大蒜。因為有如此多的相似之
處，所以韓國人與義大利人具有許多的共同點。首先，韓國人與義大利人都喜歡唱歌，還有對足球
也非常狂熱，所以在舉行足球比賽的日子，街上都很難找得到人。此外，兩國的人民對於感情的表
達也都很直率。

● 여러분 나라 사람들은 감정 표현을 잘하는 편입니까? 왜 그런 성향을 갖게 되었다고 생각해요?

各位國家的人們善於表達情感嗎？各位認為為什麼會有那種習性呢？

1 이 사람은 지금 어떨까요? 그림을 보고 이야기해 보세요.

這個人現在如何呢？請看完圖示後，試著說說看。

보기

| 기쁘다 | 슬프다 | 바쁘다 | 배가 고프다 | 아프다 |

❶ 　　❷

❸ 　　❹

◦ 기분과 감정1　心情與情感1

기분이 좋다　心情好

기분이 나쁘다　心情壞

행복하다　幸福的

즐겁다　愉快的

기쁘다　高興的

슬프다　傷心的

외롭다　孤單的

섭섭하다　依依不捨的、遺憾的

부끄럽다　害羞的

창피하다　丟臉的

무섭다　可怕的

화가 나다　生氣

짜증이 나다　厭煩、惱怒

속상하다　難過的、沮喪的

◦ 新語彙

다치다　受傷

거짓말을 하다　說謊

---

2 〈보기〉와 같이 연습하고, 친구와 함께 오늘 기분에 대해 묻고 대답해 보세요.

請照著〈範例〉練習，並針對今天的心情，試著和朋友詢問與回答看看。

보기

좋다 /
드디어 시험이 끝나다,
기분이 좋다

가 : 무슨 좋은 일 있어요?
　　有什麼好事嗎？

나 : 드디어 시험이 끝났어요.
　　그래서 기분이 좋아요.
　　考試終於結束了，所以心情很好。

❶ 좋다 / 장학금을 받다, 너무 기쁘다

❷ 좋다 / 고향 친구를 만나다, 아주 즐겁다

❸ 좋다 / 어머니가 한국에 오시다, 행복하다

❹ 안 좋다 / 친구가 좀 다치다, 많이 슬프다

❺ 안 좋다 / 한국어능력시험에 떨어지다, 속상하다

❻ 안 좋다 / 친구가 심한 거짓말을 하다, 화가 나다

3 〈보기〉와 같이 연습하고, 여러분은 언제 이런 기분인지
친구와 함께 묻고 대답해 보세요.

請照著〈範例〉練習，並試著和朋友詢問與回答看看各位在什
麼時候會有這樣的心情。

> **보기**
>
> 긴장되다 /
>
> 시험을 보다,
>
> 사람들 앞에서
>
> 이야기하다
>
> 가 : 언제 긴장돼요?
> 什麼時候會緊張呢？
>
> 나 : 시험을 볼 때나 사람들 앞에서
> 이야기할 때 긴장돼요.
> 考試的時候，或是在人群面前講話的時候會緊張。

❶ 고민되다 / 성적이 나쁘다, 중요한 결정을 하다

❷ 짜증나다 / 친구를 오래 기다리다, 일이 잘 안 되다

❸ 속상하다 / 시험을 못 보다, 하고 싶은 일을 못 하다

❹ 무섭다 / 밤에 혼자 있다, 이상한 사람이 옆을 지나가다

❺ 창피하다 / 사람들이 나를 보다, 사람들 앞에서
실수하다

❻ 섭섭하다 / 좋아하는 사람과 헤어지다, 사람들이 나를
오해하다

기분과 감정2 心情與情感2

긴장되다 緊張

떨리다 發抖

걱정되다 擔心

고민되다 煩惱

新語彙

성적 成績

중요하다 重要的

결정을 하다 做決定

일이 잘 되다 事情順利

이상하다 奇怪的

지나가다 經過、走過

실수하다 失誤、犯錯

헤어지다 分開、分手

오해하다 誤會

---

4 〈보기〉와 같이 연습하고, 여러분은 이럴 때 어떻게
하는지 친구와 함께 묻고 대답해 보세요.

請照著〈範例〉練習，並試著和朋友詢問與回答看看這時各位
會怎麼做。

> **보기**
>
> 기분이 좋다 /
>
> 노래를 부르다,
>
> 춤을 추다
>
> 가 : 기분이 좋을 때 어떻게 해요?
> 心情好的時候會怎麼做呢？
>
> 나 : 저는 노래를 부르면서 춤을 춰요.
> 我會邊唱歌邊跳舞。

❶ 즐겁다 / 음악을 듣다, 춤을 추다

❷ 기쁘다 / 박수를 치다, 소리를 지르다

❸ 속상하다 / 음악을 듣다, 청소를 하다

❹ 외롭다 / 울다, 어머니한테 전화를 하다

❺ 기분이 나쁘다 / 과자를 먹다, 수다를 떨다

❻ 화가 나다 / 화가 난 이유를 생각하다, 일기를 쓰다

감정 표출 情感表達

웃다 笑

울다 哭

한숨을 쉬다 嘆氣

짜증을 내다 發脾氣、鬧情緒

화를 내다 發火、動怒

소리를 지르다 叫喊、大叫

박수를 치다 拍手

참다 忍耐、忍受

노래를 부르다 唱歌

춤을 추다 跳舞

수다를 떨다 閒聊、聊天

잠을 자다 睡覺

음식을 먹다 吃東西

5 〈보기〉와 같이 이야기해 보세요.

보기

좋다, 웃고 있다 /
학교에서 장학금을 받다 /
좋다

가 : 무슨 좋은 일 있어요?
아까부터 계속 웃고 있네요.
有什麼好事嗎？從剛剛開始就一直在笑！

나 : 오늘 학교에서 장학금을
받았어요.
今天在學校領到了獎學金。

가 : 정말 좋겠어요.
真是太好了！

● 新語彙

용돈을 받다 拿零用錢

잃어버리다 遺失

지갑 錢包

고백을 받다 接受告白

혼나다 被罵、挨訓

고장 내다 弄壞

친하다 親近的、親密的

❶ 즐겁다, 웃기만 하다 / 용돈을 많이 받다 / 기분이 좋다

❷ 기쁘다, 웃기만 하다 / 잃어버린 지갑을 다시 찾다 / 기쁘다

❸ 좋다, 웃기만 하다 / 좋아하는 사람한테 고백을 받다 /
행복하다

❹ 나쁘다, 한숨만 쉬다 / 부모님한테 많이 혼나다 / 속상하다

❺ 안 좋다, 한숨만 쉬다 / 친구가 컴퓨터를 고장 내다 /
화가 났다

❻ 슬프다, 울기만 하다 / 친한 친구가 고향에 돌아가다 /
섭섭하다

6 〈보기〉와 같이 이야기해 보세요.

보기

가족이 옆에 없다,
외롭다 /
요즘 정신없이 바쁘다

가 : 가족이 옆에 없어서 많이
외롭겠어요.
家人不在身邊，應該非常孤單吧。

나 : 요즘 정신없이 바쁘니까 별로
외롭지 않아요.
因為最近忙得天昏地暗的，所以不太孤單。

● 新語彙

잘못을 하다 犯錯

발표 發表

❶ 시험에 떨어지다, 속상하다 / 다음에도 기회가 있다

❷ 가방을 잃어버리다, 속상하다 / 중요한 물건은 없었다

❸ 혼자서 일을 다 해야 되다, 화나다 / 좋아하는 일이다

❹ 부모님한테 많이 혼나다, 속상하다 / 제가 잘못을 했다

❺ 제일 먼저 발표를 해야 되다, 떨리다 / 열심히 준비했다

❻ 아까 사람들이 계속 웃다, 부끄러웠다 / 제가 실수했다

7 〈보기〉와 같이 연습하고, 친구와 함께 요즘 여러분의
걱정 과 고민에 대해 함께 이야기해 보세요.

請照著〈範例〉練習，並針對最近各位擔心與煩惱的事情，試
著和朋友說說看。

> **보기**
>
> 안색, 걱정 /
>
> 이번 시험에 떨어지다
>
> 가 : 안색이 안 좋아요.
> 　　무슨 걱정 있어요?
> 　　臉色不太好。有什麼擔心的事嗎？
>
> 나 : 이번 시험에 떨어질까 봐
> 　　걱정돼요.
> 　　我擔心這次考試會落榜。

新語彙

안색이 좋다 臉色好、氣色好

실력이 늘다 實力增長

❶ 얼굴, 고민 / 졸업을 못 하다

❷ 얼굴, 고민 / 3급에 못 올라가다

❸ 안색, 걱정 / 발표에서 실수하다

❹ 안색, 걱정 / 한국어 실력이 늘지 않다

8 〈보기〉와 같이 이야기해 보세요.

> **보기**
>
>
>
> 시험에 떨어지다,
>
> 걱정되다 /
>
> 열심히 했다,
>
> 시험에 붙다,
>
> 걱정하다
>
> 가 : 무슨 걱정 있어요? 얼굴이 안
> 　　좋아요.
> 　　有什麼擔心的事嗎？臉色不太好。
>
> 나 : 시험에 떨어질까 봐 너무 걱정돼요.
> 　　非常擔心考試會落榜。
>
> 가 : 열심히 했으니까 시험에 붙을
> 　　거예요. 걱정하지 마세요.
> 　　因為你很努力，所以一定會考上的。請不要
> 　　擔心。

新語彙

풀다 解開、解（題）、

❶ 대학교에 못 들어가다, 걱정되다 /

　준비를 잘하고 있다, 꼭 합격하다, 걱정하다

❷ 내일 시험에 모르는 것만 나오다, 걱정되다 /

　열심히 공부했다, 다 잘 풀다, 걱정하다

❸ 내일 면접에서 실수하다, 긴장되다 /

　준비를 많이 했다, 잘 할 수 있다, 긴장하다

❹ 아르바이트를 못 구하다, 걱정이다 /

　열심히 찾고 있다, 구할 수 있다, 걱정하다

9 〈보기〉와 같이 이야기해 보세요.

> 보기
>
> 가 : 무슨 좋은 일 있어요?
> 有什麼好事嗎？
>
> 나 : 저 오늘 장학금을 받았어요.
> 我今天領了獎學金。
>
> 오늘 장학금을
> 받다 / 좋다
>
> 가 : 정말 좋겠어요. 축하해요.
> 真是太好了！恭喜。
>
> 나 : 고마워요. 모두 영진 씨 덕분이에요.
> 謝謝。這都託永振你的福。
>
> 가 : 아니에요. 별로 도와준 것도 없는데요.
> 哪裡。也沒幫上什麼忙。

❶ 발표에서 좋은 점수를 받다 / 기쁘다

❷ 대학원에 합격하다 / 기쁘다

❸ 한국 회사에 취직하다 / 좋다

❹ 오늘 승진을 하다 / 기분이 좋다

10 〈보기〉와 같이 이야기해 보세요.

> 보기
>
> 할머니가 좀 편찮으시다 / 걱정되다 /
> 할머니 건강이 더 나빠지시다 / 곧 건강해지시다
>
> 가 : 요즘 얼굴이 안 좋아요. 무슨 걱정 있어요?
> 最近臉色不太好。有什麼擔心的事嗎？
>
> 나 : 할머니가 좀 편찮으세요.
> 奶奶身體微恙
>
> 가 : 그래요? 정말 걱정되겠어요.
> 那樣啊？真的會很讓人擔心。
>
> 나 : 할머니 건강이 더 나빠지실까 봐 걱정이에요.
> 很擔心奶奶的健康會變得更差。
>
> 가 : 너무 걱정하지 마세요. 곧 건강해지실 거예요.
> 請不要太擔心。會很快就健康起來的。
>
> 나 : 고마워요, 수미 씨.
> 謝謝你，秀美。

❶ 대학교 입학시험을 잘 못 봤다 / 속상하다 /

학교에 떨어지다 / 열심히 했으니까 합격할 수 있다

❷ 요즘 여자 친구하고 연락이 안 되다 /

고민되다 / 여자 친구와 헤어지다 / 곧 연락이 되다

▌新語彙

점수 分數

승진을 하다 升遷

▌발음 發音

wh-問句中出現的兩種語調

(무슨) (걱정 있어요?)
(무슨 걱정 있어요?)

如果是有疑問詞的疑問句的話，疑問詞與後方出現的字詞要一口氣發音，而且來到句子的最後時語調要上揚。但是，若是包含了疑問詞，而以是-不是來回答的疑問句的話，要先說疑問詞，稍為停頓後再繼續説剩下的語句。還有，到倒數第二個音節語調都要下降，在最後一個音節才語調才急遽上升。

▶연습해 보세요.

(1) 가 : 어디 가요?
　　나 : 네. 갈 데가 있어요.
　　가 : 어디 가요?
　　나 : 가게에 가요.

(2) 가 : 무슨 좋은 일 있어요?
　　나 : 네, 기분 좋은 일이
　　　　있어요.
　　가 : 무슨 좋은 일이에요?
　　나 : 오늘 데이트가 있어요.

🎧 聽力_듣기

1 다음 대화를 잘 듣고 남자의 기분으로 알맞은 것을 고르세요.

請仔細聽完以下的對話後，選出表現這男子心情的正確選項。

ⓐ 슬프다　　　ⓑ 외롭다　　　ⓒ 섭섭하다

ⓓ 창피하다　　ⓔ 행복하다　　ⓕ 짜증이 나다

▸新語彙

넘어지다　跌倒、摔倒

도망가다　逃跑

깜빡하다　（一時）忘記

1) _____　2) _____　3) _____　4) _____

2 다음 대화를 잘 듣고 아래의 내용이 맞으면 ○, 틀리면 ×에 표시하세요.

請仔細聽以下的對話，如果下方內容正確的話，請標示O。錯誤的話，請標示X。

1) 여자는 한국어능력시험을 보려고 해요.　　　○　×

2) 남자는 한국어능력시험 1급에 떨어졌어요.　　○　×

3) 여자는 남자의 이야기를 듣고 기분이
   좋아졌어요.　　　　　　　　　　　　　　　○　×

▸新語彙

문제를 풀다　解題

틀리다　錯誤、不正確

실력　實力

실망하다　失望

3 다음을 잘 듣고 질문에 대답하세요.

請仔細聽以下的內容後，回答問題。

1) 남자의 기분은 어떻습니까?

2) 남자는 지금 누구에게, 무슨 이야기를 하고 있습니까?

▸新語彙

추억　回憶

잊다　忘記

🎤 口說_말하기

1 여러분은 언제 가장 기쁘고 슬펐습니까? 친구와 함께 이야기해 보세요.

各位在什麼時候最開心和難過呢？請和朋友一起說說看。

● 언제, 무슨 일 때문에 다음과 같은 기분이었습니까? 그때 여러분은 어떻게 했습니까? 여러분의 경험을 정리해 보세요.

各位在什麼時候，因為什麼事情而有過以下的心情呢？那時各位做了些什麼呢？請將各位的經驗整理一下。

(1) 가장 기뻤을 때

(2) 가장 슬펐을 때

(3) 가장 속상했을 때

● 친구에게 기분과 감정에 대해 질문하려고 합니다. 어떻게 질문하면 좋을지 생각해 보세요.

各位想問朋友的心情與感情。請想想看要怎麼問會比較好。

● 친구와 함께 이야기해 보세요.

請和朋友一起說說看。

2 다음 상황이라면 어떤 기분일까요? 어떻게 표현해야 할까요? 친구에게 축하나 격려를 하려면 무슨 말을 해야 할까요? A와 B가 되어 이야기해 보세요.

如果是以下的情況，各位會有怎樣的心情呢？應該要如何表現呢？如果想祝福或鼓勵朋友，應該說些什麼話呢？請扮演A和B的角色，試著說說看。

1)	A	학교에서 장학금을 받아서 기뻐요.
	B	친구의 이야기를 듣고 축하해 주세요.
2)	A	대학교에 합격해서 행복해요.
	B	친구의 이야기를 듣고 축하해 주세요.
3)	A	다음 주에 있을 한국어능력시험에 떨어질까 봐 걱정돼요.
	B	친구의 이야기를 듣고 격려해 주세요.
4)	A	다음 주의 회사 면접에서 실수할까 봐 걱정돼요.
	B	친구의 이야기를 듣고 격려해 주세요.

📖 閱讀_읽기

1 다음을 읽고 질문에 답하세요.

請閱讀下文後，回答問題。

● 다음은 이메일입니다. 제목을 보고 어떤 내용의 이메일일지 추측해 보세요.

以下是一封電子郵件。請在看完標題後，猜猜看在這封電子郵件裡會有什麼樣的內容。

● 빠른 속도로 읽으면서 여러분의 추측이 맞는지 확인해 보세요.

請快速地閱讀一遍，並確認看看各位的猜測是否正確。

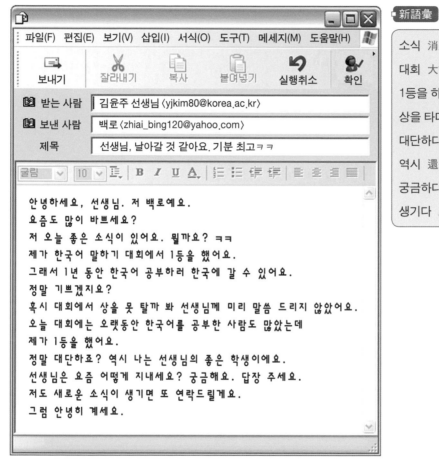

新語彙

소식 消息

대회 大會、比賽

1등을 하다 得第一

상을 타다 獲獎、領獎

대단하다 了不起的

역시 還是、果真是

궁금하다 想知道、那悶

생기다 產生、發生

● 다시 한 번 읽고 아래의 내용이 맞으면 ○, 틀리면 ×에 표시하세요.

請再讀一次，如果以下的內容正確的話，請標示○。錯誤的話，請標示X。

(1) 백로 씨는 선생님이 도와줘서 1등을 할 수 있었어요.   ○ ×

(2) 백로 씨는 새로운 소식이 생겨서 선생님께 편지를 보냈어요.   ○ ×

(3) 한국어 말하기 대회에서 1등을 하면 한국에서 공부할 수 있어요.   ○ ×

1 여러분의 기분과 감정 그리고 감정 표현 방법에 대한 글을 써 보세요.

請寫一篇有關各位的心情、感情，以及感情表達方法的文章。

● 여러분은 언제 다음의 감정을 느낍니까? 그러면 여러분은 어떻게 합니까? 아래 표에 표시하면서 정리해 보세요.

各位在哪時候會感受到以下的感情？那樣的話各位會如何做呢？請試著整理並標記於下表中。

언제, 무슨 일이 있을 때 그래요?		표현해요, 표현하지 않아요?	
🌸 기쁘고 행복해요.			
☁️ 슬프고 힘들어요.			
⚡ 무섭고 걱정돼요.			
💥 화나고 속상해요.			

● 🙂 이 두 개 이상이면 여러분은 감정을 잘 표현하지 않는 편이에요. 🙂 이 몇 개였어요?

如果 🙂 兩個以上的話，就算是不太表達情感的人。各位 🙂 有幾個呢？

● 여러분은 자신이 감정을 표현하는 방법이 마음에 들어요, 마음에 들지 않아요? 왜요? 여러분의 감정 표현 방식에 대해 정리해 보세요.

各位對於自己感情表達的方法滿意還是不滿意呢？為什麼？請將各位感情表達的方法整理一下。

● 정리한 내용을 바탕으로 언제 이런 감정을 느끼는지, 그럴 때 어떻게 감정을 표현하는지, 자신의 감정 표현 방법에 대해 어떻게 생각하는지 써 보세요.

請以上方整理的內容為基礎，試著寫一篇文章來想想各位在何時會感受到這樣的感情、那時會如何表現感情，以及會用什麼方法來表達自己的感情。

자기 평가 ✏️

自我評價

● 기분이나 감정을 묻고 답할 수 있습니까? 各位會詢問與回答心情或感情嗎？	非常棒 ●━━●━━●━━● 待加強
● 다른 사람의 기분과 감정에 축하나 격려를 할 수 있습니까? 各位能對別人的心情與感情給予祝福或鼓勵嗎？	非常棒 ●━━●━━●━━● 待加強
● 기분이나 감정에 대한 글을 읽고 쓸 수 있습니까? 各位能讀懂，並且書寫有關心情或情感的文章嗎？	非常棒 ●━━●━━●━━● 待加強

1 ㅡ的不規則活用

● 動詞或形容詞的語幹若是以母音ㅡ結尾時，而後方又接著子音的話，ㅡ不可省略。但是ㅡ之後接著的若是-아/어-或是-았/었-的話，ㅡ則會被省略。ㅡ前面的母音若是 ㅏ 或 ㅗ 的話，語幹要接上-아-或是-았-。其它情況，則接上-어-或-었-。像這樣的動詞和形容詞，就叫做「ㅡ不規則動詞與形容詞」。

나쁘다 ➡	나빠요, 나빠서, 나빴어요 / 나쁘고, 나쁘면, 나쁘지요?
	（不規則活用）　　　　　　　/ （規則活用）
기쁘다 ➡	기뻐요, 기뻐서, 기뻤어요 / 기쁘고, 기쁘면, 기쁘지요?
	（不規則活用）　　　　　　　/ （規則活用）

● 以下是最常被使用的ㅡ不規則動詞與形容詞。

나쁘다, 기쁘다, 슬프다, 아프다, 바쁘다, 예쁘다, 배가 고프다, 크다, 쓰다

(1) 가 : 무슨 좋은 일 있어요?

　　나 : 고향에서 친구가 놀러 와서 너무 기뻐요.

(2) 가 : 왜 울어요? 무슨 일 있어요?

　　나 : 저 영화가 너무 슬퍼서 그래요.

(3) 가 : 어제 왜 전화 안 했어요?

　　나 : 미안해요. 어제 너무 바빴어요.

(4) 가 : 합격 축하해요. 기분이 어때요?

　　나 : 대학교에 합격한 것은 너무 기쁘지만 조금 걱정도 돼요.

(5) 가 : 어제 왜 학교에 안 왔어요?

　　나 : 배가 _____.

(6) 가 : 무슨 안 좋은 일 있어요?

　　나 : _____.

2 -(으)면서

● -(으)면서接在動詞語幹後，表現兩種動作或狀態的同時發生。

나는 음악을 들으면서 공부를 해요. 我一邊聽音樂，一邊讀書。

● 這分為兩種形態。

  a. 語幹以母音或ㄹ結尾時，使用 -면서。

  b. 語幹以ㄹ以外的其他子音結尾時，使用 -으면서。

(1) 가 : 기분이 좋을 때 어떻게 해요?

    나 : 노래를 하면서 춤을 춰요.

(2) 가 : 철수 씨는 언제 신문을 읽어요?

    나 : 아침을 먹으면서 신문을 읽어요.

(3) 가 : 어떻게 한국어를 공부했어요?

    나 : 저는 좋아하는 한국 영화를 보면서 공부했어요.

(4) 가 : 커피숍에 가서 이야기를 할까요?

    나 : 날씨가 좋으니까 걸어가면서 이야기를 해요.

(5) 가 : 기분이 나쁠 때 어떻게 해요?

    나 : _____.

(6) 가 : 사전을 보면서 공부해요?

    나 : _____.

3 –겠–

● -겠-接在動詞、形容詞、「名詞+이다」後，表現話者以現有的資訊，對未來的狀況或狀態做出推測或假定。

와, 맛있겠어요. （看到食物剛送上來）哇！應該很好吃！

가 : 저, 다음 달에 결혼해요. 我…下個月結婚。

나 : 정말 좋겠어요. 축하해요. 應該很開心吧！恭喜！

(1) 가 : 저 어제 명동에서 영화배우 배용준 씨를 봤어요.

    나 : 정말이요? 너무 좋았겠어요.

(2) 가 : 비가 계속 오네요.

    나 : 내일은 더 춥겠어요.

(3) 가 : 오늘 수미 씨하고 '여름 이야기'보러 갈 거예요. 같이 갈래요?

    나 : 재미있겠어요. 그런데 저는 약속이 있어서 못 가요.

(4) 가 : 시험에 아는 문제가 거의 없었어요. 열심히 공부했는데……

    나 : 정말 속상했겠어요.

(5) 가 : 어제 친구를 한 시간 동안 기다렸어요.

    나 : _____.

(6) 가 : 이번 휴가 때 뭐 할 거예요?

    나 : 친구하고 같이 제주도로 여행 갈 거예요.

    가 : _____.

4 -지 않다

- -지 않다接在動詞、形容詞的語幹後，就如同否定副詞안一樣，將陳述句或疑問句轉換成否定句。-지 않다和안在造否定句，或是表現出不想做某事時使用。

가 : 부모님한테 용돈 받아요? 跟父母拿零用錢嗎？

나 : 아니요, 받지 않아요. 저는 제가 아르바이트를 하는 게 더 좋아요.

不，沒拿。我更喜歡自己打工。

- -지 않다可以接在所有的動詞與形容詞後，但是안不能使用在「명사+하다」之類的複合詞或派生詞前。

> 공부해요.　　　　　　배고파요.
> 공부하지 않아요.　　 배고프지 아요.
> 공부 안 해요.　　　　배 안 고파요.
> 안 공부해요.(✗)　　 안 배고파요.(✗)

(1) 가 : '여름 이야기' 많이 슬퍼요?

　　나 : 아니요, 별로 슬프지 않아요. 그냥 재미있어요.

(2) 가 : 다리 아프지 않아요?

　　나 : 네, 정말 아파요. 산꼭대기까지 올라갈 수 없을 것 같아요.

(3) 가 : 수미 씨, 어제 전화했어요?

　　나 : 아니요, 저는 전화하지 않았는데요.

(4) 가 : 콘서트에 사람이 별로 없어서 많이 속상했겠어요.

　　나 : 별로 속상하시 않았어요. 어제 시작했으니까 점점 사람이 많아지겠죠.

(5) 가 : 이번 방학에 고향에 갈 거예요?

　　나 : 아니요, ＿＿＿＿＿＿＿＿＿＿＿＿＿＿＿＿＿＿＿.

(6) 가 : 교실이 너무 덥지 않아요?

　　나 : ＿＿＿＿＿＿＿＿＿＿＿＿＿＿＿＿＿＿＿.

新語彙

점점 漸漸

5 -(으)ㄹ까 봐

- -(으)ㄹ까 봐接在動詞、形容詞、「名詞+이다」後，表現出話者憂慮某件事情會發生。因為有這樣的意涵，所以常使用「-(으)ㄹ까 봐 걱정되다/고민되다」或是「-(으)ㄹ까 봐 (걱정돼서) ~ 하다」等表現。

한국어 시험에 떨어질까 봐 걱정돼요. 擔心韓文考試會落榜。

발표에서 실수할까 봐 잠도 못 잤어요. 擔心發表時會失誤，連覺都睡不好。

● 這分為兩種型態。

a. 語幹以母音或ㄹ結尾時，使用-ㄹ까 봐。

b. 語幹以ㄹ以外的其他子音結尾時，使用-을까 봐。

(1) 가 : 무슨 안 좋은 일 있어요?

나 : 어머니께서 내가 거짓말한 것을 아실까 봐
　　너무 걱정돼요.

(2) 가 : 선물이 마음에 들지 않을까 봐 걱정했어요.

나 : 아주 마음에 들어요. 정말 고마워요.

(3) 가 : 일찍 왔네요.

나 : 늦을까 봐 택시를 타고 온 거예요.

(4) 가 : 빨리 들어오세요. 이제 곧 시작해요.

나 : 다행이에요. 저는 벌써 시작했을까 봐 걱정했어요.

(5) 가 : 무슨 고민 있어요?

나 : ＿＿＿＿＿＿＿＿＿＿＿＿＿＿＿＿ 고민이에요.

(6) 가 : 왜 자꾸 시계를 봐요?

나 : ＿＿＿＿＿＿＿＿＿＿＿＿＿＿＿＿＿.

● 新語彙

다행이다　幸好、幸虧

자꾸　經常、老是

제10과 여행
旅行

目標
各位將能談論旅行過的地點以及在那裡的經驗。

主題	旅行
功能	詢問旅遊資訊、分享旅遊經驗
活動	聽力：聆聽詢問旅遊資訊的對話、聆聽有關旅遊經驗的對話
	口說：獲得旅遊資訊、說明旅遊情況
	閱讀：理解旅遊導覽
	寫作：書寫旅遊的經驗
語彙	目的地、旅遊景點、與說明狀態相關的語彙
文法	−거나、−(으)ㄴ 적이 있다/없다、−아/어/여 있다、−밖에 안/못/없다
發音	ㅃ與ㅍ
文化	韓國的旅遊景點

제10과 여행 旅行

1. 이 사람들은 사진을 보면서 무슨 이야기를 하고 있을까요?

   這些人一邊看著照片，一邊在說些什麼呢？

2. 여러분은 최근에 어디에 다녀왔어요? 그 곳의 풍경과 느낌을 어떻게 표현하겠어요?

   各位最近去了一趟哪裡呢？該如何表現當地的風景和感覺呢？

1

치엔 : 다음 달에 여행을 가고 싶은데, 어디에 가면 좋을까요?

수미 : 어떤 곳에 가고 싶어요?

치엔 : 자연이 아름다운 곳에 가서 좀 쉬고 싶어요.

수미 : 그럼 제주도에 가거나 설악산에 가는 것이 어때요?

치엔 : 설악산은 전에 가 본 적이 있어요.
　　　 제주도는 꼭 가 보고 싶었는데 아직 못 가 봤어요.

수미 : 그럼 제주도에 가세요.

치엔 : 돈이 얼마나 들까요?

수미 : 할인 항공권을 이용하고 싼 호텔에 묵으면 많이 들지
　　　 않을 거예요. 그런데 비행기와 숙소 예약을 빨리
　　　 해야 해요.

新語彙
자연　自然
돈이 들다　花錢
할인　打折、折扣
항공권　機票
묵다　投宿、停留
숙소　住宿處、住處
예약　預訂、預約

2

수미 : 치엔 씨, 제주도 여행 어땠어요?

치엔 : 너무너무 좋았어요.

수미 : 뭐가 그렇게 좋았어요?

치엔 : 바다도 아름다웠고, 노란 유채꽃도 아주 인상적이었어요.

수미 : 풍경이 서울과 많이 다르지요?

치엔 : 네, 돌도 까만색이고 야자수도 많이 있어서 다른 나라에
　　　 온 것 같았어요. 날씨도 좋아서 정말 환상적이었어요.

수미 : 아주 즐거운 여행이었겠네요.

치엔 : 네, 저는 이번에 제주도에 푹 빠졌어요.
　　　 다음에 꼭 다시 가고 싶어요.

新語彙
유채꽃　油菜花
인상적이다　印象深刻的
풍경　風景
돌　石頭
야자수　椰子樹
환상적이다　夢幻的、奇幻的
빠지다　著迷、陷入

3

　저는 지난 연휴에 친구들과 제주도에 여행을 갔습니다.
제주도는 남쪽에 있는 섬이라서 서울보다 날씨가
따뜻했습니다. 3월인데 노란 유채꽃이 예쁘게 피어 있었습니다.
　저는 이번에 제주 민속촌과 유명한 관광지 몇 곳을
구경했습니다. 그리고 승마장에 가서 말도 타 보았습니다. 아주
재미있었습니다.
　제주도에는 볼 것이 많습니다. 이번에는 2박 3일밖에 여행을
못 했지만 다음에는 길게 여행을 할 생각입니다.

新語彙
연휴 連休
남쪽 南邊
섬 島
피다 （花）開
유명하다 有名的
관광지 觀光景點
승마장 乘馬場
말 馬
볼 것 可看的
길게 長地

문화 **한국의 여행지** 韓國的旅遊景點

● 여러분은 다음 도시가 어디에 있는지, 어떤 특징이 있는지 알고 있어요? 다음 도시들이 아래 지도에서 어디에 있는지 확인해 보고, 각 도시에 대해 아는 것이 있으면 이야기해 보세요.

　各位知道以下的都市在哪裡，有什麼樣的特徵嗎？請確認一下以下的都市在下方地圖中的位置，然後說說看各位對這些都市的了解。

> 서울, 부여, 전주, 제주, 부산, 경주, 속초

● 다음은 각 도시에 대한 설명입니다. 다음 도시들이 어떤 특징이 있는지 확인해 보세요.

　以下是對於各都市的說明。請確認一下以下的都市有什麼樣的特徵。

　　a. 서울（首爾）：大韓民國的首都，最大且人口最多的城市。
　　b. 부여（扶餘）：百濟王朝的首都，位於山上的宮殿與遺址能讓人感受到
　　　　　　　　　　　古代王朝的典雅。
　　c. 전주（全州）：以韓屋（韓國固有樣式的房屋）村與拌飯有名的城市。
　　d. 제주（濟州）：位於韓國南邊濟州島的城市
　　e. 부산（釜山）：韓國第二大的城市，每年在釜山都會舉辦國際電影節。
　　f. 경주（慶州）：新羅王朝的首都，以佛國寺、石窟庵及龐大的王陵等文化遺產而有名的城市。
　　g. 속초（束草）：位於東海岸的城市，附近有雪嶽山。

● 이 도시들이 어디에 있는지, 어떤 특징이 있는지 알았습니까? 이 도시에 대해 더 알고 있는 것이 있으면 이야기해 보세요.

　各位已經知道這些都市在哪裡，有什麼樣的特徵了嗎？如果各位還知道這些都市的其他資訊，請試著說說看。

말하기 연습

口說練習

1 〈보기〉와 같이 연습하고, 친구와 여행지에 대해 묻고 대답해 보세요.

請照著〈範例〉練習，並試著針對旅遊景點和朋友提問與回答看看。

> **보기**
>
> 주말 /
> 제주도, 설악산
>
> 가 : 주말에 여행을 가고 싶은데, 어디에 가면 좋을까요?
> 週末想去旅行，去哪裡好呢？
>
> 나 : 제주도에 가거나 설악산에 가는 것이 어때요?
> 去濟州島或雪嶽山如何呢？

① 방학 / 경주, 부여　　**②** 방학 / 지리산, 태백산

③ 이번 휴가 / 광주, 부산　　**④** 이번 휴가 / 온천, 놀이동산

⑤ 주말 / 바닷가, 섬　　**⑥** 일요일 / 가까운 바다, 산

2 〈보기 1〉이나 〈보기 2〉와 같이 연습하고, 친구와 여행 경험에 대해 묻고 대답해 보세요.

請照著〈範例1〉或〈範例2〉練習，並試著針對旅行的經驗和朋友提問與回答看看。

> **보기1**
>
> 제주도 / 있다
>
> 가 : 제주도에 가 봤어요?
> 去過濟州島嗎？
>
> 나 : 네, 전에 제주도에 가 본 적이 있어요.
> 是的，之前去過濟州島。

> **보기2**
>
> 제주도 / 없다
>
> 가 : 제주도에 가 봤어요?
> 去過濟州島嗎？
>
> 나 : 아니요, 제주도에 가 본 적이 없어요.
> 不，沒去過濟州島。

① 설악산 / 있다　　**②** 경주 / 있다

③ 하코네 온천 / 없다　　**④** 이과수 폭포 / 없다

⑤ 놀이동산 / 있다　　**⑥** 절 / 없다

■ 여행지 旅遊景點

바닷가　海邊

섬　島

호수　湖

폭포　瀑布

온천　溫泉

절　寺廟

놀이동산　遊樂園

■ 발음 發音

ㅃ與ㅍ

뽀뽀　폭포

要發ㅃ與ㅍ這兩個音時，聲帶須用力，且與它結合的母必須發高的音。發ㅃ音時，聲帶必須縮小，讓空氣不會洩出。發ㅍ音時，聲帶必須打開，讓空氣可以以最大的限度洩出。若是在嘴前放一張衛生紙來試驗的話，就可以感受到之間的差異。

빠　파

▶연습해 보세요.

(1) 폭포를 빨리 보고 싶어요.

(2) 저는 프라하에 푹 빠졌어요.

(3) 파리는 밤 풍경이 예뻤어요.

(4) 올해는 벚꽃이 빨리 피었어요.

3 〈보기〉와 같이 이야기해 보세요.

<table>
<tr><td>보기</td><td>가 : 여행비가 얼마나 들까요?
旅費會花多少呢?</td></tr>
<tr><td>여행비 /
패키지 상품을 이용하다</td><td>나 : 패키지 상품을 이용하면 많이 들지 않을 거예요.
如果使用套裝旅遊行程的話,不會花很多錢。</td></tr>
</table>

❶ 교통비 / 배를 타고 가다

❷ 식비 / 음식을 해서 먹다

❸ 항공료 / 할인 항공권을 이용하다

❹ 입장료 / 학생 할인을 받다

❺ 숙박비 / 싼 호텔을 이용하다

❻ 여행비 / 아껴서 쓰다

新語彙

여행비 旅費

패키지 상품을 이용하다
使用套裝旅遊行程

교통비 交通費

식비 餐費

음식을 하다 做菜、做料理

항공료 航空費、機票票價

입장료 入場費

할인을 받다 得到折扣

숙박비 住宿費

아끼다 節約、節省(花費)

4 〈보기〉와 같이 이야기해 보세요.

보기

설악산, 제주도 / 할인 항공권을 이용하다

가 : 여행을 가고 싶은데 어디에 가면 좋을까요?
想去旅行,去哪裡好呢?

나 : 설악산에 가거나 제주도에 가는 게 어때요?
去濟州島或雪嶽山如何呢?

가 : 설악산은 전에 가 본 적이 있어요.
雪嶽山之前去過了。

나 : 그럼 제주도에 가 보세요.
那麼請去濟州島看看。

가 : 제주도에 꼭 가 보고 싶었어요.
그런데 제주도에 가는 데 돈이 얼마나 들까요?
一直都很想去濟州島。那去濟州島要花多少錢呢?

나 : 할인 항공권을 이용하면 많이 들지 않을 거예요.
如果使用特價機票的話,不會花很多錢。

新語彙

부여 扶餘(城市)

태백산 太白山(山)

민박을 하다 住民宿

열차 列車、火車

강화도 江華島(島)

이천 利川(城市)

시외버스 長途巴士

❶ 경주, 부여 / 여행비를 아껴서 쓰다

❷ 지리산, 태백산 / 민박을 하다

❸ 광주, 부산 / 열차 요금을 할인받다

❹ 강화도, 이천 / 시외버스를 타고 가다

5 〈보기〉와 같이 이야기해 보세요.

> 보기
>
> 환상적이다
>
> 가 : 이번 여행 어땠어요?
> 這次的旅行如何呢?
>
> 나 : 환상적이었어요.
> 很夢幻。

❶ 인상적이다   ❷ 감동적이다

❸ 끝내 주다   ❹ 그저 그렇다

❺ 생각보다 별로이다   ❻ 조금 실망스럽다

▪여행감상 旅行感想

인상적이다 印象深刻的
환상적이다 夢幻的、奇幻的
끝내 주다 非常棒
그저 그렇다 就那樣、馬馬虎虎
별로이다 普通、還好
감동적이다 感人的
실망스럽다 （令人）失望的

6 〈보기〉와 같이 연습하고, 친구와 여행지에 대해 묻고 대답해 보세요.

請照著＜範例＞練習，並試著針對旅遊景點和朋友提問與回答看看。

> 보기
>
> 제주도 /
> 야자수가 많다,
> 이국적이다
>
> 가 : 제주도 어땠어요?
> 濟州島如何呢?
>
> 나 : 야자수가 많아서 이국적이었어요.
> 因為椰子樹很多，所以很有異國風情。

❶ 프라하 / 오래된 건물이 많다, 인상적이다

❷ 케냐 / 초원에 동물들이 있다, 신기하다

❸ 파리 / 공원이 많다, 인상적이다

❹ 큐슈 / 바닷가에 온천이 있다, 특이하다

❺ 브라질 / 사람들이 친절하다, 감동적이다

❻ 만리장성 / 규모가 아주 크다, 인상적이다

▪語言提點

> 끝내 주다是在非正式的場合，和非常親近的朋友使用的口語體表現。

▪新語彙

이국적이다 異國風情的
오래되다 老舊的、悠久的
초원 草原
동물 動物
신기하다 神奇的
특이하다 特殊的
친절하다 親切的
만리장성 萬里長城
규모 規模

7 〈보기〉와 같이 연습하고, 교실 안의 모습을 묘사해 보세요.

請照著＜範例＞練習，並試著描述一下教室內的樣子。

보기

문, 열리다   문이 열려 있어요. 門開著。

❶ 문, 닫히다   ❷ 야자수, 서다

❸ 할머니, 의자에 앉다   ❹ 가방, 의자 위에 놓이다

❺ 우산, 의자에 걸리다   ❻ 손수건, 바닥에 떨어지다

新語彙

손수건 手帕

바닥 地板

8 〈보기〉와 같이 이야기해 보세요.

보기

승마장,
말을 타다

가 : 제주도에 여행 가서 뭐 했어요?
去濟州島旅行做了什麼呢？

나 : 승마장에 가서 말을 탔어요.
去乘馬場騎了馬。

新語彙

해수욕장 海水浴場

도자기 陶瓷器

회 生魚片

❶ 바다, 배를 타다   ❷ 해수욕장, 수영을 하다

❸ 박물관, 도자기를 만들다   ❹ 근처 섬, 낚시를 하다

❺ 바닷가, 회를 먹다   ❻ 민속촌, 옛날 집을 구경하다

9 〈보기〉와 같이 이야기해 보세요.

보기

얼마나,
여행하다 /
2박 3일

가 : 얼마나 여행했어요?
旅行了多久呢？

나 : 이박 삼일밖에 여행 못 했어요.
只旅行了三天兩夜而已。

新語彙

2박 3일 三天兩夜

❶ 얼마나, 여행하다 / 1박 2일 ❷ 며칠, 여행하다 / 3박 4일

❸ 몇 명, 가다 / 2명   ❹ 여러 번, 가 보다 / 한 번

❺ 어디어디, 가다 / 경주   ❻ 여기저기, 구경하다 / 부산 시내

10 그림을 보고 〈보기〉와 같이 이야기해 보세요.

제주도

가 : 제주도 여행 어땠어요?
濟州島旅行如何呢？

나 : 아주 환상적이었어요.
非常地夢幻。

가 : 저는 아직 제주도에 가 본 적이 없는데, 제주도 어때요?
我還沒去過濟州島，濟州島如何呢？

나 : 경치가 좋고 바다가 아주 아름다워요.
風景很好，而且海非常美。

가 : 그래요? 제주도에 가서 뭐 했어요?
那樣嗎？去濟州島做了什麼呢？

나 : 민속촌을 구경하고, 배를 타고 섬 근처를 한 바퀴 돌았어요. 싱싱한 회도 많이 먹었고요.
參觀了民俗村，而且搭船繞了島附近一圈。也吃了很多新鮮的生魚片。

가 : 좋았겠어요. 저도 꼭 가 보고 싶어요.
應該很開心吧！我也一定要去看看。

❶

설악산

❷

에버랜드

활동　　　　　　　　　　　　　　　　　　　　　活動

🎧 聽力_듣기

1 다음 대화를 잘 듣고 여자가 가 본 곳이 모두 들어 있는 것을 고르세요.

請仔細聽完以下的對話，選出包含這名女子曾經去過地方的選項。

1) ☐ 경주　　　☐ 경주와 부여

2) ☐ 설악산　☐ 설악산과 부산

3) ☐ 전주　　　☐ 전주와 광주

2 다음 대화를 잘 듣고 아래의 내용이 맞으면 ○, 틀리면 ×에 표시하세요.

請仔細聽以下的對話，如果下方的內容正確的話，請標示○。錯誤的話，請標示X。

1) 두 사람은 베이징에 간 적이 있습니다.　　　　○　×

2) 두 사람은 만리장성에 간 적이 있습니다.　　　○　×

3) 남자는 이번 휴가에 베이징에 갔습니다.　　　○　×

4) 여자는 베이징을 오래 여행했습니다.　　　　　○　×

● 新語彙

자금성　紫禁城
이화원　頤和園
천안문 광장　天安門廣場

3 다음을 잘 듣고 질문에 대답하세요.

請在仔細聽完以下的內容後，回答問題。

1) 이 사람은 뭘 타고 춘천에 갔습니까?

2) 춘천은 왜 외국인에게 유명합니까?

3) 이 사람은 춘천에서 무엇을 했습니까?

● 新語彙

춘천　春川（城市）
주위　周圍
드라마를 찍다　拍電視劇
관광객　觀光客
마치다　結束
닭갈비　雞排

🎙️ **口說_말하기**

1 여행을 가고 싶습니다. 세 사람이 한 조가 되어 어디로 가서 뭘 하면 좋을지 묻고 대답해 보세요.

各位想去旅行。請以三人為一組，互相提問與回答看看去哪裡做些什麼好。

● 먼저 필요한 정보가 무엇인지 생각해 보세요.

請先想想看需要什麼樣的資訊。

알고 싶은 것	내용
어디?	경주
뭘 타고?	버스

● 필요한 정보를 얻기 위해서 어떻게 질문해야 할지 준비하세요.

為了取得所需的資訊，請準備一下該如何提問。

● 친구들에게 필요한 정보를 묻고, 친구들이 묻는 말에 대답해 주세요.

請向朋友們詢問所需的資訊，並回答朋友們的問題。

2 가장 인상적이었던 여행이나 최근의 여행 경험을 친구들과 이야기해 보세요.

請和朋友們說說看印象最深刻的旅行，或是最近的旅行經驗。

● 어떤 여행 경험을 친구들에게 소개하면 좋을지 결정하고, 그 여행 경험을 정리해 보세요.

請決定要向朋友們介紹什麼樣的旅行經驗，然後將那旅行經驗整理一下。

여행지, 여행 목적, 풍경……

◀新語彙

여행지 旅遊景點

목적 目的

● 친구의 여행 경험에 대해 어떤 내용을 물을지 생각해 보세요.

請想想看要針對朋友的旅行經驗問些什麼樣的問題。

● 어떻게 질문하면 좋을지 생각해 보세요.

請想想看要怎麼問比較好。

여행하는 것 좋아해요? (제주도)에 가 봤어요? (제주도) 어때요?

● 친구와 여행 경험에 대해 이야기해 보세요.

請針對旅行的經驗和朋友一起說說看。

閱讀_읽기

1 다음 광고문을 읽고 질문에 답하세요.

請在讀完以下的廣告文章後，回答問題。

● 제목을 보고 어떤 내용이 들어 있을지 추측해 보세요.

請在看完標題後，猜猜看裡面會有什麼樣的內容。

● 빠른 속도로 읽으면서 예상한 내용이 있는지 확인해 보세요.

請快速地閱讀一遍，並確認看看有沒有各位猜測的內容。

● 다시 한 번 읽고 아래의 내용이 맞으면 ○, 틀리면 ✕에 표시하세요.

請再讀一次，如果以下的內容正確的話，請標示○。錯誤的話，請標示✕。

(1) 진해 벚꽃 마을에 가는 여행 상품입니다.　○　✕

(2) 17만 원을 내면 밥도 줍니다.　○　✕

(3) 2월 20일부터 2일에 한 번 출발합니다.　○　✕

(4) 2월 24일에 출발하면 2월 25일에 돌아옵니다.　○　✕

新語彙

진해 鎮海（城市）

벚꽃 櫻花

마을 村子

금액 金額

포함 包含

광장 廣場

✏️ 寫作_쓰기

1 여러분의 여행 경험을 글로 써 보세요.

請將各位的旅行經驗寫成一篇文章。

● 가장 인상적이었던 여행 경험은 어떤 것입니까? 그 여행을 떠올려보고, 친구들에게 어떤 내용을 소개하면 좋을지 생각해 보세요.

各位印象最深刻的旅行經驗是什麼呢？請回想那次的旅行，並想想看要向朋友們介紹些什麼樣的內容。

● 포함시키고 싶은 내용에 관한 정보를 간단히 메모해 보세요.

請簡單地寫下各位想要放入內容的相關資訊。

경치 : 넓은 호수, 폭포

● 메모한 내용을 바탕으로 여행 경험을 설명하는 글을 써 보세요.

請以上方所寫的內容為基礎，試著寫一篇文章來說明旅行的經驗。

● 위에서 쓴 내용을 바탕으로 자신의 여행 경험을 설명해 보세요. 발표를 시작하기 전에 어떤 말로 발표를 시작하고 마칠지 먼저 생각해 보세요.

請以上方所寫的內容為基礎，試著說明自己的旅遊經驗。在發表開始前，請先想想看在發表的開頭和結尾時要說些什麼。

자기 평가 ✏️

自我評價

● 여행 경험과 느낌을 묻고 답할 수 있습니까? 各位能針對旅行的經驗和感想提問與回答嗎？	非常棒 ●━━●━━● 待加強
● 여행에 대한 정보를 묻고 답할 수 있습니까? 各位能針對旅行的資訊提問與回答嗎？	非常棒 ●━━●━━● 待加強
● 여행 안내문이나 여행 경험에 대한 글을 읽고 쓸 수 있습니까? 各位能讀懂，並且書寫有關旅行指南或旅行經驗的文章嗎？	非常棒 ●━━●━━● 待加強

1 **-거나**

- -거나接在動詞、形容詞、「名詞+이다」後，表現二者擇一的意思。
  제주도에 가거나 설악산에 가세요. 去濟州島或雪嶽山。

  (1) 가: 수미 씨는 어디로 여행 가는 것을 좋아해요?
  　　나: 저는 경치가 좋거나 음식이 맛있는 곳에 가는 걸 좋아해요.
  (2) 가: 경치가 좋은 곳에 가서 푹 쉬고 싶어요.
  　　나: 그러면 제주도에 가거나 설악산에 가세요.
  (3) 가: 일요일에 보통 뭐 하세요?
  　　나: 영화를 보거나 운동을 해요.
  (4) 가: 민수 씨가 없네요. 어디 갔어요?
  　　나: 잠깐 전화하러 나갔거나 화장실에 갔을 거예요.
  (5) 가: 한국을 여행하고 싶은데 어디에 가면 좋을까요?
  　　나: _____.
  (6) 가: 시간이 있을 때 보통 뭘 해요?
  　　나: _____.

2 **-(으)ㄴ 적이 있다/없다**

- -(으)ㄴ 적이 있다/없다接在動詞語幹後，表現某人嘗試了或沒嘗試做某種行動。
  -(으)ㄴ 적이 있다/없다大多與-아/어/여 보다結合，而成為-아/어/여 본 적이 있다/없다的形態。
  설악산에 간 적이 있어요. 去過雪嶽山。
  설악산에 가 본 적이 있어요. 去過雪嶽山。

- 這分為兩種型態。
  a. 語幹以母音或ㄹ結尾時，使用-ㄴ 적이 있다/없다。
  b. 語幹為ㄹ以外的其他子音結尾時，使用-은 적이 있다/없다。

  (1) 가: 부산에 가 봤어요?
  　　나: 네, 전에 한 번 가 본 적이 있어요.
  (2) 가: 해외여행을 해 본 적이 있어요?
  　　나: 아니요, 저는 아직 해외여행을 해 본 적이 없어요.
  (3) 가: 김치가 매운데 잘 드시네요.
  　　나: 중국에서도 몇 번 먹은 적이 있어요.
  (4) 가: 이것 제가 만든 연이에요. 잘 만들었지요?
  　　나: 와! 잘 만들었네요. 저도 전에 연을 만든 적이 있어요.

  ■新語彙

해외여행	海外旅行
연	風箏

(5) 가 : 수미 씨는 혼자 여행해 봤어요?

　　나 : 네, ＿＿＿＿＿＿＿＿＿＿＿＿＿＿＿＿＿＿＿.

(6) 저는 ＿＿＿＿＿＿＿＿＿＿＿＿＿＿＿＿＿. 그래서 꼭 해 보고 싶어요.

3　-아/어/여 있다

- -아/어/여 있다接在動詞的語幹後，表現某動作在結束後，仍持續那樣的狀態。
  저는 앉아 있고, 친구는 서 있어요. 我坐著，而朋友站著。

- -아/어/여 있다不能在有目的語的句子中使用。大部分與「앉다、서다、가다、오다、피다、들다、붙다、떨어지다」或是「열리다、닫히다、놓이다、쌓이다、걸리다、깨지다、켜지다、꺼지다」之類的被動動詞一起使用。

(1) 가 : 제주도 정말 좋지요?

　　나 : 네, 유채꽃이 활짝 피어 있어서 더 아름다웠어요.

(2) 가 : 박물관 구경 잘 했어요?

　　나 : 아니요, 문이 닫혀 있어서 못 들어갔어요.

(3) 가 : 가방 안에 뭐가 들어 있어요?

　　나 : 책하고 사전이 들어 있어요.

(4) 가 : 진호 씨 퇴근했어요?

　　나 : 컴퓨터가 켜져 있네요. 아직 퇴근하지 않은 것 같아요.

(5) 가 : 저녁 늦게 여행지에 도착했는데 밥을 어떻게 했어요?

　　나 : ＿＿＿＿＿＿＿＿＿＿＿ 식당이 많아서 문제가 없었어요.

(6) 가 : 누가 선영 씨예요?

　　나 : 저쪽에 ＿＿＿＿＿＿＿＿＿＿＿＿＿ 사람이 선영 씨예요.

> **新語彙**
>
> 활짝　盛開貌
>
> 들다　含有、包含
>
> 깨지다　被打破、被碎裂
>
> 켜지다　被打開、被開啟
>
> 꺼지다　被熄滅

4　-밖에 안/못/없다

- -밖에 안/못/없다接在名詞後，表現數量或份量，具有「稍微」、「些許」的意思。

(1) 가 : 구경을 많이 하고 왔어요?

　　나 : 아니요, 비가 와서 조금밖에 못 했어요.

(2) 가 : 여러 명이 여행을 갔어요?

　　나 : 아니요, 세 명밖에 안 갔어요.

(3) 가 : 형제가 많아요?

　　나 : 아니요, 저밖에 없어요.

(4) 가 : 졸려요? 어제 몇 시간 잤어요?

　　나 : ＿＿＿＿＿＿＿＿＿＿＿＿＿＿＿＿＿＿＿.

(5) 가 : 서울에도 좋은 곳이 많은데, 구경 좀 했어요?

　　나 : 아니요, ＿＿＿＿＿＿＿＿＿＿＿＿＿＿＿＿.

> **新語彙**
>
> 졸리다　睏

제11과 부탁
拜託

目標
各位將能拜託別人、答應或拒絕他人的請託。

主題	拜託
功能	拜託別人、答應請託、拒絕請託
活動	聽力：聆聽有關請託的對話
	口說：拜託別人、談論有關請託的話題
	閱讀：閱讀請託的電子郵件
	寫作：書寫請託的電子郵件
語彙	拜託與拒絕、請託的內容
文法	–는/(으)ㄴ데、–아/어/여 주다、–기는요、–(이)든지
發音	–기는요的語調
文化	家族稱謂的其他用法

제11과 부탁 拜託

1. 여기는 어디입니까? 두 사람은 지금 무엇을 하고 있을까요?

   這裡是哪裡呢？這兩個人現在正在做什麼呢？

2. 여러분은 한국 사람에게 부탁해 본 적이 있어요? 부탁을 할 때는 어떻게 이야기해요?

   各位曾經向韓國人拜託過嗎？拜託的時候，要如何說呢？

대화 & 이야기

 對話 & 敘述

1

무　　호 : 이 대리님, 부탁 드릴 게 있는데 지금 시간 좀
　　　　　있으세요?

이 대리 : 네, 괜찮아요. 무슨 부탁이에요?

무　　호 : 컴퓨터가 켜지지 않는데 좀 봐 주시겠어요?

이 대리 : 그래요? 내가 좀 볼게요.

〈잠시 후〉

이 대리 : 열이 너무 많이 나서 문제가 생긴 것 같아요. 금방
　　　　　고칠 수 있을 것 같으니까 조금만 기다려요.

무　　호 : 감사합니다. 대리님도 바쁘신데 이런 부탁을 드려서
　　　　　죄송해요.

이 대리 : 별로 어려운 일도 아닌데요. 금방 고쳐 줄게요.
　　　　　그리고 어려운 일이 있으면 부담 갖지 말고 언제든지
　　　　　이야기해요.

무　　호 : 고맙습니다, 대리님.

●新語彙

대리 協理、代理

부탁 拜託、請託

문제가 생기다
產生問題、發生問題

부담을 갖다 感到負擔

2

유키 : 철수야, 나 부탁이 있는데…….

철수 : 뭔데?

유키 : 다른 게 아니라 이번 주 토요일에 이사를 해야 하는데
　　　좀 도와줄 수 있어?

철수 : 이번 주 토요일?

유키 : 응. 혼자 할 수 있을 것 같았는데 생각보다 짐이 많아서.

철수 : 어떡하지? 토요일에는 중요한 일이 있어서 도저히
　　　시간이 안 되겠는데. 꼭 토요일에 해야 돼?

유키 : 응. 토요일밖에 시간이 안 돼.

철수 : 도와주지 못해서 미안해.

유키 : 미안하기는. 신경쓰지 마.

철수 : 대신 내가 이사 끝나고 짐 정리할 때는 꼭 도와줄게.

유키 : 그래, 고마워.

●新語彙

다른 게 아니라 不是別的，是…

짐 行李

어떡하다
怎麼辦 (「어떻게 하다」的縮寫)

도저히 根本

신경쓰다 在意、費心

대신 代替

정리하다 整理

3

린다 언니, 저 영미예요.

낮에 몇 번 전화했는데 연락이 안 돼서 이렇게 메일을 보내요.

언니, 지난번에 제가 부탁한 책, 내일 학교에서 받을 수

있을까요?

이번 주말부터는 읽어야 될 것 같아서요.

내일 꼭 좀 갖다 주세요.

그럼 부탁 드릴게요. 내일 학교에서 뵈어요.

안녕히 계세요.

영미 드림

● 新語彙

갖다 주다　拿給、拿來

뵙다
拜見、參見（比話者年長的人）

● 語言提點

「뵙다」是「見年長者」的禮
貌表現。「뵙다」比起「뵈다」
更具有禮貌的意味。另外，
就像「뵙겠습니다, 뵙고 싶습
니다」一樣，「뵙다」後方只
可與以子音開始的語尾結合。
但是就像「뵈어요, 뵈러 갑니
다」一樣，「뵈다」只能與
以母音開始的語尾結合。

문화　가족 호칭어의 다른 쓰임　家人稱謂的其他用法

● 아래 그림의 사람들은 어떤 관계일까요? '언니'는 어떤 의미일까요?

下圖中的人們是什麼樣的關係呢？「언니」是什麼意思呢？

 韓國人為了表現出親近感，常會以家人的稱謂來稱呼其他人。在職場或其他正式的場合中，韓國人
會以～씨或是부장님、언니、오빠、누나、형來稱呼別人。在稱呼比自己還要年長的人，或是還不太
熟悉的人時，會稱呼아저씨、아주머니，這兩個單字本是在稱呼親戚的時候使用。有時，韓國人在
商店或餐廳，為了想得到更好的服務，會把那商店或餐廳的老闆，以언니、이모這種感覺更親近的
名稱來稱呼。但是，若是去朋友家拜訪而遇見朋友父母的話，是不能稱呼對方為아저씨、아주머니
的。因為韓國人會將朋友的父母親當成是自己的父母親，所以會稱呼아버지、어머니。

● 우리 반 친구들을 한국 사람처럼 불러 보세요.

請試著像韓國人一樣，叫叫看班上的同學。

1 〈보기〉와 같이 이야기해 보세요.

> **보기**
>
> 부탁이 있다,   가 : 부탁이 있는데 혹시 시간이 있어요?
>   有事想拜託，不知道你有時間嗎？
>
> 시간이 있다   나 : 네, 그런데 무슨 부탁이에요?
>   有，那要拜託我什麼呢？

❶ 부탁이 있다, 시간이 괜찮다

❷ 부탁이 있다, 들어줄 수 있다

❸ 부탁이 있다, 도와줄 수 있다

❹ 부탁이 하나 있다, 시간 좀 있다

❺ 부탁할 게 있다, 시간 좀 있다

❻ 부탁 드릴 게 있다, 들어줄 수 있다

▪ 부탁과 거절 拜託與拒絕

부탁하다 拜託、請託

부탁 드리다 向（某人）拜託

부탁이 있다 有事想拜託

부탁을 받다 受人拜託

부탁을 들어주다 答應拜託

부탁을 거절하다 拒絕拜託

부탁을 거절당하다
拜託遭到拒絕

도와주다 幫忙

도움을 주다 給予幫忙

도움을 받다 得到幫忙

2 〈보기〉와 같이 연습하고, 여러분도 친구에게 부탁해 보세요.

在照著〈範例〉練習後，請各位也向朋友拜託看看。

> **보기**
>
> 지난번에 말한   가 : 무슨 부탁이에요?
>   要拜託我什麼呢？
>
> 책을 빌리다   나 : 지난번에 말한 책을 좀 빌려 주세요.
>   請借我上次跟你說的那本書。

❶ 이 책을 반납하다

❷ 이 책상을 같이 옮기다

❸ 우체국에서 소포를 찾아오다

❹ 내일 발표 준비를 돕다

❺ 이걸 쉬운 말로 설명하다

❻ 이걸 한국어로 번역하다

▪ 부탁 내용 請託的內容

빌리다 借

고치다 修理

옮기다 搬

반납하다 交還、歸還

물건을 전하다 轉交東西

소포를 찾아오다
領包裏、取包裏

가르치다 教導

설명하다 說明

번역하다 翻譯

자료를 찾다 找資料

발표 준비를 돕다
幫忙做發表準備

3 〈보기〉와 같이 연습하고, 여러분도 친구에게 부탁을 해 보세요.

在照著〈範例〉練習後，請各位也向朋友拜託看看。

> **보기**
>
> 가게에서 김밥
>
> 가 : 수미 씨, 지금 뭐 사러 가는데 필요한 것 없어요?
> 秀美，我現在要去買個東西，妳沒有需要的嗎？
>
> 나 : 그럼 가게에서 김밥 좀 사다 줄래요?
> 那麼可以在商店裡買個海苔飯卷給我嗎？

新語彙

필요하다 需要

사다 주다 買給（某人）

먹을 것 吃的東西

❶ 가게에서 빵

❷ 가게에서 음료수

❸ 슈퍼에서 먹을 것

❹ 우체국에서 우표

❺ 약국에서 감기약

❻ 문방구에서 공책

4 〈보기〉와 같이 연습하고, 여러분도 친구나 동료에게 부탁해 보세요.

在照著〈範例〉練習後，請各位也向朋友或同事拜託看看。

新語彙

옆방 隔壁房間

> **보기**
>
>
>
> 무겁다,
>
> 이 가방을 옆방까지
>
> 같이 옮기다
>
> 가 : 무슨 부탁이에요?
> 要拜託我什麼呢？
>
> 나 : 무거워서 그러는데 이 가방을 옆방까지 같이 옮겨 주시겠어요?
> 因為很重（所以才拜託你），可以跟我一起把這個包包搬到隔壁房間嗎？

❶ 바쁘다, 도서관에 가서 자료를 좀 찾아오다

❷ 바쁘다, 도서관에 가서 이 책을 반납하다

❸ 급한 일이 있다, 수미한테 이것 좀 전하다

❹ 급한 일이 있다, 선생님께 이 책을 좀 전하다

❺ 몸이 좀 안 좋다, 우체국에서 소포를 좀 찾아오다

❻ 몸이 좀 안 좋다, 우체국에서 이 편지를 좀 보내다

語言提點

在拜託他人的時候，必須考慮到說者與聽者之間的關係，或者請託的困難度來選擇使用的句子。若是聽者比話者年長，或是社會地位較高，亦或者是很困難的請託時，句子會變得更加複雜。還有，常常會以疑問句的形態出現。以下舉例來說明。

▶例 : • 수미 씨, 이것 좀 해 줘요.

• 수미 언니, 이것 좀 해 주실래요?

• 대리님, 죄송하지만 이것 좀 해 주시겠어요?

• 사장님, 바쁘신데 죄송합니다. 혹시 이것 좀 해 주실 수 있으세요?

5 〈보기〉와 같이 이야기해 보세요.

新語彙

발표문 發表的文章

보기

가 : 수미 언니, 시간 있으면
발표문을 읽어 봐 주세요.
秀美姐，如果有空的話，請幫我讀
看看這篇發表的文章。

수미 언니,

발표문을 읽어 보다

나 : 그래, 지금 읽어 봐 줄게.
好的，我現在就幫妳讀看看。

語言提點

像형、오빠、언니、누나之類
的韓文單字，在不是自己的
家人，但彼此關係十分親近
時也可以使用。「文化」單
元裡會有更詳細的說明。

❶ 수미 누나, 이것 좀 다시 설명하다

❷ 수미 언니, 이것 좀 다시 가르치다

❸ 영진이 형, 컴퓨터 좀 보다

❹ 영진이 오빠, 발표 준비 좀 돕다

❺ 선배, 자료 좀 같이 찾다

❻ 선배, 번역하는 것을 좀 돕다

6 〈보기〉와 같이 이야기해 보세요.

新語彙

한국인 韓國人

구경시키다
帶…逛逛、讓…參觀

보기

이거 한국어로 번역 좀 하다 / 내일 해도 되다 / 언제

가 : 죄송한데 이거 한국어로 번역 좀 해 줄 수
있으세요?
不好意思，可以幫我把這個翻譯成韓文嗎？

나 : 그럼요. 그런데 내일 해도 돼요?
當然。但是明天再翻譯也行嗎？

가 : 언제든지 괜찮아요.
不管什麼時候都沒關係。

❶ 선생님께 이것 좀 전하다 / 내일 드려도 되다 / 언제

❷ 휴대전화 사는 것을 돕다 / 언제 가면 되다 / 언제

❸ 한국어 책을 좀 빌리다 / 어떤 책을 읽고 싶다 / 무엇

❹ 한국 노래 시디 좀 빌리다 / 무슨 노래를 듣고 싶다 / 뭐

❺ 한국인 친구 좀 소개하다 / 어떤 사람이 좋다 / 어떤 사람

❻ 서울 시내 좀 구경시키다 / 어디에 가고 싶다 / 어디

7 〈보기〉와 같이 이야기해 보세요.

> **보기**
>
> 보고서를 고치다,
> 오래 걸리다 /
> 생각보다 빨리 하다
>
> 가 : 보고서를 고쳐 줘서 고마워요.
> 　　　오래 걸렸죠?
> 　　　謝謝你幫我修改報告。花了很久時間吧？
>
> 나 : 오래 걸리기는요.
> 　　　생각보다 빨리 했어요.
> 　　　哪裡花了很久時間。比想像中還快完成。

新語彙

자세히 仔細地
귀찮다 麻煩的、討厭的
도움이 되다 有幫助、有助益

❶ 자료를 번역하다, 힘들다 / 금방 끝나다

❷ 발표 준비를 돕다, 힘들다 / 나도 재미있다

❸ 책을 같이 옮기다, 무겁다 / 나는 조금밖에 안 들다

❹ 우체국에서 소포를 찾아오다, 무겁다 / 전혀 무겁지 않다

❺ 자세히 설명하다, 귀찮다 / 나도 배운 것이 많다

❻ 자료를 찾다, 귀찮다 / 나한테도 도움이 되다

8 〈보기〉와 같이 이야기해 보세요.

> **보기**
>
>
>
> 자료 좀 번역하다 /
> 지금 시간이 안 되다
>
> 가 : 혹시 시간 있으면 이 자료 좀
> 　　　번역해 주실래요?
> 　　　如果有空的話，可以幫我翻譯一下這份
> 　　　資料嗎？
>
> 나 : 지금 시간이 안 되는데 어떡
> 　　　하죠? 미안해요.
> 　　　現在時間不允許，該怎麼辦呢？對不起。

❶ 이것 좀 읽어 보다 / 지금 약속이 있다

❷ 제 발표 연습 좀 듣다 / 지금은 시간이 없다

❸ 이 컴퓨터 좀 고치다 / 컴퓨터는 못 고치다

❹ 도서관에서 자료 좀 찾다 / 오늘은 좀 바쁘다

❺ 책을 학교까지 같이 옮기다 / 팔이 아파서 못 들다

❻ 이걸 선생님께 전하다 / 지금 집에 가야 되다

9 〈보기〉와 같이 이야기해 보세요.

■新語彙

기간　期間

보기

가 : 다음 주에 발표가 있는데
　　좀 도와 줄 수 있으세요?
　　下星期有發表，可以幫忙我嗎？

나 : 저도 도와주고 싶은데 일이
　　많아서 좀 어렵겠는데요.
　　미안해요.
　　我也想幫，但是因為事情太多了，
　　所以可能有點困難。對不起。

다음 주에 발표가 있다 /
일이 많다, 좀 어렵다

가 : 미안하기는요. 바쁘신데
　　부탁을 한 제가 미안하죠.
　　어떻게든지 해 볼게요.
　　哪裡對不起了。那麼忙，我還拜託你，
　　我才不好意思吧！無論如何我會自己試
　　試看。

■발음　發音

-기는요 的語調

가:고마워요.
나: 고맙기는요.

在讀以-기는요結尾的句
子時，句末的音要暫時下
降，然後再上揚。

▶연습해 보세요.
(1) 가 : 한국말 잘하시네요.
　　 나 : 잘하기는요.
(2) 가 : 오늘 참 예뻐요.
　　 나 : 예쁘기는요.
(3) 가 : 한국어 어렵지요?
　　 나 : 어렵기는요.

❶ 이 문장이 이해가 안 되다 /
　지금 나가야 되다, 좀 어렵다

❷ 다음 주에 발표를 해야 하다 /
　지금 너무 바쁘다, 좀 어렵다

❸ 이번 주에 한국어 시험을 보다 /
　숙제가 좀 많다, 좀 힘들다

❹ 이걸 한국말로 번역해야 되다 /
　보고서를 써야 되다, 좀 힘들다

❺ 컴퓨터로 숙제를 해야 되다 /
　지금 시험 기간이다, 도와 드릴 수 없다

❻ 책을 모두 학교로 옮겨야 되다 /
　오늘은 약속이 있다, 도와 드릴 수 없다

10 〈보기 1〉이나 〈보기 2〉와 같이 이야기해 보세요.

■新語彙

곤란하다　困難的

보기1

토요일에 이사를 하다, 짐 좀 옮기다 /
옮겨 주다 / 바쁜 일이 있다

가 : 토요일에 이사를 해야 하는데 짐 좀 옮겨 줄 수
있어요?
禮拜六必須要搬家，可以幫我搬一下行李嗎？

나 : 그럼요, 옮겨 줄 수 있지요. 當然，我可以幫忙搬。

가 : 바쁜 일이 있을까 봐 걱정했는데 정말 고마워요.
本來還擔心你會很忙，真的很感謝。

나 : 고맙기는요. 별것도 아닌데요. 哪裡要感謝了。這沒什麼。

가 : 나중에 제가 맛있는 것 살게요. 下次我請你吃好吃的。

보기2

토요일에 이사를 하다, 짐 좀 옮기다 /
그날 발표가 있다, 좀 어렵다 / 바쁘다

가 : 토요일에 이사를 해야 하는데 짐 좀 옮겨 줄 수
있어요?
禮拜六必須要搬家，可以幫我搬一下行李嗎？

나 : 미안하지만 그날 발표가 있어서 좀 어렵겠는데요.
不好意思，那天因為有發表，所以可能有點困難。

가 : 바쁘면 어쩔 수 없죠, 뭐. 이런 부탁해서 미안해요.
忙碌的話，也沒有辦法。這樣拜託你，真不好意思。

나 : 미안하기는요. 도와주지 못해서 제가 더 미안하죠.
哪裡不好意思了。沒能幫你忙，我才更不好意思。

가 : 아니에요, 어떻게든지 해 볼게요. 신경쓰지
마세요.
哪裡，無論如何我會試試看。請別在意。

❶ 이걸 한국말로 번역하다, 이 부분 좀 가르치다 /
도와주다 / 다른 일이 있다

❷ 모레 한국말로 발표를 하다, 발표 연습 좀 듣다 /
들어 주다 / 시간이 안 되다

❸ 금요일까지 보고서를 쓰다, 자료 좀 같이 찾다 /
요즘 일이 많다, 안 되다 / 시간이 없다

❹ 내일까지 숙제를 하다, 책 좀 빌리다 /
나도 지금 보고 있다, 곤란하다 / 지금 봐야 되다

聽力_듣기

1 다음 대화를 잘 듣고 부탁을 들어주면 ○, 들어주지 않으면 ×에 표시하세요.

請仔細聽以下的對話，如果答應請託的話，請標示○。不答應的話，請標示X。

新語彙

메모 紀錄、便條

새로 新地

1) ○ ×　　2) ○ ×　　3) ○ ×

2 다음 대화를 잘 듣고 질문에 대답하세요.

請仔細聽以下的對話，並回答問題。

新語彙

갑자기 突然地

한글 프로그램 韓文軟體

끄다 關掉（電源）

켜다 打開（電源）

바이러스 체크 掃毒

AS센터 售後服務中心

1) 여자는 왜 남자에게 전화했습니까?

　　這女子為什麼打電話給男子呢？

　　❶ 컴퓨터 수리를 부탁하려고

　　❷ 컴퓨터 문제에 대해 물어보려고

　　❸ AS센터의 전화번호를 물어보려고

2) 전화를 끊은 후에 여자는 어떻게 해야 합니까? 순서대로 써 보세요.

　　電話掛斷之後，女生必須要如何做呢？請按照順序寫寫看。

　　❶ _____

　　❷ _____

　　❸ _____

3 다음을 잘 듣고 링링 씨가 해야 할 일을 고르세요.

請仔細聽以下的內容，並選出玲玲必須要做的事。

新語彙

세탁소 洗衣店

세탁비 洗衣費

서랍 抽屜

메시지 訊息、口信

❶ 선생님께 미키 씨의 보고서를 내요.

❷ 세탁소에 가서 미키 씨의 옷을 찾아요.

❸ 메시지를 들은 후에 미키 씨한테 전화해요.

🎤 口說_말하기

1 다음 부탁을 해 보세요. 부탁을 받은 사람은 승낙이나 거절을 해 보세요.

請拜託看看以下的事情。請受託者答應或拒絕看看。

● 친구에게 부탁할 때와 선생님께 부탁할 때 사용하는 표현은 어떻게 다를까요?

拜託朋友的時候和拜託老師的時候，使用的表現有什麼不同呢？

● 친구에게 그리고 선생님께 다음의 부탁을 하려고 합니다. 어떻게 부탁해야 할지 생각해 보세요.

各位打算向朋友和老師拜託以下的事情。請想想看必須要如何拜託他們。

(1) 약국에서 감기약을 사다 주는 것

(2) 물건을 집까지 옮겨 주는 것

(3) 발표문의 한국어를 고쳐 주는 것

(4) 컴퓨터의 '한글'사용법을 알려 주는 것

● 위의 부탁을 들어주려고 하면 어떻게 말해야 할지, 들어주지 않으려고 하면 어떻게 말해야 할지 생각해 보세요.

請想想看接受以上的拜託時，應該要怎麼說呢？如果不打算接受時，又應該要怎麼說呢？

● 여러분은 친한 친구 사이입니다. A와 B가 되어 이야기해 보세요.

各位是好朋友的關係。請扮演A和B的角色，試著說說看。

(1)	A	몸이 너무 안 좋아요. 감기인 것 같아요. 친구한테 감기약 사다 주는 것을 부탁하세요.
	B	친구의 부탁을 들어주세요.
(2)	A	오늘 너무 선물을 많이 받아서 혼자서 들고 갈 수 없을 것 같아요. 친구한테 집까지 옮기는 것을 부탁하세요.
	B	친구의 부탁을 거절하세요.

● 여러분은 선생님과 학생 사이입니다. A와 B가 되어 이야기해 보세요.

各位是老師和學生的關係。請扮演A和B的角色，試著說說看。

(1)	A	다음 주에 발표가 있는데 발표문의 한국어가 조금 이상한 것 같아요. 선생님께 발표문 고치는 것을 부탁하세요.
	B	학생의 부탁을 들어주세요.
(2)	A	컴퓨터로 한국어 숙제를 해야 되는데 '한글'프로그램을 사용할 수 없어요. 선생님께'한글'사용법 설명을 부탁하세요.
	B	학생의 부탁을 거절하세요.

2 친구와 함께 부탁하는 습관에 대해 이야기해 보세요.

請針對拜託的習慣，和朋友一起說說看。

● 여러분은 부탁을 자주 하는 편이에요, 하지 않는 편이에요?

各位算是經常拜託別人呢？還是不常拜託別人呢？

● 친구들은 부탁에 대해 어떻게 생각하는지 이야기해 보세요.

請說說看朋友們對於拜託的看法。

(1) 부탁을 자주 하는 편이에요? 보통 누구에게, 어떤 부탁을 해요? 그러면 사람들은 부탁을 잘 들어줘요?

(2) 부탁을 잘 하지 않는 편이에요? 왜 부탁을 잘 하지 않아요? 그러면 혼자 할 수 없는 일은 어떻게 해요?

(3) 다른 사람에게 부탁을 받으면 잘 들어주는 편이에요, 잘 들어주지 않는 편이에요? 왜 부탁을 잘 (안) 들어줘요?

● 부탁을 들어주기 힘들 때 여러분은 어떻게 거절해요? 부탁한 사람이 기분 나쁘지 않게 거절하려면 어떻게 하는 게 좋을까요?

當很難接受對方的拜託時，會如何拒絕呢？如果不想讓拜託的人的心情不好的話，應該要如何拒絕比較好呢？

閱讀_읽기

1 다음은 부탁의 이메일입니다. 잘 읽고 질문에 답하세요.
以下是一封拜託別人的電子郵件。請仔細閱讀後，回答問題。

◆新語彙

하숙비 （寄宿）房租

주인아주머니 房東大嬸

● 부탁을 하는 메일에는 어떤 내용이 있을까요?

在拜託別人的電子郵件裡會有什麼樣的內容呢？

● 여러분의 추측한 내용이 맞는지 다음을 빨리 읽어 보세요.

請快速地閱讀下文，並確認看看各位猜測的內容是否正確？

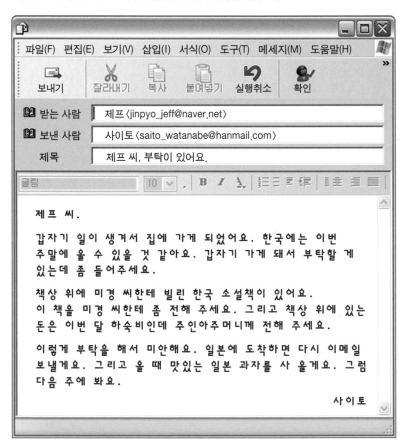

● 다시 한 번 읽으면서 제프 씨가 해야 할 일을 고르세요.

請再讀一遍，並選出傑夫應該要做的事情。

❶ 미경 씨한테 책을 빌려 오는 것

❷ 주인아주머니께 하숙비를 내는 것

❸ 일본 과자를 사다 주는 것

● 부탁을 하는 메일에는 어떤 내용이 있는지 정리해 보세요.

請整理一下在拜託他人的電子郵件裡會出現什麼樣的內容。

1 갑자기 일이 생겨서 일주일 정도 고향에 갔다 와야 합니다. 같은 방 친구에게 부탁하는
메일을 써보세요.
各位突然有事必須回故鄉一個星期左右。請寫一封電子郵件來拜託室友。

● 어떻게 메일을 시작할지 생각해 보세요.
請想想看這封電子郵件要怎麼開頭。

● 부탁할 일을 정리해 보세요.
請把要拜託的事情整理一下。

● 어떻게 메일을 끝낼지 생각해 보세요.
請想想看這封電子郵件要怎麼結尾。

● 위에서 생각한 것을 바탕으로 친구에게 부탁의 메일을 써 보세요.
請以上方所想的內容為基礎，試著寫一封電子郵件來拜託朋友。

자기 평가

自我評價

● 부탁을 할 수 있습니까?
各位會拜託別人嗎？

非常棒 ●━━●━━●━━●━━● 待加強

● 부탁을 들어주거나 거절할 수 있습니까?
各位會答應或拒絕別人的拜託嗎？

非常棒 ●━━●━━●━━●━━● 待加強

● 부탁의 글을 읽고 쓸 수 있습니까?
各位能讀懂，並且書寫拜託別人的文章嗎？

非常棒 ●━━●━━●━━●━━● 待加強

1 -는/(으)ㄴ데

- -는/(으)ㄴ데接在動詞、形容詞、「名詞+이다」後，表現提議、命令、提問的環境或狀況。

  가 : 부탁이 있는데 지금 시간 있어요? 有事想拜託，你現在有時間嗎？

  나 : 네, 그런데 무슨 부탁이에요? 是的，那要拜託我什麼呢？

- 這分為三種型態。

  a. 動詞或形容詞的語幹以있다/없다結尾時，使用-는데。

  b. 形容詞的語幹以母音或ㄹ結尾時，使用-ㄴ데。

  c. 形容詞的語幹以ㄹ以外的其他子音結尾時，使用-은데。

  (1) 가 : 다음 주에 발표가 있는데 좀 도와줄 수 있어요?

  　　나 : 오늘은 좀 바쁜데 내일 도와주면 안 돼요?

  　　가 : 내일도 괜찮아요. 고마워요.

  (2) 가 : 저 부탁이 있는데 들어주실 수 있으세요?

  　　나 : 뭔데요?

  (3) 가 : 언니, 커피 드실래요?

  　　나 : 커피는 방금 마셨는데, 다른 거 없어?

  (4) 가 : 내일부터 시험인데 공부 안 해도 돼요?

  　　나 : 이제 할 거예요.

  (5) 가 : ＿＿＿＿＿＿＿＿＿＿＿＿＿＿ 같이 산에 갈래요?

  　　나 : 좋아요. 어느 산으로 갈까요?

  (6) 가 : ＿＿＿＿＿＿＿＿＿＿＿＿＿ 뭐 필요한 것 없어요?

  　　나 : 그러면 우유 한 개 사다 주세요.

2 -아/어/여 주다

- -아/어/여 주다接在動詞的語幹後，在話者為了自身或他人（除了聽者之外的其他人）的利益，而要求聽者做某事時使用。

  책 좀 빌려 줄래요? 可以借我書嗎？

- 這分為三種型態。

  a. 語幹的最後母音以ㅏ或ㅗ結尾時，使用-아 주다。

  b. 語幹的最後以ㅏ或ㅗ以外的其他母音結尾時，使用-어 주다。

c. 就하다來說，하여 주다是正確的形態。但是比起하여 주다，해 주다更常被
使用。

(1) 가 : 주말에 이사하는데 시간 있으면 짐 좀 옮겨줄 수 있어요?

　　나 : 그럼요, 도와 드릴게요.

(2) 가 : 화장실 좀 갔다 올게요. 잠깐만 여기에서 기다려 주시겠어요?

　　나 : 네, 얼른 갔다 오세요.

(3) 가 : 선생님, 안 보이는데 좀 크게 써 주세요.

　　나 : 이제 보여요?

(4) 가 : 린다 씨의 가방이 무거운 것 같은데 좀 들어 주세요.

　　나 : 그럴게요.

(5) 가 : 시간이 있으면 ＿＿＿＿＿＿＿＿＿＿＿＿＿＿.

　　나 : 미안해요. 오늘은 좀 바쁜데요.

(6) 가 : 제 휴대전화가 고장 났는데 ＿＿＿＿＿＿＿＿＿＿.

　　나 : 네, 쓰세요.

3 -기는요

● -기는요接在動詞或形容詞的語幹後，表現出話者不同意他人的說法。為了對
感謝表現出禮貌性的回絕，或是否定的回應，會使用此種用法。

가 : 바쁜데 도와줘서 정말 고마워요. 那麼忙，還幫忙我，真是感謝。

나 : 고맙기는요. 별것도 아닌데요. 哪裡要感謝了。這沒什麼。

(1) 가 : 바쁘신데 부탁을 들어줘서 정말 고마워요.

　　나 : 바쁘기는요. 요즘 매일 집에만 있는데요, 뭐.

(2) 가 : 이렇게 와 주셔서 고마워요.

　　나 : 고맙기는요. 덕분에 제가 더 즐거웠어요.

(3) 가 : 숙제가 너무 어렵지 않아요?

　　나 : 어렵기는요. 너무 쉬워서 한 시간도 안 걸렸어요.

(4) 가 : 어제 본 영화 재미있었어요?

　　나 : 재미있기는요. 너무 재미없어서 중간에 잠이 들었어요.

(5) 가 : 옷이 정말 예쁘네요. 아주 비쌀 것 같아요.

　　나 : ＿＿＿＿＿＿＿＿＿＿＿＿＿＿＿＿＿＿.

(6) 가 : 한국 생활이 힘들지요?

　　나 : ＿＿＿＿＿＿＿＿＿＿＿＿＿＿＿＿＿＿.

●新語彙

| 중간에 | 在中間、當中 |

4 –(이)든지

● -(이)든지接在疑問詞（무엇、어디、언제、누구、어떻게）後，表現「所有東西一個也不遺漏」的意思。

가 : 선생님, 하고 싶은 말이 있는데 언제 시간이 괜찮으세요?

老師，我有話想說，不知道哪時候時間方便？

나 : 언제든지 괜찮아요.　　不管什麼時候都沒關係。

● 這分為兩種型態。
   a. 疑問詞的最後音節以母音或ㄹ結尾時，使用-든지。
   b. 疑問詞的最後音節以ㄹ以外的其他子音結尾時，使用-이든지。

(1) 가 : 뭘 먹어야 돼요?

　　나 : 음식은 많이 있으니까 먹고 싶은 건 무엇이든지 드세요.

(2) 가 : 지난번에 부탁하신 번역을 아직 다 못 했는데, 내일 드려도 돼요?

　　나 : 네, 언제든지 괜찮아요.

(3) 가 : 이번 방학에 어디 갈까요?

　　나 : 저는 어디든지 좋으니까 수미 씨가 가고 싶은 곳으로 가요.

(4) 가 : 한국 노래 중에서 제일 유명한 노래가 뭐예요?

　　나 : 아리랑이에요. 아리랑은 한국 사람이면 누구든지 부를 수 있어요.

(5) 가 : 어떤 음식을 좋아해요?

　　나 : _____.

(6) 가 : 언제 전화할까요?

　　나 : _____.

MEMO

제12과 한국 생활
韓國生活

目標
各位將能談論韓國的生活，並敘述自己的計畫與決心。

主題	韓國生活
功能	談論韓國的生活、談論計畫與決心
活動	聽力：聆聽有關韓國生活的對話
	口說：針對韓國生活做個採訪、介紹自己的韓國生活
	閱讀：閱讀一段有關韓國生活的文章
	寫作：書寫一段文章來介紹自己的韓國生活
語彙	時間經過的表現、住所
文法	−(으)ㄴ 지、−(으)려고、−게 되다、−기로 하다
發音	ㅚ、ㅙ、ㅞ
文化	對外國人有益的資訊

제12과 한국 생활 韓國生活

1. 사람들이 지금 무엇을 하고 있어요? 어디에 있어요?

   這些人現在正在做什麼呢？在哪裡呢？

2. 한국에서만 경험할 수 있는 일에는 무엇이 있을까요?

   只有在韓國才能體驗到的事情有什麼呢？

대화 & 이야기

1

영미 : 투이 씨는 한국에 온 지 얼마나 되었어요?

투이 : 사 개월쯤 되었어요.

영미 : 그런데 한국말을 잘 하네요. 한국에 오기 전에도
　　　한국어를 공부했어요?

투이 : 아니요, 한국에서 처음 배웠어요.

영미 : 그런데 투이 씨는 왜 한국어를 공부해요?

투이 : 우리 고향에 한국 회사가 많이 있는데, 나중에 거기에
　　　취직하려고 한국어를 공부해요.

영미 : 아! 그래요? 그러면 학교 기숙사에서 살아요?

투이 : 아니요, 학교 앞에 있는 고시원에 살고 있어요.

영미 : 한국 생활은 어때요?

투이 : 여러 나라 친구들도 사귈 수 있고 재미있는 일도 많아서 좋아요.

新語彙

사 개월	四個月
고시원	考試院（提供學生的小型住宿空間）

2

마이클 : 여기 김치찌개 주세요.

수　미 : 김치찌개가 그렇게 좋아요? 요즘 매일 김치찌개만
　　　　먹네요. 김치찌개를 먹는 것을 보면 마이클 씨는 꼭
　　　　한국사람 같아요.

마이클 : 전 김치찌개가 제일 맛있어요. 요즘은 김치찌개가
　　　　없으면 밥을 못 먹겠어요.

수　미 : 한국 음식을 좋아해서 다행이에요. 그런데 처음부터
　　　　한국 음식을 좋아했어요?

마이클 : 아니요, 처음에는 매운 음식을 잘 못 먹어서 좀
　　　　고생했어요. 그런데 이제는 매운 음식을 제일
　　　　좋아하게 되었어요.

수　미 : 다른 것은 어때요? 한국 생활이 힘들지 않아요?

마이클 : 별로 힘들지는 않아요. 그렇지만 한국어 공부가 잘 안
　　　　되거나 몸이 아플 때는 고향 생각이 조금 나요.

수　미 : 그러면 어떻게 해요?

마이클 : 가족이나 친구들한테 전화해요.

新語彙

고생하다	辛苦、勞苦

3

한국에 온 지 이제 육 개월이 되었습니다. 처음에는
한국말도 못 하고 아는 사람도 없어서 무척 힘들었습니다.
고향에 돌아가고 싶었습니다.

한국어를 잘 하게 되면 일찍 고향에 돌아갈 수 있을 것
같았습니다. 그래서 나는 열심히 공부하기로 했습니다.
노력한 덕분에 한국어 실력도 늘고 한국 생활도
익숙해졌습니다. 그리고 한국어로 이야기할 수 있게 되면서
한국 친구도 많이 생겼습니다. 한국 친구들하고 공부도 하고,
놀러도 다니면서 한국 생활은 점점 즐거워졌습니다. 지금은
한국에서 사는 것이 아주 행복합니다.

 문화　　**외국인을 위한 유익한 정보** 對外國人有益的資訊

● 여러분은 한국에서 위급한 상황이 발생한다면 어떻게 하겠습니까? 그리고 비자와 관련해서 궁금한 점이 생기면
어떻게 하겠습니까?

如果在韓國發生危急的情況，各位會怎麼做呢？還有如果對於簽證有所疑惑的話，各位又會怎麼做呢？

● Help me 119, 하이 코리아라는 것을 들어 본 적이 있습니까?

各位有聽過Help me 119和Hi Korea嗎？

- **Help me 119**：Help me 119系統提供給處於危急情況的外國人優質的安全及福利服務。外國人如
果撥打119的話，將同時連接消防人員與口譯人員。這個服務提供包含英文、日文、德文、中文
等16國語言的服務。
- **Hi Korea**：Hi Korea，這個為了外國人而設立的電子行政系統，不止提供外國人簽證或移民的相
關服務，也希望增進居住、交通、醫療、文化、觀光等日常生活上的便利。

● 여러분이 알고 있는 유용한 정보가 있으면 친구들에게 이야기해 주세요.

如果各位知道什麼有用的資訊，請告訴朋友們。

1 〈보기〉와 같이 연습하고, 여러분의 한국 생활에 대해
친구와 함께 묻고 대답해 보세요.

請照著〈範例〉練習，並試著針對各位的韓國生活和朋友提問
與回答看看。

> **보기**
>
> 한국에 오다 /
> 사 개월
>
> 가 : 한국에 온 지 얼마나 되었어요?
> 　　來韓國多久了？
>
> 나 : 한국에 온 지 사 개월이 되었어요.
> 　　來韓國四個月了。

◦시간 경과 표현 時間經過的表現

(시간이) 되다	（時間）到了
(시간이) 흐르다	（時間）流逝
(시간이) 지나다	（時間）過了

❶ 한국에 오다 / 일 년

❷ 한국에 오다 / 오 개월

❸ 한국에서 살다 / 한 달

❹ 한국에서 살다 / 네 달

❺ 한국어를 공부하다 / 육 개월

❻ 한국어를 공부하다 / 이 년

2 〈보기〉처럼 연습하고, 여러분은 왜 한국어를 배우는지,
왜 한국에 왔는지 친구와 함께 묻고 대답해 보세요.

請照著〈範例〉練習，並試著和朋友提問與回答看看各位為什麼
學韓文，以及為什麼來韓國。

> **보기**
>
>
>
> 한국어를 공부하다 /
> 한국 회사에 취직하다
>
> 가 : 왜 한국어를 공부해요?
> 　　為什麼學韓文呢？
>
> 나 : 한국 회사에 취직하려고
> 　　한국어를 공부해요.
> 　　打算到韓國公司上班，所以學韓文。

◦新語彙

전통 문화 傳統文化

연예인 演藝人員

❶ 한국어를 공부하다 / 한국어 선생님이 되다

❷ 한국어를 공부하다 / 한국 대학원에 입학하다

❸ 한국어를 공부하다 / 한국 친구와 이야기하다

❹ 한국에 왔다 / 한국에서 한국어를 공부하다

❺ 한국에 왔다 / 한국의 전통 문화를 배우다

❻ 한국에 왔다 / 좋아하는 한국 연예인을 만나다

3 〈보기〉와 같이 연습하고, 친구와 함께 사는 곳을 묻고
대답해 보세요.

請照著〈範例〉練習，並試著針對現在住的地方和朋友提問與
回答看看。

> **보기**
>
> 학교 기숙사 /
> 학교 앞 고시원
>
> 가 : 지금 학교 기숙사에서 살아요?
> 現在住在學校宿舍嗎？
>
> 나 : 아니요, 학교 앞 고시원에서 살고
> 있어요.
> 不是，住在學校前面的考試院。

● 사는 곳 住所

> 기숙사 宿舍
>
> 하숙집 寄宿家（供膳寄宿舍）
>
> 고시원
> 考試院（提供學生的小型住宿
> 空間）
>
> 원룸 套房
>
> 한국 친구 집 韓國朋友的家

❶ 학교 기숙사 / 하숙집

❷ 하숙집 / 학교 기숙사

❸ 학교 기숙사 / 학교 앞 원룸

❹ 하숙집 / 한국 친구 집

❺ 학교 근처 / 한국 친구 집

❻ 학교 근처 / 친한 친구 집 근처

4 〈보기〉와 같이 연습하고, 한국 생활의 힘든 점에 대해
친구와 함께 묻고 대답해 보세요.

請照著〈範例〉練習，並試著針對韓國生活的辛苦之處和朋友
提問與回答看看。

> **보기**
>
>
>
> 음식이 너무 맵다,
> 힘들다
>
> 가 : 한국 생활은 어때요?
> 韓國的生活如何呢？
>
> 나 : 다른 건 괜찮은 편인데 음식이
> 너무 매워서 조금 힘들어요.
> 其他的都還算不錯，但是因為食物太辣了，
> 所以有點辛苦。

● 新語彙

> 물가 物價

❶ 한국어가 너무 어렵다, 힘들다

❷ 사람들이 내 말을 못 알아듣다, 힘들다

❸ 한국말이 잘 들리지 않다, 힘들다

❹ 아는 사람이 별로 없다, 외롭다

❺ 가족들하고 같이 살지 않다, 외롭다

❻ 물가가 너무 비싸다, 힘들다

5 〈보기〉와 같이 연습하고, 여러분이 싫은 것에 대해
친구와 함께 묻고 대답해 보세요.

請照著〈範例〉練習，並試著針對各位討厭的事情和朋友提問
與回答看看。

▪新語彙

물가가 내리다 物價下跌

> **보기**
>
>
>
> 시험을 자주 보다 /
>
> 싫다 /
>
> 시험이 없어지다
>
> 가 : 한국 생활은 어때요?
> 　　韓國生活如何呢？
>
> 나 : 시험을 자주 보는 것 말고는
> 　　다 좋아요.
> 　　除了常常考試之外，都很好。
>
> 가 : 그건 정말 싫겠네요.
> 　　那真的會讓人很討厭耶。
>
> 나 : 맞아요. 그래서 시험이
> 　　없어졌으면 좋겠어요.
> 　　沒錯。所以如果沒有考試就太好了。

❶ 한국말을 잘 못하다 / 답답하다 / 빨리 한국어 실력이 늘다

❷ 수업을 너무 일찍 시작하다 / 힘들다 / 한 10시쯤 시작하다

❸ 겨울이 너무 춥다 / 힘들다 / 겨울이 조금만 따뜻하다

❹ 한국의 물가가 너무 비싸다 / 힘들다 / 물가가 좀 내리다

6 〈보기〉와 같이 연습하고, 여러분은 한국에 와서 무엇이
달라졌는지 친구와 함께 묻고 대답해 보세요.

請照著〈範例〉練習，並和朋友提問與回答看看各位來韓國後
有了什麼改變。

▪新語彙

이해하다 理解

즐기다 喜愛、享受

길을 모르다 不知道路

> **보기**
>
> 한국 음식을 잘 못 먹다,
> 매운 음식도 잘 먹다
>
> 가 : 한국 생활이 힘들지 않아요?
> 　　韓國生活不辛苦嗎？
>
> 나 : 처음에는 한국 음식을 잘 못
> 　　먹어서 힘들었는데 지금은
> 　　매운 음식도 잘 먹게 되었어요.
> 　　一開始因為不太能吃韓國的食物，所以
> 　　很辛苦，但是現在辣的食物也很能吃了。

❶ 한국어를 하나도 못 하다, 한국 사람하고도 이야기할 수 있다

❷ 한국어가 전혀 들리지 않다, 한국 노래도 조금 이해하다

❸ 제 한국어 발음이 나쁘다, 어려운 발음도 잘 할 수 있다

❹ 아는 사람이 한 명도 없다, 여러 나라의 친구를 사귀다

❺ 혼자서 사는 것이 외롭다, 혼자 있는 시간을 즐기다

❻ 길을 몰라서 집에만 있다, 지하철을 타면 어디든지 갈 수 있다

7 〈보기〉와 같이 연습하고, 한국 생활의 좋은 점에 대해
친구와 함께 묻고 대답해 보세요.

請照著〈範例〉練習，並試著針對韓國生活的優點和朋友提問
與回答看看。

▪ 新語彙

경험을 하다 體驗、經歷

날마다 每天

❶ 한국어를 매일 사용하다, 즐겁다

❷ 새로운 경험을 하다, 즐겁다

❸ 한국의 전통 문화를 배우다, 좋다

❹ 한국 음식을 날마다 먹다, 좋다

❺ 한국 드라마를 많이 보다, 행복하다

❻ 다시 학생이 되다, 행복하다

8 〈보기〉와 같이 연습하고, 여러분의 계획에 대해 친구와
함께 묻고 대답해 보세요.

請照著〈範例〉練習，並試著針對各位的計畫和朋友提問與回
答看看。

▪ 新語彙

남다 剩下、剩餘

정확하다 正確的

❶ 한국어능력시험에 합격하다, 주말에도 공부를 하다

❷ 말하기 연습을 많이 하다, 한국 친구를 많이 사귀다

❸ 정확한 발음으로 이야기하다, 발음 연습을 많이 하다

❹ 한국에서 아르바이트를 해 보다, 열심히 일을 구하다

9 〈보기〉와 같이 이야기해 보세요.

> **보기**
>
> 한국어 실력을 더 늘리다,
> 매일 친구들하고 공부하다
>
> 가 : 한국에 있는 동안 무엇을
> 해 보고 싶어요?
> 在韓國的期間想做做看什麼呢？
>
> 나 : 한국어 실력을 더 늘리고
> 싶어요. 그래서 매일
> 친구들하고 공부하기로
> 했어요.
> 想再增進韓文實力，所以決定每天
> 和朋友一起讀書。

新語彙

실력을 늘리다	增進實力
치다	打（字）
동아리에 가입하다	加入社團

❶ 한국어 말하기 실력을 늘리다,

친구들하고 한국말로만 이야기하다

❷ 컴퓨터로 한국어를 치다,

친구한테 컴퓨터로 한국어 치는 방법을 배우다

❸ 한국 문화를 체험하다,

친구들하고 한국 문화 동아리에 가입하다

❹ 한국 요리를 배우다,

주말마다 하숙집 아주머니한테 요리를 배우다

❺ 좋은 추억을 많이 만들다,

친구들하고 한국 여행을 자주 하다

❻ 건강하게 한국 생활을 마치다,

우리 반 친구들하고 매일 운동을 하다

10 〈보기〉와 같이 이야기해 보세요.

보기

가 : 한국에 온 지 얼마나 되었어요?
來韓國多久了？

나 : 이제 육 개월이 되었어요.
現在已經六個月了。

가 : 왜 한국어를 공부해요?
為什麼學韓文呢？

육 개월 /
한국어 선생님이 되다 /
음식이 맵다,
무엇이든지 잘 먹다

나 : 한국어 선생님이 되려고 한국어 공부를 시작했어요.
因為打算成為韓文老師，所以開始學了韓文。

가 : 한국 생활은 어때요?
韓國生活如何呢？

나 : 처음에는 음식이 매워서 힘들었는데 이제는 무엇이든지 잘 먹게 되었어요.
一開始因為食物很辣，所以很辛苦，但是現在不管東西都變得很能吃。

ㅚ、ㅙ、ㅞ

왜 외국어를
[we] [we] 공부해요?

ㅚ、ㅙ、ㅞ是雙重母音，音如同[we]一樣。在過去，ㅚ被當成單母音來發音，但最近大部分的人都發成像雙重母音[we]一樣的音。ㅙ與ㅞ，發音分別為[wɛ]與[we]，但是大部分的韓國人都無法區別ㅐ[ɛ]和ㅔ[e]的發音。因此ㅙ與ㅞ，都以相同的方式來發音。

▶연습해 보세요.
(1) 한국말을 꽤 잘 하게 되었어요.
(2) 왜 돼지고기를 안 먹게 되었어요?
(3) 우리 회사에 웬일이에요?

❶ 두 달 / 한국 친구와 이야기하다 /
길을 모르다, 어디든지 갈 수 있다

❷ 일 년 / 한국 대학교에 입학하다 /
말을 못 하다, 하고 싶은 말은 다 할 수 있다

❸ 네 달 / 한국 회사에 취직하다 /
아는 사람이 없다, 친구도 많이 사귀다

❹ 다섯 달 / 한국에서 영화 공부를 하다 /
제 발음이 나쁘다, 정확한 발음으로 말할 수 있다.

聽力_듣기

1 다음 대화를 잘 듣고 남자의 한국 생활이 즐겁고 재미있으면 ○, 그렇지 않으면 ×에 표시하세요.

請仔細聽以下的對話，這名男子的韓國生活如果愉快有趣的話，請標示O。不是的話，請標示X。

1) ○　× 　　　2) ○　× 　　　3) ○　×

┃新語彙

향수병　思鄉病

2 다음 대화를 잘 듣고 아래의 내용이 맞으면 ○, 틀리면 ×에 표시하세요.

請仔細聽以下的對話，下方內容如果正確的話，請標示O。錯誤的話，請標示X。

1) 남자는 한국에 온 지 삼 년 정도 되었어요.　　　○　×

2) 여자는 한국의 음식 문화에 관심이 많아요.　　　○　×

3) 남자는 지금 책을 쓰고 있어요.　　　　　　　　○　×

4) 두 사람은 앞으로 같이 공부하기로 했어요.　　　○　×

┃新語彙

서투르다　不熟練、笨拙

아주머니　大嬸

힘내다　加油

3 다음을 잘 듣고 질문에 대답하세요.

請仔細聽以下的內容，並回答問題。

● 다음은 듣고 싶은 노래를 방송해 주는 라디오 프로그램의 일부입니다. 어떤 내용이 있을지 예상해 보세요.

以下是提供聽眾點播音樂的部分廣播節目。請猜看看會有什麼樣的內容。

┃新語彙

안암동　安岩洞（行政區）

유학생　留學生

방송　廣播、播放

청춘　青春

마음이 따뜻하다　內心溫暖

응원하다　加油、聲援

신청하다　申請、點播（歌曲）

● 여러분이 예상한 내용이 있는지 들으면서 확인해 보세요.

請一邊聽，一邊確認看看是否包含各位猜測的內容。

● 다시 한번 듣고 다음 질문에 대답하세요.

請再聽一次，並回答以下的問題。

(1) 장정 씨는 왜 노래를 신청했습니까?

(2) 장정 씨가 신청한 노래의 제목은 무엇입니까?

(3) 장정 씨는 한국에 온 지 얼마나 되었습니까?

(4) 장정 씨는 친구들에게 어떤 도움을 받았습니까?

● 다시 들으면서 장정 씨가 쓰지 않고 진행자가 이야기한 부분이 어디인지 확인해 보세요.

請再聽一次，並確認看看張正沒有寫，但節目主持人說過的部分是哪裡。

口說_말하기

1 친구는 한국 생활을 어떻게 하고 있을까요? 친구의 한국 생활을 인터뷰해 보세요.

朋友在韓國的生活過得如何呢？請採訪一下朋友的韓國生活。

● 친구에게 물어보고 싶은 내용을 정리해 보세요. 그리고 어떻게 질문할지 생각해 보세요.

請整理一下想問朋友的內容，並且想想看要怎麼提問。

● 정리한 내용을 바탕으로 친구의 한국 생활에 대해 인터뷰해 보세요.

請以上方整理的內容為基礎，試著採訪一下朋友的韓國生活。

2 친구들 앞에서 여러분의 한국 생활에 대해서 이야기해 보세요.

請在朋友們面前說說看各位的韓國生活。

● 무엇을 어떻게 이야기할지 생각해 보세요.

請想想看要說些什麼，以及要怎麼說。

● 생각한 내용을 바탕으로 한국 생활에 대해서 발표해 보세요.

請以上方所想的內容為基礎，試著針對各位的韓國生活發表看看。

● 친구들의 발표를 듣고 우리 반 친구들이 힘들어하는 일은 무엇인지, 즐거워하는 일은 무엇인지 이야기해 보세요.

請在聽完朋友們的發表後，說說看班上同學覺得辛苦的事是什麼，還有愉快的事又是什麼。

📖 閱讀_읽기

1 다음은 어느 유학생이 쓴 한국 생활에 대한 글입니다. 잘 읽고 질문에 답하세요.

以下是某個留學生針對韓國生活所寫的文章。請仔細閱讀後，回答問題。

● 한국 생활을 소개하는 글에는 어떤 내용이 있을까요?

在介紹韓國生活的文章裡會有什麼樣的內容呢？

● 여러분이 예상한 내용이 있는지 확인하면서 읽어 보세요. 읽은 후에는 무슨 내용이, 어떤 순서로 있었는지 정리해 보세요.

請一邊閱讀文章，一邊確認看看有沒有各位猜想的內容。請在讀完後，將文章的內容及順序整理一下。

저는 한국 사람이 좋아서 한국에 왔습니다. 저는 3년 전에 혼자서 남미로 여행을 간 적이 있었는데 그때 한국 사람을 한 명 만났습니다. 같은 동양 사람인 우리는 금방 친구가 되었고 3주 동안 함께 여행을 했습니다. 이 친구 때문에 저는 한국에 관심을 갖게 되었습니다.

남미 여행에서 돌아온 후 저는 한국에 가기로 결심을 하고 열심히 돈을 모았습니다. 2년 동안 한국만 생각하면서 열심히 일을 했습니다. 그렇게 해서 떨리는 마음으로 드디어 한국행 비행기를 탈 수 있게 되었습니다.

한국에서의 생활은 모든 것이 신기하고 재미있었습니다. 한국 사람들을 만나는 것, 한국 음식을 먹는 것, 한국 문화를 배우는 것, 모든 것이 새롭고 즐거웠습니다.

그런데 한국에 온 지 여섯 달이 지났지만 아직 한국말은 잘 못 해서 조금 답답할 때가 있습니다. 한국말을 더 잘 알아듣고, 하고 싶은 말도 더 잘 할 수 있게 되었으면 좋겠습니다. 그렇게 하면 한국을, 한국 사람을 더 잘 이해할 수 있기 때문입니다. 그래서 이제부터는 노는 것보다 공부를 더 열심히 하기로 했습니다.

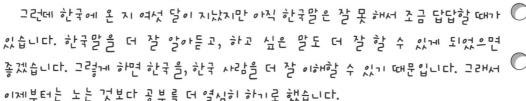

● 아래의 내용이 맞으면 ○, 틀리면 ×에 표시하세요.

以下的內容如果正確的話，請標示○。錯誤的話，請標示X。

(1) 한국에 온 지 육 개월이 되었습니다. ○ ×

(2) 한국 친구가 없어서 많이 외롭습니다. ○ ×

(3) 한국을 여행하려고 한국에 왔습니다. ○ ×

(4) 지금 일을 하면서 공부하기 때문에 힘듭니다. ○ ×

(5) 앞으로는 지금보다 공부를 더 열심히 할 것입니다. ○ ×

新語彙

남미 南美

동양 東洋

관심을 갖다 關心、關注

돈을 모으다 存錢

✏️ 寫作_쓰기

1 **여러분의 한국 생활을 소개하는 글을 써 보세요.**
請寫一篇文章來介紹各位的韓國生活。

● 한국에 온 계기와 앞으로의 계획 중 무엇을 중심으로 여러분의 한국 생활을 소개할
것인지 정한 후 간단하게 메모하세요.

請簡單地寫下來韓國的契機，以及未來韓國生活中主要的計畫。

● 위에서 만든 개요를 바탕으로 여러분의 한국 생활을 소개하는 글을 써 보세요.

請以上方所做的概要為基礎，試著寫一篇文章來介紹各位的韓國生活。

● 글을 완성한 후 친구와 바꿔 읽어 본 후 필요한 부분은 고쳐 써 보세요.

請在文章完成後，和朋友交換閱讀，並改正需要修改的部份。

● 친구들 앞에서 여러분의 글을 발표해 보세요.

請在朋友們面前發表各位的文章。

자기 평가 ✏️   自我評價

● 한국 생활에 대해 묻고 답할 수 있습니까? 各位會針對韓國生活詢問與回答嗎？	非常棒 ●──●──●──● 待加強
● 한국어를 공부하는 목적을 묻고 답할 수 있습니까? 各位會詢問與回答學習韓文的目的嗎？	非常棒 ●──●──●──● 待加強
● 한국 생활에 대한 글을 읽고 쓸 수 있습니까? 各位能讀懂，並且書寫有關於韓國生活的文章嗎？	非常棒 ●──●──●──● 待加強

1 -(으)ㄴ 지

- -(으)ㄴ 지接在動詞的語幹後，表現某事在完結之後，所經過的時間。
  「-(으)ㄴ 지」後，只能接（時間）이/가 되다、지나다、흐르다、넘다。
  가 : 한국에 온 지 얼마나 되었어요? 來韓國多久了？
  나 : 사 개월이 되었어요. 4個月了。

- 這分為兩種型態。
  a. 動詞的語幹以母音或ㄹ結尾時，使用-ㄴ 지。
  b. 動詞的語幹以ㄹ以外的其他子音結尾時，使用-은 지。

  (1) 가 : 언제부터 한국에 살았어요?
  　　나 : 한국에서 산 지 이제 두 달 되었어요.
  (2) 가 : 한국어를 공부한 지 오래 되었어요?
  　　나 : 아니요, 아직 다섯 달밖에 안 되었어요.
  (3) 가 : 우리 저녁 먹으러 안 갈래요?
  　　나 : 벌써요? 점심을 먹은 지 아직 네 시간밖에 안 지났어요.
  (4) 가 : 영진 씨, 요즘 수미 씨는 잘 지내요?
  　　나 : 아마 잘 지낼 거예요. 못 만난 지 한 달쯤 됐어요.
  (5) 가 : 한국에 온 지 얼마나 되었어요?
  　　나 : _____.
  (6) 가 : 부모님한테 자주 연락해요?
  　　나 : 아니요, _____.

2 -(으)려고

- -(으)려고接在動詞的語幹後，表現話者做某事的意圖或目的。
  가 : 왜 한국어를 공부해요? 為什麼學韓文呢？
  나 : 한국 회사에 취직하려고 한국어를 공부해요. 打算到韓國公司上班，所以學韓文。

- 這分為兩種型態。
  a. 動詞的語幹以母音或以ㄹ結尾時，使用-려고。
  b. 動詞的語幹以ㄹ以外的其他子音結尾時，使用-으려고。

  (1) 가 : 지금 뭐 하고 있어요?
  　　나 : 여자 친구한테 선물하려고 뭐 좀 만들고 있어요.

(2) 가 : 아까 왜 전화 안 받았어요?

　　나 : 책을 찾으려고 도서관에 갔어요. 그래서 전화 못 받았어요.

(3) 가 : 이거 영진 씨 양복이에요?

　　나 : 네, 다음 주 졸업식 때 입으려고 샀어요.

(4) 가 : 어디 갔다 와요?

　　나 : 저녁에 불고기를 만들려고 고기 좀 사 왔어요.

(5) 가 : 왜 한국어를 공부해요?

　　나 : _____.

(6) 가 : 지금 어디 가요?

　　나 : _____.

3　-게 되다

● -게 되다接在動詞的語幹後，表現某種狀態，或是他人的行為達到了某特定的狀況。

가 : 한국어 공부는 어때요? 韓文學得如何呢？

나 : 처음에는 한국말로 인사도 못 했는데 이제는 한국말을 잘 하게 되었어요.

　　一開始連用韓文打招呼都沒辦法，但現在韓文說得很好。

(1) 가 : 한국 음식을 잘 먹네요.

　　나 : 처음에는 잘 못 먹었는데 이제는 김치도 잘 먹게 되었어요.

(2) 가 : 발음이 아주 좋아진 것 같은데 어떻게 공부했어요?

　　나 : 영화를 보면서 따라하니까 어려운 발음도 잘 하게 되었어요.

(3) 가 : 집에 일이 생겨서 고향에 돌아가게 되었어요.

　　나 : 이렇게 갑자기 가게 돼서 너무 섭섭해요. 나중에 꼭 다시 오세요.

(4) 가 : 요즘도 링링 씨하고 자주 연락해요?

　　나 : 서로 바쁘니까 요즘은 전화도 잘 안 하게 돼요. 가끔 이메일을 보내요.

(5) 가 : 한국 음식을 좋아해요?

　　나 : _____.

(6) 가 : 한국말을 아주 잘 하네요.

　　나 : _____.

▶ 新語彙

| 따라하다 | 跟著做、跟著說 |

4 **–기로 하다**

● -기로 하다接在動詞的語幹後，表現話者的計劃、決心、決定或約定。

한국어능력시험에 합격하고 싶어요. 앞으로는 더 열심히 공부하기로 했어요.

我想考過韓語能力考試。我決定未來要更加努力讀書。

(1) 가 : 다음 달에 고향에 돌아가지요?

　　나 : 처음에는 그러려고 했는데 한 학기 더 공부하기로
　　　　했어요.

(2) 가 : 방학에 뭐 할 거예요?

　　나 : 친구들하고 한국 여기저기를 여행하기로 했어요.

(3) 가 : 한국에 와서 너무 살이 쪘어요. 그래서 다음 주부터 운동하기로 했어요.

　　나 : 나도 운동 좀 하려고 했는데 우리 같이 할까요?

(4) 가 : 한국말을 잘 하고 싶어요. 그래서 이제부터 한국말로만 이야기하기로 했어요.

　　나 : 좋은 생각이에요. 그렇게 하면 한국어 실력이 빨리 늘 거예요.

(5) 가 : ＿＿＿＿＿＿＿＿＿＿＿＿＿＿＿＿＿.

　　나 : 정말이에요? 꼭 그렇게 하세요.

(6) 가 : 한국에 있는 동안 뭘 하고 싶어요?

　　나 : ＿＿＿＿＿＿＿＿＿＿＿＿＿＿＿＿＿.

■新語彙

학기　學期

여기저기　到處

제13과 도시
都市

目標
各位將能談論自己的都市與故鄉。

主題	都市
功能	談論都市相關話題、說明都市的特徵
活動	聽力：聆聽描述都市的對話
	口說：談論都市、說明某人的故鄉
	閱讀：閱讀一段有關都市的文章
	寫作：書寫一段有關某人故鄉的文章
語彙	方向、都市、都市的特性
文法	「–다」體（書面體終結語尾）
發音	音節最後的[ㅂ、ㄷ、ㄱ]
文化	首爾

제13과 도시 都市

1. 여기는 어디일까요? 이곳을 어떻게 설명하겠어요?

   這裡是哪裡呢？該如何說明這個地方呢？

2. 여러분의 고향은 어디입니까? 그곳은 어떤 특징을 가지고 있어요?

   各位的故鄉是哪裡呢？那個地方有什麼樣的特徵呢？

대화 & 이야기

1

경　호 : 하루코 씨는 한국에 오기 전에 어디에 살았어요?

하루코 : 저는 나고야에 살았어요.

경　호 : 나고야는 어디에 있어요?

하루코 : 도쿄에서 서쪽으로 260킬로미터쯤 떨어져 있어요.
　　　　여러 가지 시설이 잘 되어 있어서 아주 살기 좋아요.

경　호 : 나고야는 환경 도시로 유명하지요?

하루코 : 네, 그런데 그걸 어떻게 아세요? 나고야는 환경
　　　　도시로 유명하지만 산업 도시로도 유명해요.

경　호 : 기업이 많아요?

하루코 : 네, 기업이 많은 편이에요. 아주 유명한 대기업도
　　　　있고요. 그래서 다른 지방에서 일하러 오는 사람들이
　　　　많아요.

新語彙

서쪽	西邊
떨어져 있다	相距、相隔
환경 도시	環境（保護）都市
산업 도시	產業都市
기업	企業
대기업	大企業
지방	地方

2

린다 : 어휴! 사람이 너무 많아서 걷기도 힘들다. 수진아,
　　　서울의 인구가 얼마나 되는지 알아?

수진 : 글쎄, 천만 명이 넘는 것 같은데 정확한 수는 나도 잘
　　　모르겠어.

린다 : 뭐, 천만 명? 정말 많다.

수진 : 출퇴근 시간에는 정말 정신이 없지? 그렇지만 난
　　　사람들이 바쁘게 움직이는 걸 보면 힘이 나서 좋아.

린다 : 그래? 나는 그동안 작은 도시에서만 살아서 이런
　　　대도시에는 적응하기가 좀 힘들어.

수진 : 그래도 넌 서울을 좋아하잖아.

린다 : 그럼. 난 서울에 고궁이 많은 것이 참 좋아. 현대와
　　　과거를 함께 느낄 수 있으니까. 그리고 서울에
　　　아름다운 산이 많이 있는 것도 좋고.

新語彙

인구	人口
넘다	超過
움직이다	動、活動
힘이 나다	產生力量、來勁
대도시	大都市
적응하다	適應
현대	現代
과거	過去

3

내 고향은 영국의 에딘버러다. 런던에서 북쪽으로 230 킬로미터 떨어져 있다.

에딘버러는 스코틀랜드의 주도이고, 인구는 45만 명 정도 된다. 아름다운 성과 건축물이 많이 있어서 일 년 내내 관광객이 많이 찾아온다. 에딘버러는 도시 전체가 박물관 같다.

에딘버러는 조용하고 깨끗하다. 시내에는 관광객을 위한 호텔이나 가게들이 많다. 그리고 사람들이 아주 친절하기 때문에 여행하기 좋은 곳이다.

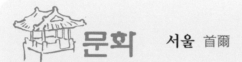 **문화** 　서울 首爾

● 여러분은 서울에 대해서 뭘 알고 계세요? 서울이 언제부터 수도였는지 아세요? 다음 퀴즈를 풀면서 여러분이 서울에 대해 얼마나 알고 있는지 이야기해 보세요.

各位知道關於首爾的哪些事呢？各位知道首爾從什麼時候開始成為韓國的首都嗎？請一邊解開以下的謎題，一邊說說看各位對首爾的了解有多少。

❶ 서울은 1948년에 한반도의 수도가 되었다. 首爾於1948年成為朝鮮半島的首都。
❷ 서울의 면적은 대한민국 전체의 10%가 넘는다. 首爾的面積超過大韓民國總面積的10%。
❸ 서울의 인구는 10,000,000명을 넘는다. 首爾的人口超過10,000,000人。
❹ 서울의 지하철은 1974년에 처음 개통되었다. 首爾的地鐵於1974年首次通車。
❺ 서울은 1988년 올림픽의 개최 도시이다. 首爾是1988年奧運的主辦都市。

● 서울에 대한 설명을 읽고 위의 퀴즈의 답을 확인해 보세요.

請在閱讀有關首爾的說明後，確認看看以上謎題的答案。

 ● 首爾從朝鮮王朝開始，就成了朝鮮半島的首都。從此以後，首爾600年來成了韓國的政治、經濟、文化的中心。從2007年12月31日至今，首爾的面積為605.33平方公里，佔大韓民國總面積的6%，並有10,422,000的人口居住於此。
首爾的地下鐵起始於1974年。現在的首爾具有完善的交通系統，從機場開始，並連結了高速鐵路、高速公路、港口等。這也將首爾打造成深具魅力的市場與物流中心。
首爾也擁有各式各樣的博物館、圖書館、公園、體育館。蠶室奧林匹克體育館是1988年舉辦首爾奧林匹克運動會的地方，尚岩的世界盃競技場則是2002年與日本一起舉辦世界盃足球賽的地方。
在首都首爾，固定舉辦首爾文化節（Hi! Seoul Festival）這具代表性的活動。這專為市民舉辦的活動於每年5月舉行，將首爾充滿活力的形象傳達給全世界。

● 서울에 대해 아는 것이 있으면 친구와 함께 이야기해 보세요.

如果各位知道有關首爾的其他事項的話，請和朋友說說看。

1 〈보기〉와 같이 이야기해 보세요.

보기	
인천 / 서울, 서쪽, 30km	가 : 인천이 어디에 있어요? 仁川在哪裡呢？ 나 : 서울에서 서쪽으로 30킬로미터쯤 떨어져 있어요. 在首爾西邊（相距）30公里左右。

❶ 수원 / 서울, 남쪽, 40km

❷ 경주 / 대구, 동쪽, 60km

❸ 개성 / 서울, 북쪽, 35km

❹ 대구 / 부산, 서북쪽, 100km

❺ 집 / 회사, 서쪽, 5km

❻ 약국 / 병원, 오른쪽, 30m

● 방향 方向

동쪽	東邊
서쪽	西邊
남쪽	南邊
북쪽	北邊
동남쪽	東南邊
동북쪽	東北邊
서남쪽	西南邊
서북쪽	西北邊

● 新語彙

개성 *開城*（城市）

● 語言提點

동남쪽、서북쪽也可表現為
남동쪽或북서쪽。

---

2 〈보기〉와 같이 연습하고, 친구와 고향이 어떤 곳인지 묻고 대답해 보세요.

請照著〈範例〉練習，並試著和朋友提問與回答看看各位的故鄉是一個什麼樣的地方。

보기	
깨끗하고 조용하다, 살기 좋다	가 : 마이클 씨 고향은 어떤 곳이에요? 麥可的故鄉是一個什麼樣的地方呢？ 나 : 깨끗하고 조용해서 살기 좋은 곳이에요. 因為乾淨且安靜，所以是一個適合居住的地方。

❶ 서울 근처에 있다, 살기 좋다

❷ 학교가 많다, 아이들을 교육시키기 좋다

❸ 큰 병원이나 극장이 없다, 살기 불편하다

❹ 사람이 별로 없다, 아주 조용하다

❺ 경치가 좋다, 사람들이 많이 찾아오다

❻ 바닷가에 있다, 해수욕장이 유명하다

● 新語彙

아이 小孩

교육시키다 教育、管教

3 〈보기〉와 같이 연습하고, 친구와 고향이 어떤 곳인지
묻고 대답해 보세요.

請照著〈範例〉練習，並和朋友提問與回答看看各位的故鄉是
一個什麼樣的地方。

조용하고 공기가 맑다,

시골

가 : 왕단 씨 고향은 어떤
　　곳이에요?
　　王丹的故鄉是一個什麼樣的地方呢？

나 : 조용하고 공기가 맑은
　　시골이에요.
　　是一個安靜且空氣清新的鄉下。

❶ 서울과 비슷하다, 대도시

❷ 경치가 아주 아름답다, 시골

❸ 관광지로 유명하다, 곳

❹ 교육 도시로 유명하다, 곳

❺ 공장이 많고 복잡하다, 소도시

❻ 도시에서 멀리 떨어지다, 시골

4 〈보기〉와 같이 이야기해 보세요.

보기

서울, 남쪽, 70km /
도시가 작고 아름답다,
교통이 편리하다

가 : 민수 씨 고향은 어디에 있어요?
　　民秀的故鄉在哪裡呢？

나 : 서울에서 남쪽으로 70킬로미터
　　쯤 떨어져 있어요.
　　在首爾南邊（相距）70公里左右。

가 : 어떤 곳이에요?
　　是什麼樣的地方呢？

나 : 도시가 작고 아름다운
　　곳이에요. 교통이 편리해서
　　살기 좋아요.
　　是一個都市小巧且美麗的地方。因為交通
　　便利，所以很適合居住。

❶ 서울, 동쪽, 60km / 인구가 많고 복잡하다, 여러 가지 시설이 잘 되어 있다

❷ 부산, 서쪽, 15km / 도시가 작고 조용하다, 대도시 근처에 있다

❸ 대전, 남쪽, 30km / 역사가 오래되고 유적지가 많다, 사람들이 친절하다

❹ 광주, 북쪽, 20km / 인심이 좋고 음식이 맛있다, 공기가 맑다

도시 都市

도시	都市
시골	鄉下
수도	首都
대도시	大都市
소도시	小城市
교육 도시	教育都市
산업 도시	產業都市
관광지	觀光景點
환경 도시	環境（保護）都市

도시의 특성 都市的特性

인구가 많다 人口眾多

복잡하다 複雜的、混亂的

교통이 편리하다 / 불편하다
交通便利/不便

조용하다 安靜的

시끄럽다 吵鬧的

경치가 좋다 景致好

공기가 맑다 空氣清新

인심이 좋다 人心善良

(교육 도시)로 유명하다
以（教育都市）聞名

살기 편하다 / 불편하다
生活便利/不便

新語彙

역사가 오래되다 歷史悠久

유적지 遺址

공장 工廠

5 〈보기〉와 같이 이야기해 보세요.

보기

에딘버러, 오래된 성, 아름다운 건축물 / 박물관

가 : 에딘버러에는 오래된 성과 아름다운 건축물이 많아요.
愛丁堡有許多歷史悠久的城堡和美麗的建築物。

나 : 맞아요. 그래서 에딘버러는 도시 전체가 박물관 같아요.
沒錯。所以愛丁堡整個都市就像一座博物館。

➊ 경주, 오래된 집, 유적지 / 박물관

➋ 푸껫, 아름다운 해수욕장, 좋은 호텔 / 리조트

➌ 파리, 멋진 여자, 멋진 남자 / 패션쇼장

➍ 취리히, 아름다운 호수, 오래된 건물 / 그림

6 〈보기 1〉이나 〈보기 2〉와 같이 이야기해 보세요.

보기1

한국의 수도 / 서울

가 : 한국의 수도가 어디인지 알아요?
知道韓國的首都是哪裡嗎？

나 : 서울 아니에요?
不是首爾嗎？

가 : 맞아요.
沒錯。

보기2

한국의 수도 / 부산 / 서울

가 : 한국의 수도가 어디인지 알아요?
知道韓國的首都是哪裡嗎？

나 : 부산 아니에요?
不是釜山嗎？

가 : 틀렸어요. 서울이에요.
錯了。是首爾。

➊ 중국의 수도 / 베이징

➋ 호주의 수도 / 시드니 / 캔버라

➌ 미국의 수도 / 뉴욕 / 워싱턴

➍ 스코틀랜드의 주도 / 에딘버러

➎ 서울의 인구 / 천만 명 정도

➏ 바티칸의 인구 / 만 명 정도 / 천 명 정도

7 〈보기〉와 같이 문장을 만들어 보세요.

新語彙

정치 政治
경제 經濟
중심지 中心
두 번째로 第二
발전하다 發展

> **보기1**
> 서울은 인구가 천만 명이 넘습니다.
> 首爾的人口超過一千萬人。
>
> ➡ 서울은 인구가 천만 명이 넘는다.

> **보기2**
> 서울은 인구가 많습니다.
> 首爾的人口很多。
>
> ➡ 서울은 인구가 많다.

> **보기3**
> 서울은 한국의 수도입니다.
> 首爾是韓國的首都。
>
> ➡ 서울은 한국의 수도이다.

❶ 한국 사람은 열심히 일합니다.

❷ 제주도에는 외국인 관광객이 많이 찾아옵니다.

❸ 서울에는 천만 명 이상이 삽니다.

❹ 한국에서는 가게가 일찍 문을 닫지 않습니다.

❺ 대전은 서울의 남쪽에 있습니다.

❻ 부산은 아름다운 바다로 유명합니다.

❼ 서울은 크고 복잡합니다.

❽ 한국을 여행하고 싶습니다.

❾ 우리 고향은 인구가 많지 않습니다.

❿ 서울은 한국의 정치, 경제, 문화의 중심지입니다.

⓫ 동대문 시장과 남대문 시장은 역사가 오래된 시장입니다.

⓬ 부산은 한국에서 두 번째로 큰 도시입니다.

⓭ 저는 다음 달에 처음으로 서울에 갈 것입니다. 서울은
　 아주 큰 도시일 것입니다.

⓮ 한국은 앞으로 더 발전할 겁니다.

8 〈보기〉와 같이 문장을 만들어 보세요.

請照著〈範例〉，試著造句看看。

> **보기1**
> 많은 사람들이 시골에서 서울로 왔습니다.
> 許多人從鄉下來到了首爾。
>
> ➡ 많은 사람들이 시골에서 서울로 왔다.

> **보기2**
> 백 년 전에는 서울이 지금보다 훨씬 작았습니다.
> 一百年前首爾比現在小很多。
>
> ➡ 백 년 전에는 서울이 지금보다 훨씬 작았다.

> **보기3**
> 경주는 신라의 수도였습니다.
> 慶州是新羅的首都。
>
> ➡ 경주는 신라의 수도였다.

● **新語彙**

훨씬	更、更加
신라	*新羅*（王朝）
옛날	以前、從前、古時
농사를 짓다	務農、種田
왕	王
한글	*韓文文字*
글자	文字
밭	旱田

❶ 한국 사람들은 옛날에 주로 농사를 짓고 살았습니다.

❷ 한국 사람들은 옛날부터 노래를 부르고 춤을 추는 것을 좋아했습니다.

❸ 한국에도 옛날에는 왕이 있었습니다.

❹ 한글을 만들기 전까지는 글자를 모르는 사람들이 많았습니다.

❺ 이곳이 전에는 밭이었습니다.

❻ 1900년에는 서울 인구가 80만 명 정도였습니다.

9 〈보기〉와 같이 문장을 만들어 보세요.

請照著〈範例〉，試著造句看看。

> **보기**
> 서울에는 지하철이 있어서 교통이 편리하겠습니다.
> 首爾因為有地下鐵，所以交通應該很便利。
>
> ➡ 서울에는 지하철이 있어서 교통이 편리하겠다.

❶ 서울은 인구가 많아서 아주 복잡하겠습니다.

❷ 여기는 공기가 맑아서 살기 좋겠습니다.

❸ 길이 복잡해서 시간이 많이 걸리겠습니다.

❹ 저는 앞으로 서울에서 살겠습니다.

❺ 저는 한국을 여기저기 여행하겠습니다.

❻ 저희는 일주일 정도 여기에 더 있겠습니다.

10 다음 문장을 '― 다'체로 바꿔 써 보세요.

請試著將以下的句子改寫成「-다」體。

❶ 서울은 인구가 많아서 아주 복잡하겠습니다.

❷ 이탈리아 사람들은 노래를 잘합니다.

❸ 이집트는 피라미드로 유명합니다.

❹ 몽골은 한국에서 멀지 않습니다.

❺ 저는 호주에 가서 캥거루를 봤습니다.

❻ 인도 사람들은 보통 소고기를 먹지 않습니다.

❼ 저는 캐나다에 꼭 가 보고 싶습니다.

❽ 저는 이번 휴가에 방콕에 다녀왔습니다.

❾ 다음 휴가에는 프라하에 갈 것입니다.

❿ 브라질은 한국에서 너무 멉니다.

⓫ 교토는 역사적인 도시라서 관광객이 많을 것입니다.

⓬ 요즘 일이 많습니다. 그렇지만 주말에는 꼭 제주도에
다녀오겠습니다.

新語彙

피라미드　金字塔

캥거루　袋鼠

소고기　牛肉

역사적이다　歷史性的

발음 發音

音節最後的[ㅂ、ㄷ、ㄱ]

 밥 [밥]

 밭 [받]

 밖 [박]

音節最後的子音[ㅂ、ㄷ、ㄱ]是為了阻擋空氣洩出，而將發音器官關閉後發出的聲音。因為發音器官中被關閉的部分不同，發音也會不一樣。ㅂ是將嘴唇閉上後發音，ㄷ是將舌尖頂到牙齦上方後發音，ㄱ則是將舌頭的內側部分頂到上顎的內側後發音。

밥　　밭　　밖

▶연습해 보세요.

(1) 속초 북쪽에 있어요.

(2) 장미꽃 백 송이를
받았어요.

(3) 아직 밥도 안 먹었어요?

🎧 聽力_듣기

1 다음 대화를 잘 듣고 여자의 고향으로 알맞은 것을 고르세요.

請仔細聽完以下面的對話後，從中選出這名女子的故鄉。

1) ＿＿＿＿＿＿＿＿＿

2) ＿＿＿＿＿＿＿＿＿

3) ＿＿＿＿＿＿＿＿＿

2 다음 대화를 잘 듣고 아래의 내용이 맞으면 ○, 틀리면 ×에 표시하세요.

請仔細聽以下的對話，以下的內容如果正確的話，請標示○。錯誤的話，請標示×。

1) 왕단의 고향은 북경 근처이다.　　　　　　　　　　　○　×

2) 왕단의 고향은 인구가 10만 명을 넘는다.　　　　　　○　×

3) 왕단의 고향 사람들은 주로 농사를 지으면서 산다.　○　×

4) 왕단의 고향은 작은 도시라서 생활하기에 불편하다.　○　×

3 다음을 잘 듣고 아래의 내용이 맞으면 ○, 틀리면 ×에 표시하세요.

請仔細聽以下的對話，以下的內容如果正確的話，請標示○。錯誤的話，請標示×。

1) 경주는 서울보다 작은 도시이다.　　　　　　○　×

2) 경주는 인구가 40만 명쯤 된다.　　　　　　○　×

3) 경주는 아주 역사적인 도시이다.　　　　　○　×

4) 경주는 깨끗하지만 복잡한 도시이다.　　　○　×

🎙 口說_말하기

1 친구의 고향은 어떤 곳일까요? 친구의 고향과 여러분의 고향에 대해 친구들과 이야기해 보세요.

朋友的故鄉是一個什麼樣的地方呢？請試著和朋友說說看他的故鄉和各位的故鄉。

● 친구의 고향에 대해 다음의 내용들이 궁금합니다. 어떻게 묻고 대답할지 생각해 보세요.

針對朋友的故鄉，各位有以下的疑問。請想想看要如何提問與回答。

알고 싶은 것	질문	내 고향
어디	고향이 어디예요?	서울
어떤 곳		
크기		
인구		
유명한 것		
소개하고 싶은 것		

● 친구들과 묻고 대답해 보세요.

請和朋友們提問與回答看看。

2 여러분의 고향을 친구들에게 소개해 보세요.

請向朋友們介紹一下各位的故鄉。

● 위에서 고향에 대해 이야기한 내용을 어떤 순서로 정리해서 소개하면 좋을지 생각해 보세요.

請想想看上述有關故鄉的內容要依照什麼順序來整理介紹會比較好。

● 보충하고 싶은 내용이 있으면 추가해서 발표 내용을 정리하세요.

如果有想要補充的內容，請把它添加上去後，整理一下要發表內容。

● 고향을 잘 알릴 수 있는 사진이 있으면 함께 보여 주면서 고향을 소개해 보세요.

如果有能呈現故鄉特色的照片，請試著一邊展示，一邊介紹故鄉看看。

📖 閱讀_읽기

1 다음은 호찌민 시를 소개하는 글입니다. 잘 읽고 질문에 답하세요.

以下是介紹胡志明市的文章。請仔細閱讀後，回答問題。

● 호찌민이 어떤 도시인지 알고 있어요? 호찌민에 대해 알고 있는 내용을 이야기하며 이 글에 어떤 내용이 들어 있을지 예측해 보세요.

各位知道胡志明市是一個什麼樣的都市嗎？請説説看各位所知道的胡志明市，並猜猜看在這篇文章裡會有什麼樣的內容。

● 빠른 속도로 읽으면서 예상한 내용이 있는지 확인해 보세요.

請快速閱讀一遍，並確認看看有沒有各位猜測的內容。

호찌민은 베트남의 가장 큰 도시로서 메콩강 끝에 자리 잡고 있다.

호찌민은 과거에는 남베트남의 수도였고, 사이공이라는 이름으로 불렸다. 1975년에 사이공은 베트남 혁명의 아버지 '호찌민'의 이름을 따라 '호찌민'으로 이름이 바뀌었다.

호찌민의 인구는 650만 명 정도 된다.

베트남의 수도인 하노이는 정치의 중심지라면 호찌민은 경제의 중심지라고 할 수 있다. 호찌민은 매우 빠르게 발전하고 있다.

호찌민 사람들은 오토바이를 많이 타고 다닌다. 호찌민에서는 출퇴근 시간에 오토바이를 타고 거리를 달리는 사람들을 많이 볼 수 있다.

● 다시 한 번 읽고 아래의 내용이 맞으면 ○, 틀리면 ×에 표시하세요.

請再讀一次，以下的內容如果正確的話，請標示○。錯誤的話，請標示X。

(1) 호찌민은 베트남의 수도이다. ○ ×
(2) 호찌민의 옛 이름은 사이공이다. ○ ×
(3) 호찌민은 베트남 경제의 중심지이다. ○ ×
(4) 호찌민에서는 오토바이를 타고 다니는
　　사람들을 많이 볼 수 있다. ○ ×

 新語彙

메콩강 湄公河

자리를 잡다 坐落於、落腳

불리다 被稱為

혁명 革命

거리 街道

달리다 跑

✎ 寫作_쓰기

1 '–다'체를 이용해 여러분의 고향을 설명하는 글을 써 보세요.
請試著使用「-다」體，寫一篇文章來說明各位的故鄉。

● 말하기 **2**에서 소개한 내용을 바탕으로 여러분의 고향을 설명하는 글을 구상해 보세요.
請以口說**2**中介紹的內容為基礎，試著構想一篇文章來說明各位故鄉。

● 문어체 표현에 유의하며 개요를 문장으로 바꿔 쓰세요.
請注意書面體的表現，試著將概要轉換寫成句子看看。

● 글을 완성한 후 종결형이 제대로 되었는지 확인해 보고, 친구와 바꿔 검토해 보세요.
在完成文章後，請確認看看終結語尾是否正確，並和朋友交換檢查看看。

자기 평가 ✐ 　　　　　　　　　　　　自我評價

● 어떤 도시나 여러분의 고향에 대해 설명할 수 있습니까? 各位能説明某個都市或各位的故鄉嗎？	非常棒 ●—●—●—● 待加強
● 도시를 설명한 글을 읽고 쓸 수 있습니까? 各位能讀懂，並且書寫出説明都市的文章嗎？	非常棒 ●—●—●—● 待加強

♣ 「–다」體（書面體終結語尾）

- 韓文中存在著書面體與口語體的差異，其中差異最大的就是語尾。口語體中，句子以-습니다、-어요或是-어結束。相反的，在書面體中則使用-다做為句子的結尾。

  서울은 대한민국의 수도이다. 서울은 매우 크다. 그리고 서울의 인구는 천만 명을 넘는다.

  首爾是大韓民國的首都。首爾非常大，而且首爾的人口超過1千萬人。

  就像在수도이다、크다、넘는다這幾個例子中看到的一樣，句子都是以-다結尾的。但是，根據單字的詞性和時態的不同，句子也會以不同的方式結尾。更詳細的說明可參考下方 1，2，3 的內容。

- 「-다」體並不是針對某些特定的讀者而使用的，因此比起저、저희，使用나、우리會更好。

  저는 학생이다. (×)
  나는 학생이다. (○)

- 「-다」體一般在書寫文章的時候使用。但是，有時說話的時候也會使用，像是在對話&敘述 2 中琳達所說的걷기도 힘들다或정말 많다這類非正式的談話。當話者一個人自言自語，不在乎其他人會聽到，或是想要誇耀什麼時，-다體常會在口語中被做為半語來使用。

  와, 저 건물 정말 멋있다.
  나 이거 선물 받았다.

1 –다的現在式時態&–(으)ㄹ 것이다

- 根據單字詞性的不同，會在語幹後使用不同的終結語尾。

1) 動詞
   a. 語幹以母音或ㄹ結尾時，使用-ㄴ다。
   b. 語幹以子音結尾時，使用-는다。
2) 形容詞或「名詞+이다」
   形容詞的語幹或名詞+이다的語幹後，一定要使用-다。
   在表現計劃或推測的「-(으)ㄹ 것이다」的情況，由於「것」為名詞，所以其後方一定要使用-다。

한국 사람들은 열심히 일한다.

한국 사람들은 밥을 먹는다.

서울에는 인구가 많다.

서울은 대한민국의 수도이다.

우리는 다음 달에 서울에 갈 것이다.

● 在動詞後出現「않다」時，這「않다」變化的方式會像動詞一樣。相反的，
形容詞後面出現「않다」時，這「않다」變化的方式會像形容詞一樣。

내 고향은 크지 않다.

고향 사람들은 이제 농사를 짓지 않는다.

● 싶다、같다、필요하다因為是形容詞，所以會像其他形容詞一樣，語幹後須使
用-다。

고향에 돌아가서 살고 싶다.

우리 고향은 다른 곳보다 살기 편한 것 같다.

고향 사람들의 따뜻한 마음이 필요하다.

2 −다的過去式時態

● 動詞、形容詞、「名詞+이다」的語幹，須以下方的語尾做為結尾。

1) 動詞&形容詞

a. 語幹的最後一個母音為ㅏ或ㅗ時，使用-았다。

b. 語幹的最後為ㅏ和ㅗ以外的其他母音時，使用-었다。

c. 就하다來説，하였다為正確的形態。但比起하였다，했다更常被使用。

2) 名詞

a. 名詞的最後音節以母音結尾時，使用-였다。

b. 名詞的最後音節以子音結尾時，使用-이었다。

내가 어릴 때는 지하철보다 버스를 타는 사람이 더 많았다.

공장이 많이 생기면서 공기가 많이 나빠졌다.

경주는 신라의 수도였다.

이 곳이 전에는 산이었다.

최근 우리 고향은 크게 발전했다.

한국 생활이 생각보다 힘들지 않았다.

3 表現推測或意志的「–겠다」

● 如果句子中有表現推測或意志的「-겠-」時，為了以-다體來結束句子，-겠-之後必須要接上-다。

서울에 꼭 가 보겠다.

돈을 많이 벌어서 어려운 사람을 돕겠다.

출근할 때 시간이 많이 걸리겠다.

일이 많아서 요즘 바쁘겠다.

한 시간 전에 출발했으니까 지금쯤 집에 도착했겠다.

▸新語彙

돈을 벌다 賺錢

제14과 치료
治療

目標
各位將能夠說明自己的症狀並買藥。

主題	治療
功能	說明症狀和原因、買藥、推薦朋友好的治療方法
活動	聽力：聆聽醫院內的對話、聆聽症狀與應付的方式
	口說：扮演藥師與病患的角色，談論自己的特殊治療方法
	閱讀：閱讀外傷時如何緊急治療的文章
	寫作：書寫一封信問候生病的朋友，並給予治療的建議
語彙	外傷、治療、與消化相關的疾病
文法	−(으)ㄹ、때문에、−(으)ㄹ 테니까、아무 −도
發音	母音之間的硬音與緊音
文化	韓國的民俗療法

제14과 치료 治療

1. 여기는 어디입니까? 남자는 왜 여기에 왔어요? 여자는 무엇을 하고 있어요?

   這裡是什麼地方呢？這名男子為什麼來到了這裡呢？這名女子正在做什麼呢？

2. 여러분은 다쳐서 약국이나 병원에 간 적이 있어요? 그 때 어떻게 이야기했어요?

   各位曾經因為受傷而去過藥局或醫院嗎？那時是如何說的呢？

대화 & 이야기

1

약사 : 어떻게 오셨습니까?

손님 : 손을 좀 베었어요. 여기에 바를 약 좀 주세요.

약사 : 어디 봅시다. 많이 다쳤으면 병원에 가야 돼요.

손님 : 많이 다친 건 아니니까 병원에는 안 가도 될 것 같은데,
어때요?

약사 : 그러네요. 살짝 베었네요. 그럼 이 약을 드릴 테니까
상처에 여러 번 바르세요.

손님 : 소독은 안 해도 돼요?

약사 : 이 약이 소독까지 되니까 이것만 바르면 돼요.

新語彙

손을 베다	割傷手
바르다	塗抹
어디 봅시다.	讓我看看。
살짝	輕輕地、微微地
드리다	奉上（給比話者年長的人）
상처	傷口
여러 번	好幾次
소독을 하다	消毒

2

의사 : 어떻게 오셨습니까?

환자 : 한 일주일 전부터 얼굴에 뭐가 자꾸 나서요.

의사 : 어디 봅시다. 혹시 최근에 화장품을 바꾸셨어요?

환자 : 아니요.

의사 : 여드름인 것 같네요.

환자 : 네? 제가 중고등학교 다닐 때도 여드름이 안 났는데,
지금 무슨 여드름이 나요?

의사 : 청소년들만 여드름이 나는 게 아닙니다. 나이가
들어서도 스트레스 때문에 여드름이 생길 수가 있어요.
약을 처방해 드릴게요.

환자 : 먹는 약도 있어요?

의사 : 네. 약은 하루에 세 번 드시면 되고, 연고는 자주
바르세요. 아무 것도 바르지 말고 이 연고를 발라야
합니다.

환자 : 네, 감사합니다.

新語彙

얼굴에 뭐가 나다	臉上長了東西
최근	最近
화장품	化妝品
여드름	面皰、粉刺
청소년	青少年
나이가 들다	上年紀、上歲數
때문에	因為
처방하다	開處方
연고	軟膏
아무 것도	什麼也

3

나는 밥을 먹고 나서 체할 때가 많다. 걱정이 있거나 뭔가 해야 할 일이 있으면 잘 체한다.

그런데 나는 약 먹는 것을 싫어해서 병원에 잘 가지 않는다. 대신 이렇게 체했을 때는 따뜻한 물을 많이 먹고 손바닥 가운데를 계속 눌러 준다. 그러면 금방 소화가 될 때가 많다.

체했을 때는 이렇게 손바닥 가운데를 눌러 주는 것이 가장 빠른 방법인 것 같다.

문화 한국의 민간요법 韓國的民俗療法

● 다음은 한국에서 옛날부터 전해내려 오는 응급처치법입니다. 한국 사람들은 언제 이런 방법을 이용할까요?

以下是韓國自古流傳下來的急救方法。韓國人在什麼時候會使用這些方法呢？

손가락을 바늘로 찔러
피를 낸다.

用針刺手指，讓血流出來。

상처에 된장을 바른다.

在傷口塗上大醬。

배 속에 꿀을 넣고
중탕한 것을 먹는다.

在梨子裏放入蜂蜜後，隔
水加熱食用。

消化不良的時候，用針刺手指的行為，幾乎是所有的韓國人一直持續到現在，也最廣為人知的民俗療法。用針刺手指的行為，能讓被堵住的氣血重新流動，進而治療消化不良。

被蜜蜂螫到時所使用的民間療法，是將大醬塗抹在被蜜蜂螫到的部位。大醬因為有解毒作用，因此被使用在發腫或是燒傷的治療上，這療效也廣為人知。

感冒的症狀很多，因而民間的療法也非常多。其中最廣為人知的就是將梨子和蜂蜜一起煮而飲用的方法。這種方法尤其是在治療喉嚨痛的時候特別有效。梨子能消除積存於肺部的熱，而蜂蜜則能補充養分。

● 여러분 나라에서는 감기에 걸렸을 때나 다쳤을 때 이용할 수 있는 민간요법으로 잘 알려진 것이 있어요?

在各位的國家中，有沒有廣為流傳的民間療法，是可以在感冒或受傷時使用的呢？

1 〈보기〉와 같이 이야기해 보세요.

보기

가 : 어떻게 오셨습니까?
有什麼需要幫忙嗎？

나 : 손을 베었어요.
割傷手了。

■ 외상 外傷

다치다	受傷
손을 베다	割傷手
손을 데다	燙傷手
손이 붓다	手腫起來
발목을 삐다	扭傷腳踝
다리가 부러지다	腿部骨折
상처가 나다	有傷口、受傷
피가 나다	流血
여드름이 나다	長面皰
얼굴에 뭐가 나다	臉上長了東西
피부가 가렵다	皮膚癢
따갑다	灼熱的、刺痛的

❶

❷

❸

❹

❺

❻

2 〈보기〉와 같이 이야기해 보세요.

보기

손을 베다 /

약을 바르다,

밴드를 붙이다

가 : 손을 베었어요.
割傷手了。

나 : 그럼, 약을 바르고 밴드를 붙이세요.
那麼，請塗完藥後，貼上OK繃。

■ 치료 治療

주사를 맞다	打針
소독을 하다	消毒
약을 바르다	抹藥、擦藥
밴드를 붙이다	貼OK繃
파스를 붙이다	貼藥膏
붕대를 감다	纏繃帶
깁스를 하다	上石膏
반창고를 붙이다	貼（醫療）膠布
찜질을 하다	熱敷/冰敷
주무르다	揉
꽉 누르다	緊壓

❶ 손을 데다 / 얼음 찜질을 하다, 약을 바르다

❷ 발목을 삐다 / 찜질을 하다, 파스를 붙이다

❸ 손을 다치다 / 소독을 하다, 약을 바르다

❹ 다리가 아프다 / 다리를 주무르다, 찜질을 하다

❺ 손목이 아프다 / 찜질을 하다, 붕대를 감다

❻ 코피가 나다 / 얼음 찜질을 하다, 코를 꽉 누르다

3 〈보기〉와 같이 이야기해 보세요.

> **보기**
>
> 손을 베다,
>
> 약을 바르다
>
> 가 : 어떻게 오셨습니까?
> 有什麼需要幫忙嗎?
>
> 나 : 손을 베었어요. 여기에 바를 약 좀
> 주세요.
> 割傷了手。請給我塗在這（傷口）的藥。

❶ 여드름이 났다, 약을 바르다

❷ 발목을 삐었다, 파스를 붙이다

❸ 얼굴에 상처가 났다, 밴드를 붙이다

❹ 손목이 아프다, 붕대를 감다

❺ 손을 데었다, 약을 바르다

❻ 두통이 심하다, 약을 먹다

4 〈보기〉와 같이 이야기해 보세요.

> **보기**
>
> 손을 베다 /
>
> 약을 드리다,
>
> 자주 바르다
>
> 가 : 손을 베었어요.
> 割傷了手。
>
> 나 : 그럼, 약을 드릴 테니까 자주
> 바르세요.
> 那麼，我會給您藥，請經常塗抹。

新語彙
찬물 冷水
손을 담그다 把手浸泡（在水裡）
양말 襪子
생리통 生理痛

❶ 손을 데다 / 약을 발라 주다, 찬물에 손을 담그고
기다리다

❷ 발목을 삐다 / 찜질을 해 주다, 양말을 벗다

❸ 손을 다치다 / 소독을 해 드리다, 약을 가지고 오다

❹ 허리가 아프다 / 파스를 드리다, 집에 가서 붙이다

❺ 다쳐서 피가 나다 / 약을 사 가지고 오다, 조금만 참다

❻ 생리통이 심하다 / 약을 드리다, 드시고 푹 쉬다

5 〈보기〉와 같이 이야기해 보세요.

> **보기**
>
> 손을 조금 베다,
> 약을 바르다 /
> 지금도 피가 나다 /
> 연고, 상처에 바르다
>
> 가 : 어떻게 오셨습니까?
> 有什麼需要幫忙嗎?
>
> 나 : 손을 조금 베었어요. 여기에
> 바를 약 좀 주세요.
> 稍微割傷了手。請給我塗在這（傷口）的藥。
>
> 가 : 지금도 피가 나요?
> 現在還流血嗎?
>
> 나 : 아니요, 안 나요.
> 不，不流了。
>
> 가 : 그럼, 연고를 드릴 테니까
> 상처에 바르세요.
> 那麼，我會給您藥膏，請塗在傷口上。

新語彙

얼음주머니 冰袋

소독약 消毒藥

▪ 발음 發音

母音之間的硬音與緊音

> **아파요   바빠요**
> **[압파요] [밥빠요]**

在發硬音（ㅋ、ㅌ、ㅍ、ㅊ）與緊音（ㄲ、ㄸ、ㅃ、ㅉ）的時候，就像是在硬音或緊音前一音節最後，有個子音似地來發音的話，就可以更為自然地發音。

▶ 연습해 보세요.
(1) 어깨가 아파요.
(2) 신발을 바꾼 후부터 자꾸 다쳐요.
(3) 가 : 어떻게 오셨어요?
　　나 : 배탈이 났어요.

❶ 발목을 삐다, 파스를 붙이다 / 발이 부었다 /
파스, 발목에 붙이다

❷ 손을 데다, 약을 바르다 / 많이 데었다 /
얼음주머니, 찜질을 하다

❸ 얼굴에 뭐가 나다, 약을 바르다 / 가렵다 /
약을 드리다, 자주 바르다

❹ 넘어져서 팔에 상처가 나다, 약을 바르다 /
따갑다 / 소독약, 소독하고 밴드를 붙이다

6 〈보기〉와 같이 이야기해 보세요.

> **보기**
>
>
>
> 배가 아프다, 설사를 하다
>
> 가 : 어떻게 오셨어요?
> 有什麼需要幫忙嗎?
>
> 나 : 배가 아프고 설사를 해서
> 왔어요.
> 因為肚子痛，而且拉肚子，所以來
> 這裡。

소화 관련 질환
與消化相關的疾病

배탈이 나다 肚子痛

체하다 消化不良

토하다 嘔吐

설사하다 拉肚子

소화가 안 되다 消化不良

속이 답답하다 肚子脹氣、悶

❶ 배가 아프다, 소화가 안 되다

❷ 토하다, 설사를 하다

❸ 속이 답답하다, 배가 아프다

❹ 소화가 안 되다, 열이 나다

7 〈보기〉와 같이 이야기해 보세요.

보기

가 : 수미야, 언제부터 배가 아팠어?
秀美，從什麼時候開始肚子痛呢？

나 : 저녁을 먹은 다음부터 그랬어.
從吃過晚飯後就這樣了。

가 : 그러면 음식 때문에 배탈이 난 것 같은데.
那樣的話可能是因為食物的關係，所以才肚子痛。

배가 아프다 /
저녁을 먹다 /
음식, 배탈이 나다

新語彙

새 新的

스트레스를 받다
承受壓力、有壓力

새벽 清晨、凌晨

꽃가루 花粉

알레르기 過敏

語言提點

먹은 다음在日常生活非正式的對話中經常被使用，具有먹은 후（吃完後）的意思。

❶ 얼굴에 뭐가 나다 / 화장품을 바꾸다 /
새 화장품, 얼굴에 뭐가 나다

❷ 속이 답답하다 / 아침을 먹다 /
시험, 스트레스를 받다

❸ 열이 나다 / 새벽에 운동을 하다 /
추운 날씨, 감기에 걸리다

❹ 피부가 가렵다 / 5월이 되다 /
꽃가루, 알레르기가 생기다

8 〈보기〉와 같이 이야기해 보세요.

보기

가 : 약을 어떻게 먹어야 돼요?
藥應該要如何吃才行呢？

나 : 하루에 세 번, 식후 삼십 분에 한 봉지씩 드시면 됩니다.
一天三次，飯後30分服用一包就行了。

新語彙

식후 飯後

식전 飯前

語言提點

-씩接在數量詞後，表現每次的數量都是一樣的。

❶

❷

❸

❹

9 〈보기〉와 같이 연습하고, 아픈 친구에게 조언해 보세요.

> 보기
>
> 밥을 먹다 /
> 체했다, 아무 것
>
> 가 : 밥을 먹어도 돼요?
> 吃飯也行嗎?
>
> 나 : 체했으니까 오늘은 가능하면
> 아무 것도 먹지 마세요.
> 因為消化不良,所以今天可能的話,什
> 麼東西都不要吃。

❶ 밥을 먹다 / 배탈이 났다, 아무 것

❷ 밖에 나가다 / 감기에 걸렸다, 아무 데

❸ 사람들을 만나다 / 다른 사람에게 옮길 수 있다, 아무

❹ 이야기를 하다 / 목이 많이 아프다, 아무 말

10 〈보기〉와 같이 이야기해 보세요.

> 보기
>
> 배가 아프다,
> 소화가 안 되다 /
> 어제 저녁을 먹다 /
> 체하다/
> 밥을 먹다 /
> 아무 것도
>
> 가 : 어떻게 오셨습니까?
> 有什麼需要幫忙嗎?
>
> 나 : 배가 아프고 소화가 안 돼요.
> 肚子痛,而且消化不良。
>
> 가 : 언제부터 배가 아팠어요?
> 從什麼時候開始肚子痛呢?
>
> 나 : 어제 저녁을 먹은 다음부터
> 그랬어요.
> 從昨天吃過晚飯後就這樣了。
>
> 가 : 어제 먹은 음식 때문에 체한 것
> 같네요.
> 可能是因為昨天吃的食物,所造成的消化
> 不良。
>
> 약을 드릴 테니까 드셔 보세요.
> 會給您藥,請服用看看。
>
> 나 : 밥을 먹어도 돼요? 吃飯也行嗎?
>
> 가 : 체했으니까 오늘은 가능하면
> 아무 것도 드시지 마세요.
> 因為消化不良,所以今天可能的話,什麼
> 東西都不要吃。

● 新語彙

밀가루 麵粉

❶ 속이 답답하다, 설사를 하다 / 오늘 점심을 먹다 /

　배탈이 나다 / 밥을 먹다 / 밀가루 음식은

❷ 토하다, 설사를 하다 / 오늘 아침을 먹다 /

　배탈이 나다 / 식사를 하다 / 아무 것도

🎧 聽力_듣기

1 다음 대화를 잘 듣고 남자의 증상에 해당하는 그림을 고르세요.

請仔細聽以下的對話，並選出符合男子症狀的圖片。

■新語彙

막 剛剛

뛰다 跑、跳

우선 首先

온몸 全身

1) _____   2) _____   3) _____   4) _____

2 다음 대화를 잘 듣고 질문에 대답하세요.

請在仔細聽完以下的對話後，回答問題。

1) 남자는 왜 병원에 왔습니까?

■新語彙

돌리다 轉、轉動

다행히 幸好、幸虧

2) 남자는 어떻게 해야 합니까? 모두 고르세요.

3 다음을 잘 듣고 질문에 대답하세요.

請在仔細聽完以下的內容後，回答問題。

1) 이 사람은 발목을 삐었을 때 어떻게 하는 것이 좋다고 말했어요? 순서에 맞게 기호를 쓰세요.

這個人說腳踝扭傷時應該怎麼做比較好呢？請依順序寫下代號。

新語彙

굽이 높다	鞋跟高
무조건	無條件
약간	稍微

_____ ➡ _____ ➡ _____

2) 이 사람에 대한 설명이 맞으면 O, 틀리면 ×에 표시하세요.

針對這個人的說明如果正確的話，請標示O。錯誤的話，請標示X。

　(1) 운동을 하다가 자주 다친다.　　　　| O | × |

　(2) 굽이 높은 구두를 자주 신는다.　　　| O | × |

　(3) 발목을 삐면 항상 병원에 간다.　　　| O | × |

🎙 口說_말하기

1 약사와 환자가 되어 이야기해 보세요.
請扮演藥劑師和病人的角色，試著說說看。

● 다음과 같은 경우에 약국에 가서 어떻게 이야기하면 될까요?
在以下的情況，去藥局該如何說才好呢？

(1)
(2)

● 위의 그림과 같은 상황에서 한 사람은 환자, 한 사람은 약사가 되어 이야기해
보세요.
在如上圖的狀況下，請一人扮演病人，另一人扮演藥劑師，試著練習說說看。

2 여러분들이 알고 있는 특별한 치료법에 대해 이야기해 보세요.
請試著針對各位知道的特殊療法說說看。

● 다음에 대해 친구들과 이야기해 보세요.
請試著針對以下的問題和朋友們一起說說看。

(1) 특별히 자주 아픈 곳이 있어요?

(2) 그럴 때 어떻게 해요?

(3) 병원에 가지 않고 나을 수 있는 방법을 알고 있어요?

▪新語彙

특별하다 特別的

치료법 療法

● 다음 중 한 가지에 대해 친구들에게 이야기해 주세요.
請試著針對以下其中一個主題，和朋友們說說看。

(1) 여러분만의 특별한 치료법
　　各位獨有的特殊療法

(2) 다른 사람에게서 들은 특별한 치료법
　　聽別人說的特殊療法

閱讀_읽기

1 다음은 인터넷 게시판에 실린 불에 데었을 때의 치료법에 대한 여러 사람들의
의견입니다. 잘 읽고 질문에 답하세요.

以下是幾個人在網路告示板上針對被火燙傷時治療方法的意見。請仔細閱讀後，回答問題。

● 여러분들은 불에 손을 데었을 때 어떻게 해요?

各位的手被火燙傷時，會如何做呢？

● 여러분의 생각과 같은지 다음 글을 읽어 보세요.

請閱讀下文，看看與各位的想法是否相同。

손을 데었을 때 치료법
비공개 2008.5.17 17:54
　　　　　　　　　　　　　　　　　　　　　　　　　　　　답변 4 조회 68

　　손을 데었을 때 어떻게 하면 좋아요?

의견쓰기

---

re1: 이렇게 해 보세요.
akiya 2008.5.17 18:01
　　　　　　　　　　　　　　　　　　　　　　　　　　　　조회 17

　　저도 손을 덴 적이 있는데, 손을 데었을 때는 빨리 얼음에 대거나 찬물에 담가서 열을 식히는 것이 중요합니다.

의견쓰기

---

re2: 얼음은 안 돼요.
gkdissns 2008.5.17 18:15
　　　　　　　　　　　　　　　　　　　　　　　　　　　　조회 38

　　불에 덴 곳에 얼음을 직접 대는 것은 좋지 않습니다. 특히 심하게 데었을 때 피부에 얼음을 대면 아주 위험합니다.
그냥 흐르는 찬물에 손을 대는 게 좋습니다. 아니면 알코올에 손을 담그는 것도 좋은 방법입니다. 알코올이
날아가면서 열을 없애 주기 때문입니다.

의견쓰기

---

re3: 병원에 가 보세요.
antlago 2008.5.17 18:22
　　　　　　　　　　　　　　　　　　　　　　　　　　　　조회 4

　　살짝 데었으면 약국에서 연고를 사서 바르면 되지만 많이 데었을 때는 빨리 병원에 가시는 게 좋을 거예요.

의견쓰기

---

1) 위 글에서 사람들이 소개하고 있는 치료법을 모두 고르세요.

請選出所有上文中人們介紹的療法。

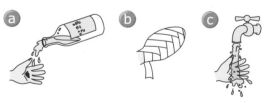

2) '답글1'과 '답글2' 소개하고 있는 내용은 어떻게 달라요?

「回文1」和「回文2」所介紹的內容有什麼不同呢？

> **新語彙**
>
> 열을 식히다　消熱、降熱
>
> 불　火
>
> 위험하다　危險的
>
> 흐르다　流動
>
> 알코올　酒精
>
> 날아가다　揮發、蒸發

● 위 글에서 소개하고 있는 여러 가지 치료법 중에서 여러분은 어떤 치료법이 가장
좋다고 생각해요? 그리고 또 다른 좋은 방법이 있으면 소개해 주세요.

在上文中介紹的幾個療法中，各位覺得什麼樣的療法最好呢？如果有其他好方法的話，請介紹一下。

✏️ 寫作_쓰기

1 배탈이 나서 학교에 오지 못한 친구에게 안부 메일을 써 보세요.

請寫一封電子郵件問候一下因為肚子痛而無法來學校的朋友。

● 여러분의 친구가 배탈이 나서 이틀 동안 학교에 못 왔어요. 배탈이 났을 때는 어떻게 하면 좋을까요? 옆 친구와 같이 이야기해 보세요.

各位的朋友因為肚子痛已兩天沒來學校了。肚子痛時應該怎麼做好呢？請和旁邊的朋友一起說說看。

● 아픈 친구에게 어떻게 치료를 하고 있는지를 묻고, 좋은 치료 방법을 소개해 주는 이메일을 써 보세요.

請寫一封電子郵件給生病的朋友，問問他正接受什麼樣的治療，並介紹他好的治療方法。

● 여러분이 쓴 글을 발표해 보세요.

請試著發表各位所寫的文章。

자기 평가 ✏️   自我評價

● 다쳤거나 소화가 안 될 때 약국이나 병원에 가서 증상을 설명할 수 있습니까? 受傷或消化不良的時候，各位能到藥局或醫院說明自己的症狀？	非常棒 ●━━●━━●━━● 待加強
● 다쳤을 때의 치료 방법에 대해 묻고 답할 수 있습니까? 針對受傷時的治療方法，各位能提問與回答嗎？	非常棒 ●━━●━━●━━● 待加強
● 아픈 증상과 치료법에 대한 글을 읽고 쓸 수 있습니까? 各位能讀懂，並且書寫有關病症和療法的文章嗎？	非常棒 ●━━●━━●━━● 待加強

1 -(으)ㄹ（未來時態的冠形詞形語尾）

- -(으)ㄹ接在動詞語幹後，修飾後方的名詞，表現未來會發生的行為。

  가 : 내일은 누가 발표할 거예요? 明天誰會發表呢？

  나 : 내일 발표할 사람은 왕웨이 씨예요. 明天要發表的人是王偉。

- 這分為兩種型態。

  a. 語幹以母音或ㄹ結尾時，使用-ㄹ。

  b. 語幹以ㄹ以外的其他子音結尾時，使用-을。

  (1) 가 : 뭘 드릴까요?

  　　나 : 여기에 바를 약 좀 주세요.

  (2) 가 : 한국에서 살 집을 구했어요?

  　　나 : 아니요, 아직 못 구했어요.

  (3) 가 : 어디 가요?

  　　나 : 졸업식 때 입을 한복을 사러 가요.

  (4) 가 : 오늘 오후에 시간 있어요?

  　　나 : 왜요? 무슨 할 이야기가 있어요?

  (5) 가 : 영진 씨, 우리도 등산 같이 가고 싶어요.

  　　나 : 그래요? ＿＿＿＿＿＿＿＿＿＿ 일요일 아침 9시에 학교로 오세요.

  (6) 가 : 이 사람은 누구예요?

  　　나 : ＿＿＿＿＿＿＿＿＿＿＿＿＿＿＿.

> 新語彙
>
> 집을 구하다　找房子

2 때문에

- 때문에接在名詞後使用，具有「因為」的意思。

  어제 먹은 음식 때문에 배탈이 났어요. 因為昨天吃的食物而肚子痛。

  (1) 가 : 얼굴에 뭐가 났네요.

  　　나 : 새로 산 화장품 때문에 그런 것 같아요.

  (2) 가 : 신발 때문에 좀 불편해요. 잠깐 집에 갔다 올게요.

  　　나 : 그럼 얼른 갔다 오세요.

  (3) 가 : 한국 생활이 어때요?

  　　나 : 처음에는 ＿＿＿＿＿＿＿＿＿＿ 조금 힘들었어요.

  (4) 가 : 그 동안 왜 연락도 안 했어요. 많이 바빴어요?

  　　나 : 네, ＿＿＿＿＿＿＿＿＿＿＿＿＿＿＿＿.

3 -(으)ㄹ 테니까

● -(으)ㄹ 테니까接在動詞的語幹後，在話者下命令或提議時，亦或是做為理由，將前文說過的話再次説明時使用。前文的主語一定要與後文的主語不同。

약을 드릴 테니까 하루에 세 번, 식후에 드세요. 我會給您藥，請一天三次，飯後服用。

● 這分為兩種型態。
  a. 語幹以母音或ㄹ子音結尾時，使用-ㄹ 테니까。
  b. 語幹以ㄹ子音以外的其他子音結尾時，使用-을 테니까。

(1) 가 : 넘어져서 다리를 다쳤어요.
　　 나 : 약을 드릴 테니까 상처에 자주 바르세요.
(2) 가 : 붕대 좀 감아 주실래요?
　　 나 : 제가 붕대를 감을 테니까 이것 좀 잡아 주세요.
(3) 가 : 제가 음식을 만들까요?
　　 나 : 음식은 제가 만들 테니까 수미 씨는 앉아 계세요.
(4) 가 : 머리가 아파요.
　　 나 : 약을 사 올 테니까 잠깐만 기다리세요.
(5) 가 : 점심은 집에서 먹을까요?
　　 나 : ＿＿＿＿＿＿＿＿＿＿＿＿＿＿＿ 밖에 나가서 먹어요.
(6) 가 : 영진 씨, 제 숙제 좀 도와줄래요?
　　 나 : ＿＿＿＿＿＿＿＿＿＿＿＿＿＿＿＿＿＿＿.

4 아무 -도

● 「아무 -도」以「아무名詞+도 안/못/없다/모르다/-지 말다」的形態來使用，具有「任何東西都（不）」的意義。
요즘 방학인데 다리가 부러져서 아무 데도 못 가요.

最近是寒（暑）假，但因為腿骨折了，哪裡都去不了

● 但是，當那個名詞指的是某個人時，必須使用「아무도」。
요즘 방학을 해서 기숙사에 친구들이 아무도 없어요.

最近因為放寒（暑）假，所以宿舍一個朋友都沒有。

제가 한 이야기는 아무한테도 말하지 마세요. 我説的話不要對任何人説。

(1) 가 : 밥을 먹어도 돼요?
　　 나 : 체했으니까 오늘은 아무 것도 드시지 마세요.

(2) 가 : 목이 많이 아파요.

　　 나 : 목이 아프니까 가능하면 아무 말도 하지 마세요.

(3) 가 : 방금 누구하고 이야기했어요?

　　 나 : 아무하고도 이야기 안 했어요.

(4) 가 : 한국에 오기 전에 한국에 대해서 알고 있었어요?

　　 나 : 아니요, 아무 것도 모르고 왔어요.

(5) 가 : 배가 많이 고파요?

　　 나 : 네, ＿＿＿＿＿＿＿＿＿＿＿＿＿＿＿＿＿＿＿＿.

(6) 가 : 무슨 일 있어요? 얼굴이 안 좋아요.

　　 나 : 아니요, ＿＿＿＿＿＿＿＿＿＿＿＿＿＿＿＿＿＿.

■新語彙

방금　剛剛

제15과 집 구하기
找房子

目標
各為將能在找房子的時候，談論那間房子的各種條件。

主題	找房子
功能	談論搬家以及房屋仲介商租借房子的條件、去找房子
活動	聽力：聆聽在房屋仲介商的對話、聆聽某人在找房子時的對話
	口說：談論房子、扮演找房子時的角色
	閱讀：閱讀出租寄宿房和套房的廣告
	寫作：書寫尋找室友的廣告
語彙	房屋的構造、搬家、房屋的特徵、房屋周邊的環境
文法	−(으)ㄹ까 하다、−았/었/였으면 좋겠다、−만큼、−에 비해서
發音	ㄺ
文化	韓國的居住文化

제15과 집 구하기 找房子

1. 여기는 어디입니까? 여자는 지금 무엇을 하고 있을까요?

   這裡是哪裡呢？這名女子現在正在做什麼呢？

2. 원하는 집을 구하기 위해서는 무슨 이야기를 어떻게 해야 할까요?

   為了找到想要的房子，應該說些什麼呢？還有應該要如何說呢？

1

중개인 : 어서 오세요.

마　야 : 고려대학교 근처에 있는 원룸을 구하고 싶은데요.

중개인 : 지금은 방학이라서 비어 있는 원룸이 많은데 어떤
　　　　방을 찾으세요?

마　야 : 침대하고 옷장 같은 가구가 있는 방이었으면
　　　　좋겠어요. 그리고 방도 좀 컸으면 좋겠고요.

중개인 : 마침 안암역 근처에 좋은 원룸이 있어요. 지은 지
　　　　얼마 안 돼서 방도 깨끗하고 가구도 전부 새것이에요.

마　야 : 방은 얼마나 커요?

중개인 : 방은 이 사무실만큼 커요.

마　야 : 가격은 어느 정도예요?

중개인 : 한 달에 50만 원이에요.

마　야 : 그럼 지금 보러 갈 수 있을까요?

중개인 : 물론이죠. 주인아주머니한테 전화해 볼 테니까
　　　　잠깐만 기다리세요.

◦新語彙

중개인	仲介員
비다	空、騰
가구	家具
마침	剛好
짓다	蓋
깨끗하다	乾淨的
새것	新的
사무실	辦公室

2

아주머니 : 이 방이에요. 창문이 커서 햇빛도 잘 들어와요.

마　　야 : 방이 정말 밝네요. 가구도 새것이라서 깨끗하고요.
　　　　　저기가 화장실이에요?

아주머니 : 네, 화장실도 아주 깨끗하고 좋아요.

마　　야 : 방은 좋은데 제가 생각한 것보다는 작은 것 같아요.
　　　　　혹시 이 방보다 더 큰 방은 없어요?

아주머니 : 더 큰 방으로 보여 드려요? 그럼 이쪽으로 오세요.

〈잠시 후〉

마　　야 : 우와! 넓다. 그런데 이 방은 아까 그 방보다 많이
　　　　　비싸겠어요.

아주머니 : 가격은 똑같아요. 여기는 그 방보다 햇빛이 덜
　　　　　들어와서 크기에 비해서 좀 싸요.

마　　야 : 그럼 이 방으로 할게요.

◦新語彙

햇빛이 잘 들어오다	採光好
밝다	明亮的
아까	剛才
덜	少、不夠
크기	大小

3

안녕, 영미야. 나 마야야.

나 오늘 이사할 집을 구했어. 부동산에 가서 알아봤는데 좋은 게 있어서 바로 결정했어. 새로 지은 집이라서 방도 깨끗하고 가구도 새것이라서 정말 좋아. 창문이 서쪽에 있어서 햇빛이 잘 들지는 않지만 그것 때문에 좀 싼 편이야. 그리고 내 방은 복도 끝에 있어서 조용할 것 같아. 아주 마음에 들어.

이사는 주말쯤 할까 해. 영미 너는 고향에서 잘 쉬고 있어? 다음 주엔 올라올 거지? 네가 서울에 올 때쯤이면 집 정리도 다 끝났을 테니까 우리 집에 한 번 놀러 와.

그럼 잘 지내고 나중에 서울에서 만나.
안녕.

• 語言提點

부동산指的是不動產，而부동산 중개소指的是各位在找房子或賣房子的時候給予協助的仲介商。但是，韓國人大部分都把부동산 중개소稱呼為부동산。

한국의 주거 문화 韓國的居住文化

● 여러분 나라에서는 집을 빌리는 사람이 많아요, 집을 사는 사람이 많아요? 한국에는 어떤 사람들이 많은지 알고 있어요?

在各位的國家，租屋的人比較多，還是購屋的人比較多呢？各位知道在韓國哪種人比較多嗎？

● 위 사진에 있는 매매, 전세, 월세 같은 말의 의미는 무엇일까요?

在上方照片中的매매、전세、월세是什麼意思呢？

韓國人認為一定要有屬於自己的房子。因為這樣的理由，大部分的人在準備新婚生活時，最優先的順位就是買房子（매매）。但是，新婚夫妻想要買房子，大概要花十年的時間，因此大部分的人在買房子之前，都會以全貰（전세）或月貰（월세）的方式租房子來住。全貰是繳一筆保證金，可在一定的期間內租房子來住的一種租屋方式，但是若租約期滿，必須要將房子還給房東，而保證金就會歸還。相反的，月貰則是每個月支付一定的金額作為租借屋子的代價，雖然不用一次支付大筆的錢，但按月繳付的錢以後是不會再歸還的，因此許多人都比較喜歡全貰。以月貰的方式租房子時，雖然需要支付一定金額的保證金，但是金額會比全貰的保證金少，而保證金在各位搬走的時候也會歸還也在大學或車站附近的套房（원룸），多可以用月貰的方式租借。

● 여러분 나라의 주거 형태는 어떤지 이야기해 보세요.

請說說看各位國家的居住型態是怎麼樣。

1 〈보기〉와 같이 이야기해 보세요.

보기

안방

가 : 새로 이사한 집은 어때요?
新搬的家如何呢？

나 : 안방이 넓어서 좋아요.
因為主臥房很寬敞，所以很喜歡。

▪ 집의 구조 房屋的構造

안방
（女主人的）主臥房、內房

작은방
（大廳兩旁的）小房、耳房

거실 客廳

부엌 廚房

화장실 廁所

욕실 浴室

베란다 陽台

현관 玄關

마당 院子

대문 大門、正門

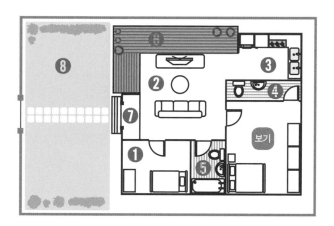

2 〈보기〉와 같이 이야기해 보세요.

보기

학교 기숙사,

다른 곳으로 이사하다

가 : 지금 어디에 살아요?
現在住在哪裡呢？

나 : 학교 기숙사에 살아요. 그런데
다른 곳으로 이사할까 해요.
住在學校的宿舍。但是在想是不是要搬到
其他的地方。

▪ 이사 搬家

이사하다 搬家

이사를 가다 搬去

이사를 오다 搬來

집을 옮기다 搬家

다른 곳으로 옮기다
搬到其他的地方

❶ 회사 기숙사, 하숙집으로 이사를 가다

❷ 원룸, 학교 앞 하숙집으로 이사하다

❸ 원룸, 회사 근처 고시원으로 옮기다

❹ 하숙집, 학교 기숙사로 이사를 오다

❺ 고시원, 학교 근처 하숙집으로 이사하다

❻ 고시원, 지하철역 근처 원룸으로 옮기다

3 〈보기〉와 같이 연습하고, 여러분이 지금 살고 있는 곳은
어떤 점이 불편한지 친구와 함께 묻고 대답해 보세요.

請照著＜範例＞練習，並試著和朋友提問與回答看看各位現在
居住的地方有什麼不便之處。

보기

방이 너무

좁다,

불편하다

가 : 왜 이사하려고 해요?
為什麼打算搬家呢？

나 : 방이 너무 좁아서 불편해요.
因為房間太小，所以很不方便。

▸집의 특징 1 房屋的特徵1

방이 크다 / 작다　房間大/小

방이 넓다 / 좁다　房間寬/窄

방이 밝다 / 어둡다　房間亮/暗

햇빛이 잘 들다　採光好

창문이 크다 / 작다　窗戶大/小

공기가 잘 통하다　通風良好

전망이 좋다　觀景好、視野好

가구가 있다　有家具

화장실이 딸려 있다　附廁所

새로 짓다　新蓋、新建

지은 지 오래되다　建好很久

집이 낡다　房屋老舊

깨끗하다 / 지저분하다
乾淨的/亂七八糟的

❶ 공기가 잘 안 통하다, 냄새가 나고 답답하다

❷ 지은 지 오래된 집이다, 좀 지저분하다

❸ 방이 너무 어둡다, 아침에 일어나기 힘들다

❹ 화장실이 하나밖에 없다, 사용하기 불편하다

❺ 집 주변이 너무 시끄럽다, 공부하기 힘들다

❻ 교통이 불편하다, 외출할 때 시간이 많이 걸리다

4 〈보기〉와 같이 연습하고, 여러분은 어떤 집에서 살고
싶은지 친구와 함께 묻고 대답해 보세요.

請照著〈範例〉練習，並試著和朋友提問與回答看看各位想住
什麼樣的房子。

보기

집의 특징 2 房屋的特徵2
교통이 편리하다 / 불편하다 交通便利/不便
지하철역에서 가깝다 / 멀다 離地鐵站近/遠
집 주변이 조용하다 / 시끄럽다 房屋周邊安靜/吵鬧
공기가 좋다　空氣好
주변 경치가 좋다　周邊景色好
시설이 잘 되어 있다　設施完善

가 : 어서 오세요.

　　請進。

나 : 학교 근처에 있는 원룸을
　　구하고 싶은데요.

　　我想找在學校附近的套房。

학교 근처에 있는 원룸 /

공기가 잘 통하다,

햇빛이 잘 들다

가 : 어떤 집을 찾으세요?

　　想要找什麼樣的房子呢？

나 : 공기가 잘 통하고 햇빛이 잘
　　들 었으면 좋겠어요.

　　如果通風佳，而且採光良好的話，就
　　太好了。

❶ 지하철역 근처에 있는 하숙집 /

공기가 잘 통하다, 방이 크다

❷ 학교 근처에 있는 하숙집 /

가구가 딸려 있다, 햇빛이 잘 들다

❸ 이 근처에 있는 하숙집 /

교통이 편리하다, 집 주변이 조용하다

❹ 지하철역 근처에 있는 원룸/

집 주변이 조용하다, 전망이 좋다

❺ 학교 근처에 있는 원룸 /

침대하고 옷장이 있다, 지은 지 얼마 안 되다

❻ 이 근처에 있는 원룸 /

지하철역에서 가깝다, 시설이 잘 되어 있다

5 〈보기 1〉이나 〈보기 2〉와 같이 이야기해 보세요.

◦新語彙

데 地方

시설이 좋다 設施很好

보기1

방이 큰 원룸 /
이 사무실

가 : 방이 큰 원룸을 구하고 싶은데요.
想找一間大的套房。

나 : 마침 이 사무실만큼 방이 큰 데가
있어요.
剛好有一間像這間辦公室一樣大的地方。

보기2

방이 큰 원룸 /
집, 그 집

가 : 방이 큰 원룸을 구하고 싶은데요.
想找一間大的套房。

나 : 마침 좋은 집이 있어요. 그 집만큼
방이 큰 데는 없을 거예요.
剛好有一間不錯的房子。應該沒有像那間一樣
大的地方了。

❶ 방이 넓은 하숙집 / 우리 사무실

❷ 전망이 좋은 원룸 / 호텔

❸ 교통이 좋은 고시원 / 여기

❹ 주변이 조용한 하숙집 / 집, 거기

❺ 시설이 좋은 고시원 / 고시원, 그곳

❻ 햇빛이 잘 드는 원룸 / 집, 그 집

6 〈보기〉처럼 이야기해 보세요.

◦新語彙

넓이 寬度

보기

이 근처에

있는 원룸 /

위치, 50만 원

가 : 이 근처에 있는 원룸은 한 달에
얼마 정도 해요?
這附近的套房，一個月大概要多少錢呢？

나 : 위치에 따라 다르지만 50만 원
정도면 좋은 곳을 구할 수 있어요.
雖然根據位置的不同，價格也不一樣，但是大概
50萬左右就可以找到不錯的地方。

❶ 지하철에서 가까운 하숙집 / 크기, 50만 원

❷ 학교에서 가까운 원룸 / 시설, 60만 원

❸ 학교 앞에 있는 고시원 / 크기, 30만 원

❹ 학교 근처에 있는 하숙집 / 시설, 40만 원

❺ 지하철역 근처에 있는 원룸 / 넓이, 50만 원

❻ 이 근처에 있는 하숙집 / 위치, 40만 원

7 〈보기〉와 같이 이야기해 보세요.

■新語彙

나무 樹木

공사를 하다 施工

새집 新屋

환하다 明亮的

보기

남쪽에 있다, 햇빛이
잘 들어오다 /
방이 환하다

가 : 이 방이에요. 남쪽에 있어서
햇빛이 잘 들어와요.
是這間房間。因為在南邊，所以採光很好。

나 : 네, 정말 방이 환하네요.
是的，房間真的很明亮耶！

❶ 창문이 크다, 공기가 아주 잘 통하다 / 방이 시원하다

❷ 근처에 나무가 많다, 전망이 좋다 / 전망이 그림 같다

❸ 집 근처에 산이 있다, 공기가 좋다 / 공기가 맑다

❹ 얼마 전에 다시 공사를 하다, 깨끗하다 / 새집 같다

❺ 복도 끝에 있다, 아주 조용하다 / 공부하기 좋겠다

❻ 시설이 잘 되어 있다, 살기 좋다 / 살기 편하겠다

8 〈보기〉와 같이 이야기해 보세요.

보기

이 방은 꽤 넓다 /
다른 방

가 : 이 방은 꽤 넓네요.
這房間相當寬敞耶！

나 : 네, 다른 방에 비해서 넓은
편이에요.
是的，跟其他的房間比起來算是很寬敞的。

❶ 이 방은 참 밝다 / 다른 방

❷ 이 방은 좀 크다 / 아까 본 방

❸ 이 집은 시설이 좋다 / 다른 집

❹ 이 집은 깨끗하다 / 아까 본 집

❺ 여기는 햇빛이 잘 들다 / 다른 데

❻ 여기는 위치가 좋다 / 아까 본 데

9 〈보기〉와 같이 이야기해 보세요.

> **보기**
>
> 가 : 자, 이 방이에요. 방이 크지요?
> 來，就是這間。房間很大吧？
>
> 나 : 네, 그런데 좀 어둡네요. 방이 좀 더 밝았으면 좋겠어요.
> 是的，可是有點暗耶！房間再亮一點的話就好了。
>
> 가 : 지금은 빈 방이 이것밖에 없어요.
> 現在只有這間空房了。
>
> 나 : 그럼 죄송하지만 나중에 다시 올게요. 잘 봤습니다.
> 那麼，不好意思，我之後再來。謝謝。
>
> 방이 크다 /
> 좀 어둡다,
> 방이 좀 더 밝다

발음 發音

ㄹㄱ

읽다   맑고   밝아요
[익따]   [말꼬] [발가요]

終聲（ㄹㄱ）之後如果接著的是子音時，ㄹ可省略，只發ㄱ的音。但是之後若接著的是子音ㄱ的話，ㄱ則會省略，只發ㄹ的音。

▶연습해 보세요.
(1) 가 : 내일 날씨가 맑을까요?
    나 : 네, 내일도 날씨가
        맑겠어요.
(2) 가 : 방이 밝습니까?
    나 : 네, 참 밝네요.
(3) 가 : 무슨 책을 읽고
        있어요?
    나 : 소설책을 읽어요.

❶ 방이 밝다 / 너무 작다, 방이 조금만 더 크다

❷ 방이 크다 / 좀 시끄럽다, 주변이 좀 조용하다

❸ 햇빛이 잘 들다 / 너무 크다, 방이 이것보다 작다

❹ 방이 넓다 / 가구가 없다, 방에 가구가 딸려 있다

10 〈보기〉와 같이 이야기해 보세요.

> **보기**
>
> 가 : 자, 이 방이에요. 방이 크지요?
> 來，就是這間。房間很大吧？
>
> 나 : 네, 그런데 좀 어둡네요. 방이 좀 더 밝았으면 좋겠어요.
> 是的，可是有點暗耶！房間再亮一點的話就好了。
>
> 가 : 밝은 방도 있어요. 이쪽으로 오세요.
> 也有明亮的房間。請來這邊。
>
> 나 : 이 방은 밝고 크네요. 이 방으로 할게요.
> 這間明亮又寬敞耶！我要這一間。
>
> 방이 크다 /
> 좀 어둡다,
> 방이 좀 더 밝다

❶ 방이 밝다 / 좀 좁다, 방이 조금 더 넓다

❷ 방이 크다 / 좀 지저분하다, 방이 더 깨끗하다

❸ 방이 크다 / 좀 어둡다, 방에 햇빛이 잘 들다

❹ 방이 넓다 / 좀 답답하다, 공기가 잘 통하는 방이다

❺ 방이 넓다 / 침대가 없다, 방에 가구가 있다

❻ 방이 넓다 / 화장실이 없다, 방에 화장실이 있다

聽力_듣기

1 다음은 부동산에서의 대화입니다. 대화를 잘 듣고 질문에 대답하세요.

以下是房屋仲介公司裡的對話內容。請仔細聽完後，回答問題。

- 부동산 중개인이 추천한 곳을 고르세요.

  請選出房屋仲介員推薦的地方。

  (1) □한국 고시원   □고려 고시원   □두 곳 모두

  (2) □우리 원룸   □미래 원룸   □두 곳 모두

  (3) □고모네 하숙   □아름 하숙   □두 곳 모두

> **新語彙**
>
> 전자제품 電子產品
>
> 비슷비슷하다
> 大同小異、差不多

- 다시 듣고 부동산 중개인이 추천한 이유를 이야기해 보세요.

  請再聽一次，並說說看房屋仲介員推薦的理由。

2 다음은 방을 보러 가서 하는 대화입니다. 대화를 잘 듣고 질문에 대답하세요.

以下是去看房子時所說的對話。請仔細聽完後，回答問題。

> **新語彙**
>
> 세탁실 洗衣間
>
> 치우다 收拾、清理

1) 남자는 어떤 방을 구합니까?

2) 여자는 이제 무엇을 해야 합니까?

3) 다시 잘 듣고 아래의 내용이 맞으면 ○, 틀리면 ×에 표시하세요.

    (1) 남자는 부동산의 아저씨가 소개해서 이 방을 보러 왔다.   ○ ×

    (2) 남자가 이 집에 이사 오면 화장실과 세탁실을 함께 사용해야 된다.   ○ ×

    (3) 에어컨과 냉장고가 있는 방은 없는 방에 비해서 5만 원이 비싸다.   ○ ×

3 다음은 집을 보고 온 친구가 남긴 음성 메시지입니다. 잘 듣고 아래의 내용이 맞으면 ○, 틀리면 ×에 표시하세요.

以下是來看房子的朋友所留下的語音訊息。請仔細聽，以下的內容如果正確的話，請標示○。錯誤的話，請標示×。

1) 이 집은 가구가 없어서 방이 넓다.   ○ ×

2) 이 집에는 화장실이 딸려 있다.   ○ ×

3) 이 집은 지은 지 오래되었다.   ○ ×

> **新語彙**
>
> 따로 있다 個別有、另有
>
> 딸려 있다 附有、帶有
>
> 책장 書櫃

🎤 口說_말하기

1 친구는 어떤 곳에서 살고 있을까요? 같이 이야기해 보세요.

朋友現在住在什麼樣的地方呢？請一起說說看。

● 다음에 대해 친구들과 이야기해 보세요.

請和朋友一起討論看看以下的問題。

(1) 지금 어디에서 살고 있어요?

(2) 왜 그곳에서 살게 되었어요?

(3) 지금 살고 있는 집은 어때요?

(4) 어떤 집에서 살았으면 좋겠어요? 왜 그렇게 생각해요?

2 집을 구하는 대화를 해 보세요.

請試著說說看找房子時的對話。

● 부동산에 집을 구하러 갔습니다. 부동산 중개인과 손님이 되어 이야기해 보세요.

各位為了找房子去了房屋仲介公司。請扮演房屋仲介員與客人的角色，試著說說看。

부동산 중개인	손님이 원하는 곳을 소개해 주세요. 가격은 마음대로 정해도 됩니다.
손님	햇빛이 잘 들고 공기가 잘 통하는 고시원을 구하고 싶습니다. 원하는 방의 크기, 가격 등은 마음대로 이야기해도 됩니다.

● 광고를 보고 집을 보러 갔습니다. 주인과 집을 보러 간 손님이 되어 이야기해 보세요.

各位看了廣告後去看了房。請扮演房東和去看房子的客人，試著說說看。

집 주인	집을 보러 온 사람이 원하는 방을 보여 주세요.
손님	가구가 있고, 화장실이 딸려 있는 원룸을 구하고 싶습니다. 원하는 방의 크기, 가격 등은 마음대로 이야기해도 됩니다.

📖 閱讀_읽기

1 다음은 집을 광고하는 글입니다. 다음을 읽고 질문에 답하세요.
以下是廣告房屋的文章。請仔細閱讀以下的內容後，回答問題。

● 집을 광고하는 글에는 어떤 내용이 들어 있을지 추측해 보세요.
請猜猜看在廣告房屋的文章裡會有什麼樣的內容。

● 빠른 속도로 읽으면서 예상한 내용이 있는지 확인해 보세요.
請快速地閱讀一遍，並確認看看有沒有各位猜測的內容。

빈 방 있음 -우리원룸-

• 신축 원룸
• 지하철역에서 걸어서 3분
• 근처에 대형 할인점 위치
• 방마다 화장실, 에어컨 있음.
• 가구 있는 방, 없는 방 등 다양
• 한 달에 50~60만 원

3290-1111 (×9)

하숙생 구함 -이모네 하숙-

• 조용하고 내 집 같은 곳
• 학교에서 5분 거리
• 맛있는 아침·저녁 식사 제공
• 층마다 공동 샤워실과 화장실
• 1인실·2인실 선택 가능
• 2인실 35만 원·1인실 55만 원

3290-2580 (×9)

▶新語彙

신축 新建、新蓋

대형 할인점
量販店、大型廉價商店

위치하다 位於

다양하다 各式各樣的

제공하다 提供

공동 샤워실 共同淋浴間

1인실 單人房

선택하다 選擇

● 다시 한 번 읽고 아래의 내용이 맞으면 ○, 틀리면 ×에 표시하세요.
請再讀一次，以下的內容如果正確的話，請標示O。錯誤的話，請標示X。

(1) 두 곳 모두 학교에서 5분이면 갈 수 있다. ○ ×
(2) 원룸은 지은 지 얼마 안 되는 새집이다. ○ ×
(3) 화장실을 혼자 사용하고 싶으면 원룸에 가야 한다. ○ ×
(4) 하숙집은 원룸에 비해서 시설이 잘 되어 있다. ○ ×

1 여러분과 같이 살 친구를 구하는 광고를 만들어 보세요.
請製作一則廣告來找一位要和各位一起住的朋友。

- 먼저 여러분의 집은 어떤 특징이 있는지 생각해 보세요.
  首先，請想想看各位的家有什麼樣的特徵。

- 무슨 내용을 어떻게 쓸지 정리해 보세요.
  請整理一下要寫些什麼內容，以及要如何寫。

- 위에서 생각한 것을 바탕으로 광고지를 만들어 보세요.
  請以上方所想的內容為基礎，試著製作一則廣告看看。

- 여러분이 쓴 광고 내용을 친구들 앞에서 발표해 보세요. 친구들이 발표한 집 중에 여러분이 살고 싶은 집이 있어요? 어느 집이에요? 왜 그 집에 살고 싶어요?
  請試著在朋友們面前發表各位所寫的廣告內容。在朋友們發表的房子中，有各位想住的嗎？是哪一間呢？為什麼想住在那間房子呢？

1 -(으)ㄹ까 하다

● -(으)ㄹ까 하다接在動詞的語幹後，表現主語有做某事的計畫或意圖。

기숙사가 불편해서 다른 곳으로 이사할까 해요.
因為宿舍很不方便，所以在想要不要搬到別的地方。

● 這分為兩種型態。
a. 語幹以母音或ㄹ結尾時，使用-ㄹ까 하다。
b. 語幹以ㄹ以外的其他子音結尾時，使用-을까 하다。

(1) 가 : 이번 방학에 다른 하숙집으로 옮길까 해요.
　　 나 : 지금 있는 곳이 불편하세요?

(2) 가 : 점심에 맛있는 거 먹으러 갈까 하는데 같이 갈래요?
　　 나 : 전 할 일이 많아서 김밥이나 먹을까 해요.

(3) 가 : 어제 뭐 했어요?
　　 나 : 오래간만에 영화를 보러 갈까 했는데 날씨가 너무 더워서 그만뒀어요.

(4) 가 : 일요일에 뭐 할 거예요?
　　 나 : 쉬면서 소설책을 읽을까 해요.

(5) 가 : 이번 방학에 뭐 할 거예요?
　　 나 : ＿＿＿＿＿＿＿＿＿＿＿＿＿＿＿＿＿＿＿.

(6) 가 : 주말에 왜 집에만 있었어요?
　　 나 : ＿＿＿＿＿＿＿＿＿＿＿＿＿＿＿＿＿＿＿.

2 -았/었/였으면 좋겠다

● -았/었/였으면 좋겠다接在動詞、形容詞、「名詞+이다」後，表現話者的渴望、希望或期待。

방이 컸으면 좋겠어요.   房間大的話就太好了。

● 這分為兩種型態。
a. 語幹的最後一個母音為ㅏ或ㅗ時，使用-았으면 좋겠다。
b. 語幹的最後為ㅏ和ㅗ以外的其他母音時，使用-었으면 좋겠다。
c. 以하다來說，하였으면 좋겠다為正確的形態。但是比起하였으면 좋겠다，했으면 좋겠다更常被使用。

(1) 가 : 어떤 집을 찾으세요?
　　 나 : 햇빛도 잘 들고 공기도 잘 통하는 집이었으면 좋겠어요.

(2) 가 : 왜 이렇게 늦었어요?
　　 나 : 회사까지 한 시간이나 걸렸어요. 집이 회사에서 가까웠으면 좋겠어요.

(3) 가 : 이번 휴가 때 어디 갈까요?

　　나 : 저는 바다에 놀러 갔으면 좋겠어요.

(4) 가 : 한국어 공부는 어때요?

　　나 : 재미는 있는데 말하기 실력이 늘지 않아서 걱정이에요. 말을 더 잘했으면
　　　　좋겠어요.

(5) 가 : 내일 날씨가 어떨까요?

　　나 : ＿＿＿＿＿＿＿＿＿＿＿＿＿＿＿＿＿.

(6) 가 : 꿈이 뭐예요?

　　나 : ＿＿＿＿＿＿＿＿＿＿＿＿＿＿＿＿＿.

3 　-만큼

● -만큼接在名詞後，表現主語等同於那個名詞。

영진 씨는 마이클 씨만큼 키가 커요. 　永振個子像麥可一樣高。

(1) 가 : 방이 얼마만큼 넓어요?

　　나 : 운동장만큼 넓어요.

(2) 가 : 날씨가 많이 덥지요?

　　나 : 네, 그렇지만 우리 고향만큼 덥지는 않아요.

(3) 가 : 지금까지 가 본 곳 중에서 어디가 제일 좋았어요?

　　나 : 저는 제주도가 제일 좋았어요. 제주도만큼 아름다운 곳은 없는 것 같아요.

(4) 가 : 얼마만큼 드릴까요?

　　나 : 이만큼만 주세요.

(5) 가 : 수미 씨가 그렇게 좋아요?

　　나 : ＿＿＿＿＿＿＿＿＿＿＿＿＿＿＿＿＿.

(6) 가 : 마이클 씨가 한국말을 아주 잘하죠?

　　나 : ＿＿＿＿＿＿＿＿＿＿＿＿＿＿＿＿＿.

4 **–에 비해서**

● -에 비해서接在名詞後，表現主語與那個名詞的比較。在使用上通常會省去「서」，而成為「-에 비해」型態。

이 가방은 가격에 비해서 품질이 좋아요. 　這包包跟價格相比，品質相當不錯。

(1) 가 : 이 방은 다른 방에 비해서 방값이 싼 것 같아요.

　　나 : 창문이 작아서 그래요.

(2) 가 : 집이 정말 조용하네요.

　　나 : 여긴 다른 곳에 비해서 아주 조용한 편이에요.

(3) 가 : 오늘 날씨 어때요?

　　나 : 어제에 비해서 따뜻해요.

(4) 가 : 히로미 씨는 다른 사람들에 비해서 한국말을 참 잘하죠?

　　나 : 네, 정말 그런 것 같아요.

(5) 가 : 지금 사는 곳은 어때요?

　　나 : _____.

(6) 가 : 학교 앞에 새로 생긴 식당 어때요?

　　나 : _____.

聽力脚本 듣기 대본

제1과 자기소개

CD1. track 8~10

1

1) 가: 안녕하세요? 저는 김기중이라고 합니다.

　　나: 안녕하세요? 저는 아만다입니다. 호주에서 왔습니다.

2) 가: 안녕하세요, 선생님? 이 분은 태국에서 온 수밧 씨입니다.

　　나: 안녕하세요? 태국 방콕에서 온 수밧입니다.
　　　　잘 부탁드립니다.

3) 가: 대학원에 다니세요?

　　나: 아닙니다. 지난 학기에 졸업하고 지금은 회사에
　　　　다니고 있습니다.

4) 가: 무슨 일을 하십니까?

　　나: 변호사가 되고 싶어서 법학을 공부하고 있습니다.

2

1) 아티아: 안녕하세요? 저는 몽골에서 온 아티아라고
　　　　　합니다. 2년 전에 한국에 왔습니다.
　　　　　고려대학교에서 한국 역사를 전공하고 있습니다.

2) 하 산: 안녕하십니까? 저는 이집트에서 온 하산입니다.
　　　　　현대자동차에 다니고 있습니다. 한국에 오기 전에
　　　　　2년 동안 한국어를 공부했습니다. 잘 부탁합니다.

3) 왕 단: 안녕하십니까? 저는 중국 베이징에서 온
　　　　　왕단입니다. 경영학과 4학년입니다. 대학을
　　　　　졸업하고 사업을 하고 싶습니다. 감사합니다.

3

이수진: 처음 뵙겠습니다. 저는 이수진입니다.

디에고: 안녕하세요. 저는 디에고입니다. 스페인에서 왔습니다.

이수진: 아! 스페인이요? 스페인 어디에서 오셨어요?

디에고: 마드리드에서 왔어요.

이수진: 마드리드요? 저도 한 번 가 봤어요. 그런데 한국에 뭐
　　　　하러 오셨어요?

디에고: 관광 안내원이 되고 싶어서 한국어를 배우러 왔어요.

이수진: 그럼 스페인에서도 한국어를 공부했어요?

디에고: 아니요, 대학 때 전공은 사회학이었어요. 6개월
　　　　전부터 한국어를 배웠어요.

이수진: 그런데 한국어를 아주 잘하시네요.

디에고: 그래요? 감사합니다.

제2과 취미

CD1. track 17~19

1

1) 가: 취미가 뭐예요?

　　나: 제 취미는 음악회에 가는 거예요.

2) 가: 영화를 보는 것을 좋아해요?

　　나: 아니요, 영화를 보는 것은 별로 안 좋아해요. 전 책을
　　　　읽는 것을 좋아해요.

3) 가: 시간이 있을 때 보통 무엇을 해요?

　　나: 배드민턴이나 테니스를 쳐요.

　　가: 운동을 좋아해요?

　　나: 네, 운동을 좋아해서 시간이 날 때는 항상 운동을 해요.

4) 가: 산책하는 것을 좋아해요?

　　나: 네, 좋아해요. 그래서 매일 한두 시간은 꼭 산책을 해요.

2

유　키: 마이클 씨는 취미가 뭐예요?

마이클: 저는 그림을 보는 것을 좋아해요.

유　키: 그림을 보는 것이요? 그럼 그림을 그리는 것도
　　　　좋아해요?

마이클: 아니요, 그리는 것은 별로 안 좋아해요. 그런데 유키
　　　　씨는 취미가 뭐예요?

유　키: 제 취미요? 저는 요리를 하는 것도 좋아하고, 맛있는
　　　　음식을 먹는 것도 좋아해요.

마이클: 와! 그러면 요리를 자주 해요?

유　키: 그럼요. 주말에는 항상 요리를 해요. 마이클 씨도
　　　　시간 있을 때 우리 집에 한번 놀러 오세요. 내가
　　　　맛있는 음식을 만들어 줄게요.

3

저는 야구하는 것을 좋아해요. 지금은 우리 대학교의 여자
야구팀 선수예요. 저는 다섯 살 때 아버지에게서 야구를
배웠어요. 아버지는 제가 어릴 때 건강이 안 좋았기 때문에
야구를 가르쳐 주었어요. 처음에는 야구하는 것이 싫었지만
지금은 야구하는 것이 제일 좋아요. 열심히 연습해서 우리
학교 최고의 야구 선수가 되고 싶어요.

제3과 날씨

CD1. track 26~28

1

1) 가: 지금 비가 와요?

　　나: 네, 조금 전까지 맑았어요. 그런데 갑자기 소나기가
　　　　내리네요.

2) 가: 저 조깅 좀 하고 올게요.

나: 기온이 많이 내려가서 추워요. 따뜻한 옷을 입고 나가세요.

3) 가: 영진 씨, 우산 좀 빌려 주실래요?

나: 조금 전에 비가 그쳤어요. 그냥 나가셔도 돼요.

4) 가: 내일 비가 올까요?

나: 글쎄요. 지금 날이 많이 흐리네요. 내일 비가 올 것 같아요.

2

가: 날씨가 꽤 춥네요.

나: 맞아요. 비가 온 후에 날씨가 많이 추워졌어요.

가: 이번 주말에 친구들하고 등산을 가는데 그 때도 추울까요?

나: 글쎄요. 그 때쯤에는 괜찮아질 것 같아요.

가: 그런데 마이클 씨는 추운 날씨를 싫어해요?

나: 네, 저는 더운 건 괜찮은데, 추운 건 정말 싫어요.

가: 마이클 씨의 고향은 별로 안 추워요?

나: 네, 한국보다 기온이 좀 높아요.

3

오늘 밤과 내일의 날씨를 말씀 드리겠습니다. 지금 하늘에 구름이 많이 끼었는데요. 오늘 밤 늦게 비가 내릴 것 같습니다. 이 비는 내일 오전까지만 내리고 오후에는 개겠습니다. 내일은 아침 최저 기온이 1도까지 내려가 추워지겠습니다. 그렇지만 낮에는 기온이 15도까지 올라가 오늘보다 따뜻하겠습니다. 아침과 낮의 기온 차이가 큽니다. 이럴 때는 두꺼운 옷을 입는 것보다 얇은 옷을 여러 개 입는 것이 좋습니다. 이상 오늘 밤과 내일의 날씨를 말씀 드렸습니다. 편안한 저녁 보내시기 바랍니다.

제4과 물건 사기

CD1. track 35~37

1

1) 가: 저기요, 바지를 사려고 하는데요.

나: 이 바지는 어떠세요? 하얀색이 시원해 보여요.

가: 그거 좋은데요. 그걸로 할게요.

2) 가: 티셔츠 좀 보여 주세요.

나: 이 갈색 티셔츠는 어떠세요?

가: 요즘 더워서 짧은 걸 사려고 하는데……

나: 그럼 이 주황색으로 하세요. 손님에게 잘 어울릴 거예요.

가: 예쁘네요. 그걸로 주세요.

3) 가: 저기요, 남방을 하나 사려고 하는데요.

나: 이쪽에서 천천히 보세요.

가: 이 노란색 남방이요, 다른 색도 있어요?

나: 흰색하고 회색이 있었는데 다 팔리고 지금은 노란색만

있어요.

가: 그래요? 그럼 이 갈색 티셔츠 주세요.

4) 가: 어서 오세요. 뭐 찾으시는 거 있으세요?

나: 청바지를 하나 살까 하는데요.

가: 청바지요? 이게 요즘 잘 나가는데 한번 입어 보시겠어요? 진한 파란색이라서 다른 옷하고도 잘 어울려요.

나: 네, 그걸로 할게요.

2

가: 뭐 찾으시는 거 있으세요?

나: 양복을 한 벌 사려고 하는데요.

가: 이 갈색 양복은 어떠세요? 가을이라서 그런지 아주 잘 나가요.

나: 전 유행하는 옷은 별로 안 좋아해요.

가: 그럼 이걸 한번 입어 보시겠어요? 회색은 언제나 입을 수 있으니까요.

나: 너무 밝은 것 같은데 그것보다 어두운 색도 있어요?

가: 여기 진한 회색도 있어요. 한번 입어 보세요.

〈잠시 후〉

가: 마음에 드세요?

나: 생각보다 편하네요. 그런데 저한테는 조금 큰 것 같아요.

가: 지금은 작은 게 없네요. 주문하면 다음 주에는 오니까 주문해 드릴까요?

나: 네, 그럼 주문해 주세요.

3

오늘도 저희 슈퍼를 찾아주신 고객 여러분께 감사드립니다. 지금부터 과일 할인 행사를 시작하겠습니다. 육천 원짜리 바나나를 천 원짜리 세 장에 드립니다. 육천 원짜리 바나나가 삼천 원. 천 원짜리 사과, 다섯 개에 삼천 원. 천 원짜리 사과 다섯 개에 삼천 원입니다. 이천 원짜리 귤 한 봉지가 천 원. 귤이 천 원. 과일이 아주 싱싱하고 맛있습니다. 어서어서 오세요.

제5과 길 묻기

CD1. track 44~46

1

1) 가: 이 근처에 서점이 있어요?

나: 네, 저기 횡단보도 근처에 있어요.

2) 가: 말씀 좀 묻겠습니다. 여기에서 제일 가까운 은행이 어디예요?

나: 저기 육교가 보이죠? 그 근처에 있어요.

285

3) 가: 저, 실례합니다. 이 근처에 편의점이 있어요?

　나: 이쪽으로 똑바로 가면 지하도가 나와요. 그 옆에 있어요.

4) 가: 영진 씨, 서울식당에 어떻게 가요?

　나: 이쪽으로 쭉 가면 삼거리가 나와요. 서울식당은 그 근처에 있어요.

2

가: 저, 실례합니다. 말씀 좀 묻겠습니다.

나: 네, 말씀하세요.

가: 이 근처에 우체국이 있어요?

나: 죄송합니다. 저도 잘 모르겠어요.

〈잠시 후〉

가: 저, 말씀 좀 물을게요. 이 근처에 우체국이 어디에 있어요?

다: 아, 우체국이요? 이쪽으로 쭉 가면 사거리가 나와요. 거기에서 오른쪽으로 가면 보일 거예요.

가: 많이 가야 돼요?

다: 아니요. 사거리에서 오른쪽으로 50미터쯤 가면 횡단보도가 나와요. 거기에서 길을 건너서 왼쪽으로 조금만 가면 돼요.

가: 아, 네. 감사합니다.

3

안녕하십니까. 떡 박물관입니다. 개장 시간 및 요금 안내는 1번, 위치 안내는 2번을 눌러 주세요.
위치 안내입니다.
저희 떡 박물관은 지하철 종로3가역 근처에 있습니다. 종로3가역 7번 출구로 나와서 100미터쯤 오면 오른쪽에 슈퍼마켓이 있습니다. 슈퍼마켓을 지나서 조금 더 오면 횡단보도가 나옵니다. 이 횡단보도를 건너서 다시 왼쪽으로 조금만 오면 됩니다. 이용해 주셔서 감사합니다.

제6과 안부 · 근황

CD1. track 53~55

1

1) 가: 동수야, 안녕. 오늘은 일찍 왔네.

　나: 응, 미키. 어제도 늦었는데 오늘도 늦으면 안 되지. 우리 오늘 뭐 할래?

　가: 오래간만에 같이 영화 보자.

2) 가: 마이클, 오래간만이야.

　나: 그래, 정말 오래간만이야. 그동안 잘 지냈어?

　가: 응, 덕분에 잘 지냈어.

3) 가: 수경아, 여기야.

　나: 어, 투안. 그동안 잘 지냈지?

가: 응, 덕분에 잘 지냈어. 그런데 왜 이렇게 연락이 없었어?

나: 미안해. 좀 바빴어.

4) 가: 영미야, 안녕. 어제 잘 들어갔지?

　나: 응. 너도 잘 들어갔지?

　가: 근데 너 린다한테 전화했어?

　나: 아니, 안 했어.

　가: 어제도 안 했어?

2

제프: 소현아.

소연: 어머! 제프. 제프 아니야?

제프: 정말 오랜만이야. 그동안 잘 지냈지?

소연: 응, 난 잘 지냈어. 그런데 한국에는 웬일이야?

제프: 일주일 동안 출장 왔어.

소연: 그래? 그런데 오기 전에 왜 연락 안 했어?

제프: 처음 오는 출장이라서 좀 정신이 없었어. 너는 어떻게 지냈어?

소연: 나? 나는 매일 똑같지, 뭐. 학교 다니고, 영어 학원도 다니고…… 이렇게 우연히 만나니까 더 반갑네. 우리 어디 가서 커피 한 잔 할래?

제프: 미안. 지금 중요한 회의가 있어서 가야 되니까 내가 일 끝나면 전화할게.

소연: 그래, 꼭 연락해.

3

수미야, 나 링링이야. 요즘 많이 바빠? 전화도 안 받고, 이메일 답장도 없어서 오늘은 메시지를 남겨. 별일 없지? 나는 다음 주부터 여름휴가야. 그때 한국에 가려고 해. 한국에 가면 너도 보고 싶은데, 너는 시간이 어때? 메시지를 들으면 나한테 연락 좀 해 줘. 그럼 기다릴게. 안녕.

제7과 외모 · 복장

CD1. track 62~64

1

1) 가: 어떻게 생겼어요?

　나: 키가 작고 약간 통통한 편이에요. 그리고 배도 좀 나왔어요.

2) 가: 정장을 자주 입어요?

　나: 아니요, 정장을 잘 안 입어요. 그런데 오늘은 정장을 입고 있어요.

3) 가: 안경을 썼어요?

　나: 평소에는 안경을 쓰고 다녀요. 그런데 지금은 안경을 안 쓰고 있네요.

4) 가: 가방을 멨어요?

　　나: 오늘은 바지하고 같은 색깔의 가방을 들고 있어요.
　　　 가방이 기준 씨한테 아주 잘 어울려요.

2

가: 어머! 토머스 씨의 가족사진이에요? 가족들이 모두
　　모델처럼 키가 크고 날씬해요. 그런데 어머니가
　　아버지보다 키가 크시네요.

나: 네, 어머니가 우리 가족 중에서 제일 크세요. 형제들도
　　어머니를 닮아서 키가 크고 체격도 큰 편이에요.

가: 얼굴은 누구를 닮았어요? 눈은 어머니를 닮아서 큰 것
　　같은데 얼굴형은 좀 다르네요. 아버지, 어머니의 얼굴은
　　동그란 편인데 토머스 씨하고 형제들은 얼굴이 좀 긴 것
　　같아요.

나: 얼굴형도 어머니를 닮았어요. 어머니가 살이 쪄서 얼굴이
　　동그래지신 거예요.

3

다섯 살짜리 여자 아이를 찾고 있습니다. 이름은 유미리, 보통
키에 체격이 작고 마른 편입니다. 노란색 원피스에 빨간색
조끼를 입고 있습니다. 그리고 빨간색 모자를 쓰고 있습니다.
얼굴은 동그랗고 눈이 큰 편입니다. 머리는 긴 편입니다. 혹시
이런 아이를 보신 분이나 보호하고 계신 분은 가까운
미아보호소로 연락해 주시면 감사하겠습니다.

제8과 교통

CD1. track 71~73

1

1) 가: 종로 2가에 가려면 어느 역에서 갈아타야 돼요?

　　나: 종로 2가요? 동묘역에서 갈아타면 돼요. 그런데 내려서
　　　 많이 걸어야 되니까 273번 버스를 타는 게 좋겠어요.

2) 가: 저기요, 올림픽공원에 가려고 하는데요. 여기에서 제일
　　　 가까운 지하철역이 어디예요?

　　나: 지하철은 많이 돌아가니까 택시를 타세요. 택시로
　　　 10분이면 도착할 거예요.

3) 가: 저기요, 혹시 여기에 압구정동에 가는 버스가 있어요?

　　나: 압구정동까지 한 번에 가는 버스가 없어서 갈아타야
　　　 돼요. 여기에서 똑바로 10분쯤 가면 지하철역이
　　　 있으니까 지하철을 타고 가세요.

2

가: 어머! 벌써 다섯 시가 다 됐네. 민수야, 나 여섯 시에
　　강남역에서 약속이 있는데 지금 안 나가면 늦을 것 같아.
　　먼저 갈게.

나: 강남역? 아직 시간 괜찮아. 천천히 가도 돼.

가: 아까 지하철 노선도를 보니까 스물다섯 정거장이었는데,
　　그럼 한 시간 정도 걸리지 않을까?

나: 두 번 갈아타고 가면 40분이면 갈 수 있어.

가: 그래? 그럼 어디에서 갈아타야 돼?

나: 삼각지역에서 4호선으로 갈아타고 사당역까지 가. 그리고
　　거기에서 다시 2호선으로 갈아타면 금방 갈 수 있을 거야.

가: 그렇구나. 고마워. 덕분에 천천히 가도 되겠다.

3

1) 지금 상일동, 상일동행 열차가 들어오고 있습니다. 손님
　 여러분께서는 한 걸음 물러서 주시기 바랍니다.

2) 지금 마천, 마천행 열차가 들어오고 있습니다. 손님
　 여러분께서는 한 걸음 물러서 주시기 바랍니다.

3) 이번 역은 강동, 강동역입니다. 내리실 문은 오른쪽입니다.
　 계속해서 마천 방면으로 가실 손님은 이번 역에서 마천행
　 열차로 갈아타시기 바랍니다.

4) 이번 역은 종착역인 마천, 마천역입니다. 내리실 문은
　 오른쪽입니다. 내리실 때에는 차 안에 두고 내리는 물건이
　 없는지 다시 한 번 살펴보시기 바랍니다. 오늘도 저희
　 5호선 열차를 이용해 주셔서 감사합니다. 안녕히 가십시오.

제9과 기분 · 감정

CD2. track 7~9

1

1) 가: 아까 넘어졌을 때 많이 아팠죠?

　　나: 아프기도 아팠지만 너무 부끄러웠어요. 사람들이 다
　　　 저를 볼 때는 어디로 도망가고 싶었는데 다리가 아파서
　　　 그럴 수도 없고.

2) 가: 지금이 몇 시야? 늦을 것 같으면 이야기를 해야지.

　　나: 미안해. 전화를 안 받아서 문자 메시지를 남겼는데, 못
　　　 봤어?

　　가: 나도 하루 종일 정신없었어.

3) 가: 영미 씨, 어제 무슨 일 있었어요? 전화 많이 했는데 계속
　　　 안 받아서 걱정했어요.

　　나: 어제 수미 씨의 생일 파티에 갔는데 깜빡하고 전화를 안
　　　 가지고 갔어요.

　　가: 어제가 수미 씨의 생일이었어요? 그런데 왜 저한테는
　　　 아무도 전화를 안 했지요? 저도 가고 싶었는데……
　　　 재미있었겠네요.

4) 가: 와! 철민 씨, 정말 축하해요. 너무 멋있어요.

　　나: 다들 바쁘신데 이렇게 제 결혼식까지 와 주셔서
　　　 고맙습니다.

　　가: 철민 씨, 드디어 준코 씨랑 결혼을 했는데 기분이 어때요?

　　나: 정말 최곱니다. 여러분도 빨리 결혼하세요.

2

가: 안나 씨, 한국어능력시험에 합격했지요? 정말 좋겠어요.

나: 열심히 공부했는데 점수가 별로 안 좋아서 좀 속상해요.
그래서 한국어 공부도 싫어졌어요.

가: 무슨 말이에요? 1급을 공부하면서 1급에 합격했으니까
그건 아주 잘한 거예요. 속상한 일이 아니라 기쁜 일이죠.

나: 며칠 전에 문제를 다시 풀어 봤어요. 그런데 아는 문제도
틀린 것 같았어요.

가: 그건 그동안 안나 씨의 한국어 실력이 좋아져서 그래요.

나: 정말이요? 그럼 제가 괜히 실망한 거예요? 정수 씨,
고마워요.

가: 기분이 다시 좋아졌지요? 그럼 앞으로도 재미있게
한국어를 공부할 수 있겠네요.

3

여러분, 그동안 정말 고마웠습니다. 한국말도 못하고, 일도
잘 못하지만 여러분 덕분에 한국에서 잘 지낼 수 있었습니다.
한국자동차에서 일하는 동안 저는 일을 하는 것이 아니라
한국어를 배우면서 즐겁게 노는 것 같았습니다. 여러분과
보낸 시간은 저에게 좋은 추억이 될 것입니다. 고향에서도
잊지 않겠습니다. 이렇게 빨리 돌아가는 것이 섭섭하지만
나중에 또 만날 수 있기 때문에 저는 웃으면서 가겠습니다.
여러분 모두 안녕히 계십시오.

제10과 여행

CD2. track 16~18

1

1) 가: 여행을 가고 싶은데 어디에 가면 좋을까요?

　나: 경주나 부여에 가는 게 어때요?

　가: 경주는 전에 가 본 적이 있어요.

2) 가: 한국에서 어디에 가 봤어요?

　나: 부산하고 설악산에 가 봤어요.

　가: 설악산 아주 좋지요?

　나: 네, 경치가 아주 아름다웠어요.

3) 가: 지난주에 광주와 전주에 다녀왔어요.

　나: 나도 작년에 전주에 다녀왔는데…… 전주에서
　　비빔밥도 먹었어요?

2

가: 저 휴가 때 베이징에 갔다 왔어요.

나: 베이징이요? 베이징 좋지요? 저도 작년 가을에 갔었는데
아주 좋았어요. 구경 많이 했어요?

가: 네, 자금성도 보고, 이화원에도 갔어요. 천안문 광장에도

갔는데 규모가 커서 아주 놀랐어요.

나: 만리장성에도 갔어요?

가: 네, 만리장성이 정말 인상적이었어요.

나: 전 하루밖에 여행을 못 해서 만리장성에는 못 갔어요.
다음에 꼭 가 보고 싶어요.

3

나는 일요일에 춘천에 다녀왔습니다. 춘천에는 기차를 타고
갈 수도 있지만 나는 버스를 타고 갔습니다. 서울에서
춘천까지 버스로 두 시간쯤 걸렸습니다. 춘천에는 큰 호수가
있습니다. 나는 호수 주위를 산책하고 시내에 갔습니다.
춘천은 외국인에게 유명한 곳입니다. 춘천에서 유명한
드라마를 찍었기 때문입니다. 나는 춘천 시내를 구경하면서
외국인 관광객을 많이 만났습니다. 춘천 구경을 마친
다음에는 춘천의 유명한 음식인 닭갈비를 먹었습니다.

제11과 부탁

CD2. track 25~27

1

1) 가: 미키 씨, 밥도 안 먹으러 가고 하루 종일 뭐 해요?

　나: 저 지금 일이 너무 많아서 그러는데 혹시 지금 시간
　　있으면 부탁 좀 들어줄 수 있어요?

　가: 무슨 부탁이에요?

　나: 이 자료 좀 정리해 주세요. 이 메모를 보고 하면 돼요.

2) 가: 수미야, 미안한데, 혹시 돈 좀 있으면 나 십만 원만
　　빌려 줄래?

　나: 십만 원이나?

　가: 사실은 친구의 물건을 잃어버렸는데 새로 사 줘야 할
　　것 같아.

　나: 지금은 나도 돈이 없는데 저녁에 빌려 줘도 돼?

　가: 당연하지.

3) 가: 영진이 형, 지금 시간 있으면 이 발표문 좀 고쳐 줄 수
　　있어요?

　나: 그래. 줘 봐. 음, 이거 틀린 게 너무 많아서 지금 고쳐
　　주기는 어려울 것 같네. 나도 나가야 되는데 어떡하지?

2

린다: 여보세요, 민수 씨?

민수: 네, 린다 씨. 이 시간에 웬일이에요?

린다: 아침 일찍 미안한데 지금 통화할 수 있어요?

민수: 네, 괜찮아요.

린다: 지금 컴퓨터로 숙제를 하고 있었는데 갑자기 한글
프로그램이 안 돼요. 이럴 땐 어떻게 해야 돼요?

민수: 그러면 컴퓨터를 끈 후에 다시 켜 보세요. 그래도 안
　　　되면 바이러스 체크를 해 보세요. 그 다음은 저도 잘
　　　모르겠어요. 바이러스 체크 후에도 안 되면 AS센터에
　　　연락하는 게 좋을 거예요.
린다: 알겠어요. 컴퓨터를 다시 켜고 바이러스 체크요?
민수: 네, 별로 도움이 안 돼서 미안해요.
린다: 도움이 안 되기는요. 그럼 그렇게 해 볼게요. 고마워요,
　　　민수 씨.

3

링링 씨, 미킨데요. 갑자기 일이 생겨서 저 지금 일본에 가요.
전화했는데 계속 안 받아서 메시지 남겨요. 링링 씨에게 몇
가지 부탁이 있어요. 링링 씨도 바쁜데 미안해요. 책상 위에
보고서가 있는데 그걸 내일 선생님께 좀 전해 주세요. 그리고
오늘 저녁에 세탁소에서 아저씨가 옷을 가지고 올 거예요.
세탁비를 좀 내 주세요. 돈은 책상 서랍에 들어 있어요.
도착하면 다시 전화할게요. 이렇게 부탁만 하고 가서
미안해요. 그럼 나중에 봐요.

제12과 한국 생활

CD2. track 34~36

1

1) 가: 마이클 씨는 한국에 온 지 오래 됐어요?
　 나: 아니요, 아직 4개월밖에 안 됐어요.
　 가: 그럼 한국 생활이 아직 힘들겠어요?
　 나: 친구들도 많고 한국어 공부도 재미있어서 별로 힘들지
　　　 않아요.
2) 가: 차따 씨, 요즘 얼굴이 안 좋은데 무슨 일 있어요?
　 나: 별일 없어요. 그런데 부모님이랑 가족들이 너무 보고
　　　 싶어요.
　 가: 차따 씨가 향수병에 걸린 것 같네요. 그럴 때는 고향
　　　 음식을 먹으면서 고향 친구들하고 이야기를 하면 좀
　　　 좋아질 거예요.
3) 가: 미라 씨, 이번 주말에 시간 있으면 같이 전주에 안
　　　 갈래요? 친구들하고 한옥 체험을 하고 싶은데 미라
　　　 씨가 좀 설명해 주세요.
　 나: 이번에는 한옥 체험이에요? 디에고 씨는 정말 대단해요.
　 가: 저는 한국 생활이 정말 즐거워요. 특히 전통 문화를
　　　 체험하는 것이 너무너무 좋아요.

2

가: 닉 씨는 한국에 온 지 오래 됐지요?
나: 이제 삼 년쯤 됐으니까 오래 된 편이지요.
가: 그래서 한국말도 잘 하는구나. 그런데 좋은 회사에 다니고
　　 있었는데 왜 갑자기 한국에 왔어요?
나: 제가 좋아하는 일이 아니라 사람들이 좋아하는 일을 하고
　　 있는 것 같았어요.
가: 그래요? 그럼 닉 씨가 좋아하는 일은 뭐였어요?
나: 저도 수진 씨처럼 한국 음식 문화에 관심이 많았어요.
　　 나중에 한국 음식 문화에 대한 책을 써 보고 싶어서
　　 한국에 온 거예요.
가: 우와! 멋져요. 그럼 책을 쓰는 일은 잘 되고 있어요?
나: 아직 한국말이 서툴러서 시간이 좀 더 필요할 것 같아요.
　　 아주머니들이 하는 말에는 사전에 없는 것도 많아서 좀
　　 힘들어요.
가: 그러면 모르는 말이 있을 때 제가 좀 더 쉬운 한국말로
　　 설명해 줄까요?
나: 정말이요? 그러면 저는 좋지만 미안해서 …….
가: 아니에요, 저한테도 도움이 될 거예요. 그럼 우리
　　 이제부터 한국어하고 한국의 음식 문화를 같이
　　 공부하기로 해요.

3

이 분은 서울 안암동에 사시는 유학생이시네요. 저는 한국에
온 지 다섯 달이 지난 중국 유학생 장정입니다. 처음 한국에
왔을 때 음식도 너무 맵고, 한국어도 잘 몰라서 많이
힘들었는데 친구들이 도와준 덕분에 지금은 잘 지내고
있습니다. 제가 밥을 못 먹을 때에는 중국 음식도 만들어 주고,
모르는 한국말도 잘 설명해 주었지요. 참 좋은 친구를
사귀셨네요. 그런데 요즘 우리 반의 왕방 씨와 차따 씨는 매일
고향 이야기만 하면서 한국 생활을 너무 힘들어합니다. 우리
반 친구들 모두가 열심히 도와주고 있지만 방송에서도 격려해
주면 좋을 것 같습니다. 왕방 씨, 차따 씨와 같이 듣고
싶습니다. "힘내라, 청춘아." 아주 마음이 따뜻한 분이네요.
저도 응원해 드릴게요. 왕방 씨, 차따 씨, 이 노래 듣고
힘내세요. "힘내라, 청춘아"입니다.

제13과 도시

CD2. track 43~45

1

1) 가 : 줄리 씨의 고향은 어떤 곳이에요?

　나 : 서울하고 비슷한 대도시예요.

2) 가 : 아이코 씨의 고향은 어떤 곳이에요?

　나 : 제 고향은 아주 시골이에요. 도시에서 멀리 떨어져

　　있고 인구도 적어요.

3) 가 : 고향이 어떤 곳이에요?

　나 : 제 고향은 유명한 관광지예요. 외국 사람들이 많이 와요.

2

가 : 왕단, 고향이 췐수이위라고 했지? 어떤 곳이야?

나 : 췐수이위는 북경에서 가까운 시골이야. 북경에서

　80킬로미터쯤 떨어져 있어. 인구가 만 명도 안 돼.

가 : 사람들은 주로 뭘 하고 살아?

나 : 주로 농사를 지어. 우리 고향의 복숭아는 맛이 좋아서

　중국에서 아주 유명해.

가 : 그렇게 작은 도시면 병원이나 큰 가게 같은 것이 없어서

　불편하겠네.

나 : 아니. 우리 마을에는 큰 극장이나 병원이 없지만 근처에

　큰 도시가 있어서 별로 불편하지 않아. 차로 20분쯤 가면

　큰 도시가 있어.

3

경주는 한국의 남쪽에 있는 도시입니다. 전체 면적은 서울의

두 배 정도 되지만, 인구는 40만 명 정도밖에 되지 않습니다.

경주는 옛날에 신라의 수도였기 때문에 경주에는 오래된

건물과 유적지, 박물관이 많습니다. 그래서 도시 전체가

박물관 같습니다. 경주는 한국의 대표적인 관광지입니다.

그래서 경주는 깨끗하고, 경주 사람들은 아주 친절합니다.

좋은 숙소도 많이 있기 때문에 여행하기에도 좋은 곳입니다.

제14과 치료

CD2. track 52~54

1

1) 가 : 왜 그래요?

　나 : 배탈이 난 것 같아요. 속이 안 좋네요.

2) 가 : 아니, 영진 씨! 다리에서 피가 나요.

　나 : 네, 지금 막 뛰어 들어오다가 넘어졌어요.

3) 가 : 발목이 많이 부었네요.

　나 : 그래요? 정말 그렇네요. 어떻게 하죠?

　가 : 발목을 삐었을 때는 얼음찜질이 좋아요. 우선 찜질을

　　한번 해 봅시다.

4) 가 : 얼굴이 왜 그래요? 여드름이에요?

　나 : 얼굴만 이런 게 아니에요. 온몸에 다 났어요. 너무

　　가려워서 정말 힘들어요.

2

의사 : 어떻게 오셨습니까?

환자 : 운동하다가 넘어져서 팔을 다쳤어요. 여기에 바를 약

　　좀 주세요.

의사 : 어디 봅시다. 피도 났네요. 피가 많이 났어요?

환자 : 아니요, 많이 나지는 않았어요.

의사 : 그래요? 그럼, 여기를 누르면 어때요?

환자 : 아, 아, 아~!

의사 : 그럼, 팔을 이렇게 한번 돌려 보세요. 아프세요?

환자 : 아니요, 괜찮아요.

의사 : 다행히 팔이 부러지지는 않았네요.

환자 : 괜찮은 거예요?

의사 : 네, 약을 처방해 드릴 테니까 하루에 세 번 드시고

　　연고는 상처에 발라 주세요. 그리고 팔을 안 쓰는 게

　　좋으니까 오늘은 아무 일도 하지 말고 푹 쉬세요.

환자 : 네, 감사합니다.

3

저는 발목을 잘 삐는 편입니다. 보통 사람들은 굽이 높은

신발 때문에 발목을 삐는데, 저는 운동화를 신고 있을 때도

발목을 삡니다. 정말 신기하죠? 저는 이렇게 발목을 삘 때가

많아서 이럴 때 어떻게 하는 것이 좋은지 잘 알게

되었습니다. 발목을 삐었을 때는 무조건 앉아서 쉬어야

합니다. 자리에 앉으면 신발과 양말을 벗어야 합니다. 그리고

누워서 발목을 약간 높은 곳에 올려놓습니다. 다시 걸어야 할

때는 붕대를 감고 걷는 것이 좋습니다. 여러분도 발목을

삐었을 때는 이렇게 해 보세요.

제15과 집 구하기

CD2. track 61~63

1

(1) 가 : 햇빛이 잘 드는 고시원을 찾는데요.

　나 : 햇빛이 잘 드는 방이면, 한국 고시원하고 고려

　　고시원이 좋겠네요.

　가 : 방은 어느쪽이 더 커요?

　나 : 고려 고시원이 한국 고시원에 비해서 조금 넓은

　　편이에요. 거기에 한 번 가 봅시다.

(2) 가 : 가구나 전자제품도 있고 시설이 잘 되어 있는 원룸을

　　구하려고 하는데요.

나: 이 근처에 있는 원룸들은 시설이 모두 비슷비슷해요.
　　참, 얼마 전에 우리 원룸하고 미래 원룸이 다시 공사를
　　해서 새집 같은데 거기에 한 번 가 보죠.
(3) 가: 학교 근처에 괜찮은 하숙집 좀 소개해 주시겠어요?
　　나: 학교에서도 가깝고 음식도 맛있어서 고모네 하숙하고
　　아름 하숙이 학생들한테 인기가 많아요.
　　가: 거기 여학생 욕실도 있어요?
　　나: 그럼 고모네 하숙에 가 보실래요? 거기 3층은
　　여학생들만 있고 욕실도 여학생들만 써요.

2

가: 아까 광고를 보고 전화한 학생인데요.
나: 아, 그래요? 이쪽으로 따라오세요.
가: 방이 정말 크고 환하네요. 이 침대하고 옷장도 제가
　　사용할 수 있지요?
나: 방에 딸려 있는 것인데 물론이지요.
가: 그런데 화장실은 어디에 있어요?
나: 화장실하고 세탁실은 복도 끝에 있어요.
가: 화장실을 같이 써야 돼요? 저는 지금 살고 있는
　　하숙집에서 화장실 같이 쓰는 것이 싫어서 이사할까
　　했는데…….
나: 그래요? 화장실이 붙어 있는 방도 있기는 해요. 그런데 이
　　방보다는 한 달에 5만 원이 더 비싼데, 보여 드릴까요?
가: 네, 한 번 보여 주세요.
나: 이쪽으로 오세요. 이 방이에요. 화장실도 붙어 있고,
　　에어컨하고 냉장고도 있어요.
가: 화장실도 깨끗하고 좋네요. 그런데 침대는 없어요?
나: 방이 너무 좁은 것 같아서 침대는 치웠어요. 필요하면
　　갖다 줄 수 있어요.
가: 그럼 이 방으로 할게요. 그리고 침대도 갖다 주세요. 혹시
　　이사는 다음 주말에 와도 돼요?
나: 방이 비어 있으니까 언제든지 오세요. 침대는 이사 오기
　　전에 준비해 줄게요.

3

밍밍, 나야. 지금 부동산 아저씨하고 집을 보러 왔는데 아주
좋은 방이 있어. 메시지 들으면 바로 전화해 줘. 방이 아주
넓어서 우리 둘이 같이 살 수 있을 것 같아. 화장실도 따로
있고, 책장이랑 옷장도 있어. 새집이라서 방도 깨끗하고
햇빛도 잘 들어와. 나는 천천히 보고 있을 테니까 빨리
전화해. 너도 마음에 들면 오늘 결정하자.

正確解答 정답

제1과 자기소개

〔듣기〕

1️⃣ 1) □ 영국 사람 ☑ 호주 사람
2) ☑ 태국 사람 □ 인도 사람
3) □ 학생 ☑ 회사원
4) ☑ 학생 □ 변호사

2️⃣ 1) 국적 ☑ 몽골 / □ 인도　직업 ☑ 학생 / □ 회사원
2) 국적 □ 알제리 / ☑ 이집트　직업 □ 학생 / ☑ 회사원
3) 국적 ☑ 중국 / □ 일본　직업 ☑ 학생 / □ 회사원

3️⃣ 1) ○　2) ×　3) ×

〔읽기〕

1️⃣ (1) ○　(2) ×　(3) ○　(4) ×

제2과 취미

〔듣기〕

1️⃣ 1) d　2) e　3) f　4) a

2️⃣ 1) ③
2) (1) ○　(2) ×　(3) ×

3️⃣ 1) 다섯 살 때부터 야구를 했어요.
2) 어릴 때 건강이 안 좋았기 때문에 배웠어요.
3) 열심히 연습해서 학교 최고의 야구 선수가 되는
　것이에요.

〔읽기〕

1️⃣ (1) 사진을 찍는 것입니다.
(2) 사진은 내가 말로 이야기할 수 없는 것도 잘
　이야기해주기 때문입니다.
(3) 매일 찍습니다.

제3과 날씨

〔듣기〕

1️⃣ 1) b　2) c　3) a　4) d

2️⃣ 1) ×　2) ×　3) ○　4) ○

3️⃣ 1) ③　2) ②　3) ②

〔읽기〕

1️⃣ (1) ②
(2) ① ○　② ○　③ ×

제4과 물건 사기

〔듣기〕

1️⃣ 1) f　2) a　3) e　4) b

2️⃣ 1) ×　2) ○　3) ○
바나나 - 3,000원, 사과 - 3,000원, 귤 - 1,000원

〔읽기〕

1️⃣

좋아하는	□정장	☑캐주얼	
	☑편한	□예쁘고 멋있는	□유행하는
	□붙는	☑헐렁한	

제5과 길 묻기

〔듣기〕

1️⃣ 1) a　2) d　3) e　4) c

2️⃣ 1) d
2) (1) ○　(2) ×　(3) ○

3️⃣ b

〔읽기〕

1️⃣ 1) b
2) (1) ○　(2) ○　(3) ×　(4) ×

제6과 안부·근황

〔듣기〕

1️⃣ 1) ×　2) ○　3) ○　4) ×

2️⃣ 1) ○　2) ×　3) ○　4) ×

3️⃣ 1) 아니요. 자주 연락하지 않았어요.
2) 한국에 가려고 해요.

〔읽기〕

1️⃣ (1) ×　(2) ○　(3) ×　(4) ○

제7과 외모·복장

〔듣기〕

1️⃣ 1) ○　2) ×　3) ○　4) ○

2️⃣ 1) ○　2) ×　3) ×

3️⃣ a

〔읽기〕

1️⃣ b

제8과 교통

〔듣기〕

1) 1) b 2) c 3) a
2) 1) ○ 2) × 3) ○
3) 1) □ 타요 ☑ 안 타요
   2) ☑ 타요 □ 안 타요
   3) ☑ 내려요 □ 안 내려요
   4) ☑ 내려요 □ 안 내려요

〔읽기〕

1) (1) × (2) × (3) ○ (4) ○

제9과 기분·감정

〔듣기〕

1) 1) d 2) f 3) c 4) e
2) 1) × 2) × 3) ○
3) 1) 섭섭해요.
   2) 한국에서 같이 일했던 사람들에게 작별 인사를 하고 있어요.

〔읽기〕

1) (1) × (2) ○ (3) ○

제10과 여행

〔듣기〕

1) 1) ☑ 경주 □ 경주와 부여
   2) □ 설악산 ☑ 설악산과 부산
   3) ☑ 전주 □ 전주와 광주
2) 1) ○ 2) × 3) ○ 4) ×
3) 1) 버스를 타고 갔습니다.
   2) 춘천에서 유명한 드라마를 찍었기 때문입니다.
   3) 춘천 시내를 구경하면서 외국인 관광객을 많이 만났습니다. 닭갈비를 먹었습니다.

〔읽기〕

1) (1) ○ (2) ○ (3) × (4) ○

제11과 부탁

〔듣기〕

1) 1) ○ 2) ○   3) ×
2) 1) ②
   2) ① 컴퓨터를 끈 후에 다시 켜요.
      ② 바이러스 체크를 해요.
      ③ AS센터에 연락해요.
3) ①

〔읽기〕

1) ②

제12과 한국 생활

〔듣기〕

1) 1) ○ 2) × 3) ○
2) 1) ○ 2) ○ 3) × 4) ○
3) (1) 왕방 씨와 차따 씨를 격려하려고 신청했어요.
   (2) 힘내라 청춘아
   (3) 다섯 달이 되었어요.
   (4) 친구들이 중국 음식도 만들어 주고, 모르는 한국말도 설명해 주었어요.

〔읽기〕

1) (1) ○ (2) × (3) × (4) × (5) ○

제13과 도시

〔듣기〕

1) 1) b 2) c 3) a
2) 1) ○ 2) × 3) ○ 4) ×
3) 1) × 2) ○ 3) ○ 4) ×

〔읽기〕

1) (1) × (2) ○ (3) ○ (4) ○

제14과 치료

〔듣기〕

1) 1) f 2) d 3) b 4) e
2) 1) d 2) b
3) 1) c → a → b
   2) (1) × (2) × (3) ×

〔읽기〕

1) 1) c
   2) '답글1'은 얼음에 대거나 찬물에 담그는 것을 소개하고 있는데 '답글2'는 얼음을 대는 것은 위험하다고 해요.

제15과 집 구하기

〔듣기〕

1) (1) □ 한국 고시원 ☑ 고려 고시원 □ 두 곳 모두
   (2) □ 우리 원룸 □ 미래 원룸 ☑ 두 곳 모두
   (3) ☑ 고모네 하숙 □ 아름 하숙 □ 두 곳 모두
2) 1) 화장실이 붙어 있는 방을 구해요.
   2) 침대를 준비해야 해요.
   3) (1) × (2) ○ (3) ×
3) 1) × 2) ○ 3) ×

〔읽기〕

1) (1) × (2) ○ (3) ○ (4) ×

索引 찾아보기

ㄹ

ㅁ

ㅅ

國家圖書館出版品預行編目資料

高麗大學韓國語 2 / 高麗大學韓國語文化教育中心編著；
朴炳善、陳慶智譯
--初版--臺北市：瑞蘭國際, 2013.09
1冊；21 x 29.7公分--（外語學習系列；6）
ISBN：978-986-5953-40-9（第2冊：平裝）
1.韓語 2.讀本

803.28   101021151

外語學習系列 06

高麗大學 韓國語 ②

編著｜高麗大學韓國語文化教育中心、金真淑、鄭明淑、金持榮

翻譯、審訂｜朴炳善、陳慶智・責任編輯｜潘治婷・校對｜朴炳善、陳慶智、潘治婷

內文排版｜余佳憓

瑞蘭國際出版

董事長｜張暖彗・社長兼總編輯｜王愿琦

編輯部

副總編輯｜葉仲芸・主編｜潘治婷

設計部主任｜陳如琪

業務部

經理｜楊米琪・主任｜林湲洵・組長｜張毓庭

出版社｜瑞蘭國際有限公司・地址｜台北市大安區安和路一段104號7樓之1

電話｜(02)2700-4625・傳真｜(02)2700-4622・訂購專線｜(02)2700-4625

劃撥帳號｜19914152 瑞蘭國際有限公司・瑞蘭國際網路書城｜www.genki-japan.com.tw

法律顧問｜海灣國際法律事務所　呂錦峯律師

總經銷｜聯合發行股份有限公司・電話｜(02)2917-8022、2917-8042

傳真｜(02)2915-6275、2915-7212・印刷｜科億印刷股份有限公司

出版日期｜2013年09月初版1刷・定價｜600元・ISBN｜978-986-5953-40-9
　　　　　2023年07月四版1刷

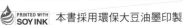 本書採用環保大豆油墨印製

瑞蘭國際

瑞蘭國際